Le jeune homme qui descendit, pieds nus, était habillé simplement d'un jean et d'un sweat-shirt à capuche – rien de chic, rien de coûteux. Cooper avait probablement les mêmes choses dans les sacs poubelle que Brandon transportait, seulement beaucoup plus usées.

Mais Cooper ne remarqua pas vraiment les vêtements.

Cela pouvait-il être le fameux Sammy ?

Il avait l'âge de Cooper, avec une mâchoire carrée et de magnifiques yeux bleu-gris bordés de cils sombres et de cercles noirs autour des iris. Ses pommettes étaient hautes et artistiques, avec d'éclatantes touches de couleur étalées sur sa peau pâle, et même si ses poignets et ses chevilles semblaient minces, douloureusement minces, sa bouche – oh, elle était douce et pulpeuse.

Puis il sourit.

Cooper laissa échapper un bruit sans pouvoir s'en empêcher.

— Tu vas bien, Coop ? demanda Brandon en arrivant près de lui.

— Très bien, répondit Cooper malgré sa gorge sèche.

RESTE AUPRÈS
DE TON MANNY

Amy Lane

Publié par
DREAMSPINNER PRESS

5032 Capital Circle SW, Suite 2, PMB# 279, Tallahassee, FL 32305-7886 USA
www.dreamspinnerpress.com

Reste auprès de ton manny
Copyright de l'édition française © 2022 Dreamspinner Press.
Titre original : Stand by Your Manny
© 2018 Amy Lane.
Première édition : mai 2018
Traduit de l'anglais par Emmanuelle Guilluy.

Illustration de la couverture :
© 2018 Bree Archer.
http://www.breearcher.com
Conception graphique :
© 2022 L.C. Chase.
http://www.lcchase.com

Édition e-book en français : 978-1-64108-518-2
Édition imprimée en français : 978-1-64108-519-9
Première édition française : novembre 2022
v 1.0

Édité aux États-Unis d'Amérique.

Auteure récompensée, **AMY LANE** vit dans une belle demeure croulante avec deux adolescents, une kyrielle de bébés à poils et un époux déconcerté. Elle a bien trop de laine, un penchant pour les films d'action-aventure et un besoin de savoir que quelque part dans toute la douleur se trouve une histoire d'Amour, le Grand Amour, auquel elle continue de croire à ce jour ! Elle écrit de la romance contemporaine, de la romance paranormale, de la fantaisie urbaine et du suspense romantique, elle enseigne occasionnellement l'écriture et aime prétendre que sa vie très simple est aussi excitante que les vies des gens qui vivent dans sa tête. Elle vous dira aussi que les sacrifices, grands et petits, valent le désir d'écrire.

Site internet : www.greenshill.com
Blog : www.writerslane.blogspot.com
E-mail : amylane@greenshill.com
Facebook : www.facebook.com/Amy.lane.167
Twitter : @amymaclane

Par Amy Lane

DREAMSPUN DESIRES
LES MANNIES
Un manny si innocent
Le manny décroche son homme
Reste auprès de ton manny

Publié par **DREAMSPINNER PRESS**
www.dreamspinnerpress.com

Pour ma famille, qui peut être merveilleuse et une bande de cons en même temps. Pour mes enfants, en particulier les plus âgés, qui peuvent me coûter très cher en nourriture avant de rentrer chez eux. Pour Mary, qui a dit : « Oui, je sais, il manque un mauvais globule pour en faire *Brian's Song*. Ça va. »

Tomber

COOPER Hoskins appréciait de travailler dans le bâtiment. Il n'*aimait* pas ça, mais la paie était bonne, les heures étaient régulières, et il y avait une couverture santé et dentaire. Toutes les choses dont un garçon en pleine croissance avait besoin – ou une fille en pleine croissance, d'ailleurs.

Et travailler pour Brandon Grayson était un plus. Brandon était jeune, travaillait pour se payer l'université, et essayait de révolutionner le monde par la pure force de sa volonté.

Il était aussi ouvertement gay, ouvertement amoureux de son petit ami et ouvertement protecteur envers toute personne qu'il percevait comme étant donné perdante.

Pendant les deux premières années de Cooper chez Sowers Construction, Il devrait admettre qu'il répondait à ces critères. Il avait à peine dix-huit ans quand il avait commencé, tout juste sorti du système de familles d'accueil et affamé. Affamé à en avoir l'estomac collé à la colonne vertébrale. Brandon avait vu cette faim – et l'avait nourri. Nourri de petits

1

travaux de tonte de pelouses jusqu'à son premier salaire, de déjeuners à chaque occasion, et d'autant d'informations qu'il pouvait en avaler pour le rendre indispensable à Sowers Construction et lui garantir par conséquent un peu de sécurité de l'emploi.

L'avantage de toutes ces connaissances était que Cooper *savait* vraiment tout sur la manière de construire une maison ou un bien commercial en utilisant les outils que Sowers employait régulièrement. L'inconvénient était qu'il savait aussi qu'il était foutu.

— Nom de Dieu! appela frénétiquement Brandon en dessous de lui. Cooper, descends de là!

Cooper commit l'erreur de regarder vers le bas depuis la hauteur de la nacelle élévatrice, et il essaya de ne pas laisser la panique le transformer en pleurnichard bafouillant dans un coin de la cabine.

— Bien sûr, patron! répondit-il en ramenant sa concentration sur le climatiseur en équilibre précaire sur le toit.

Sowers Construction n'était *pas* responsable de ce bazar.

Ce couple avait appelé le cousin d'un ami ou le cousin d'un beau-frère, et sa start-up en chauffagerie pour remplacer leur climatiseur. Trois jours plus tard, l'appareil était toujours juché dangereusement sur le bord du toit, et la femme du couple – la nièce de Wally Sowers, si Cooper avait bien compris – était allée voir son oncle en pleurs et l'avait supplié d'aider.

— Quel est le problème là-haut? demanda Brandon.

Eh bien, c'était supposé être un travail matinal rapide, mais Cooper avait déjà réquisitionné la nacelle et le camion-élévateur, bien que le camion n'était pas encore arrivé. Il pouvait voir ce qui contrariait Brandon. Et il y avait une tempête arrivant des montagnes. Cooper était sur la nacelle, essayant d'attacher des matériaux de protection autour du climatiseur – dont la place *n'était pas* au sommet de la maison. Il était en fait conçu pour être installé *à côté* de la maison et attaché sur les conduites qui avaient déjà été installées. Le plan était que le camion puisse venir, soulever ce satané truc par en dessous, et le poser sur le chariot attendant en bas.

Mais la boîte autour du foutu climatiseur tombait en morceau, et après tout ce travail, Coop préférerait qu'il ne dégringole pas au sol pour devenir un terril très coûteux.

— Le problème est que le carton se désintègre et qu'il n'est plus sur la palette. Rien qu'un peu de chatterton et d'huile de coude ne puissent…

2

À cet instant, une grosse rafale de vent prit la nacelle de côté, le poussant de travers alors qu'il enroulait les bras autour du carton pour dérouler le chatterton. Brandon aurait pu le faire – il faisait plus d'un mètre quatre-vingt-cinq et probablement plus de quatre-vingt-dix kilos de pur muscle. Mais Cooper faisait à peine un mètre quatre-vingt et était maigrichon par-dessus le marché – il avait du mal à mettre les bras autour de la boîte.

Et le vent fit en dix minutes ce que la gravité n'avait pas fait en deux jours – bouger cette satanée boîte sans aide. Le climatiseur glissa vers le bord en une pluie de tuiles, et Cooper, pensant qu'il devait arrêter les frais, recula pour que le climatiseur ne l'entraîne pas avec lui quand il descendrait. Une autre rafale de vent poussa la cabine contre le bord de la maison, et le climatiseur profita de l'occasion pour glisser hors de la boîte et s'écraser dans la cabine de la nacelle.

Cooper cria alors que son épaule était écrasée par l'engin de métal, puis hurla «Attention!», tandis que le climatiseur dégringolait vers le sol. Sa vue devint noire, et il ne voulut même pas regarder la masse gonflée de son épaule. Ce qu'il ne vit pas fut que le climatiseur avait emporté une partie de la cabine. Il s'effondra contre ce qui aurait dû être une paroi sûre de métal et de fibre de verre, et l'air devant lui céda.

Il n'eut même pas le temps de crier avant de tomber hors de la nacelle vers le sol.

IL se réveilla à l'hôpital, regardant autour de lui avec les yeux troubles. Tout son corps faisait mal, et sa tête paraissait remplie de coton.

— Bordel de..

— Oui, dit Brandon, juste à côté de son lit. Ce n'était pas vraiment intelligent.

— Quelle partie?

Rien à faire, Cooper ne parvenait pas à se souvenir de ce qu'il avait été en train de faire.

— Eh bien, essayer de faire ça tout seul, déjà. Tu aurais dû appeler une équipe en renfort pour aider à stabiliser le climatiseur quand tu es arrivé. Pourquoi ne l'as-tu pas fait?

Cooper ferma les yeux et grogna. Il revit tout : le climatiseur, la nacelle – la grande chute.

— Suis-je tombé?

Brandon saisit la barrière du lit d'hôpital, et Cooper observa avec une fascination détachée ses articulations devenir blanches.

— Es-tu tombé ? Es-tu *tombé* ?

— Je suppose que c'est un oui.

Il ne pouvait pas bouger son épaule, et ses côtes semblaient être bandées, et sa hanche ne paraissait pas géniale, et...

— Il y avait un camion élévateur en chemin ! grogna Brandon, la voix lourde.

Cooper lui jeta un coup d'œil, et les yeux verts de son ami étaient bordés de rouge.

— Je sais, dit-il calmement. Je l'ai demandé. Mais la nacelle était plus proche...

— Tu aurais dû attendre.

La colère de Brandon sembla fondre comme neige au soleil, et il s'enfonça avec lassitude sur la chaise près du lit d'hôpital, passant les mains dans ses cheveux auburn.

— Wally a dit que c'était un boulot urgent. Je ne voulais pas...

— Déranger ? demanda Brandon d'un ton sarcastique.

Il y avait un homme à côté de lui. Cooper plissa les yeux, essayant de faire une mise au point sur l'étranger.

— Ouais, murmura Coop. Si tu déranges, ils se débarrassent de toi.

Était-ce le travail qui faisait ça ? Il ne pouvait s'en souvenir.

— Eh bien, maintenant tu es blessé ! s'exclama Brandon.

— Brandon, calme-toi, dit une voix sèche à côté de lui. Il ne l'a pas fait pour te peiner, d'accord ?

Cooper entendit la profonde inspiration de Brandon et tenta très fort de se concentrer.

— Quelqu'un a-t-il été blessé ?

— Non, grogna Brandon. Rien que l'idiot dans la nacelle.

Pour une étrange raison, il paraissait important pour Cooper d'essayer de se rappeler son raisonnement à travers les antidouleurs.

— Elle était dans la zone, se défendit-il de nouveau. Et le camion était en chemin. J'essayais...

— De sécuriser ce truc avant qu'il ne tombe, marmonna Brandon, son irritation retombant complètement. Je ne contredis pas ta logique, Coop. Je suis chamboulé parce que tu es blessé, les indemnités pour un ouvrier sont assez basses, et je sais que tu as besoin d'argent.

Cooper pensa de façon floue à son petit appartement, la voiture agonisante qu'il pouvait à peine payer, et Felicity – *oh mince !*

— Quelle heure est-il ? demanda-t-il. Brandon, je dois passer un appel…

— Tiens, j'ai ton téléphone.

Pas Brandon. Cooper fit enfin la mise au point de ses yeux et vit un homme follement canon avec un cache-œil et un regard digne de Snake Plissken en train de mettre le téléphone dans sa main.

— Qui es-tu ? demanda-t-il d'un air confus.

— Taylor Cochran, répondit l'homme avec un hochement de tête. Heureux de te rencontrer. Brandon m'a beaucoup parlé de toi.

La gêne de Cooper commença dans ses orteils et balaya son corps, palpitant avec insistance dans son épaule blessée.

— Tu es le petit ami de Brandon ? interrogea-t-il, se sentant stupide.

L'expression ouverte de Taylor se referma, et Cooper ne pouvait pas laisser une telle chose se produire.

— Surpris ?

— Tu es vraiment canon, marmonna Cooper. Il a dit que tu étais canon, mais… tu es *vraiment* canon !

— Et, oh mon Dieu, tu es gay, dit Brandon d'un ton accusateur.

— Toi aussi ! se défendit Cooper.

Puis il se rappela. Brandon ne savait pas. Personne ne savait. *Oh Seigneur.* Comment pouvait-il avoir… ?

— Je sais que *je* suis gay, mais tu n'as jamais rien dit. Pas une seule fois. Cooper, tu avais quelqu'un à qui tu pouvais parler, et tu ne m'as jamais parlé ! Je pensais que nous étions amis !

Cooper ferma les yeux, et comme pour le truc avec la nacelle et pourquoi cela avait paru une bonne idée sur le coup, il essaya de se souvenir des raisons pour lesquelles il ne s'était pas confié à son responsable, le seul homme à avoir été patient avec lui depuis qu'il avait quitté le système de familles d'accueil et essayé de réussir en tant qu'adulte.

Oh. Oh oui. Felicity.

— Beaucoup de secrets, grommela-t-il, son épaule palpitant de nouveau. J'ai besoin de rentrer à la maison…

Taylor fut de retour dans sa ligne de mire, lui reprenant le téléphone.

— Qu'y a-t-il à la maison ? questionna-t-il doucement en lançant un regard dur à Brandon. Nous avons une grosse chatte qui mange trop et crache ensuite des boules de poils partout. Tu en as une de ce genre ?

5

— Felicity ne mange pas beaucoup, dit Cooper, avant de refermer les yeux. Merde. Personne n'est supposé savoir à propos de Felicity.

— Tu es gay, mais tu as une fille dans le placard ? demanda Brandon avec hésitation.

— Elle n'est pas dans mon placard. Elle est sur mon canapé !

Enfin, le salon était sa chambre. Il s'était débarrassé des sacs poubelle et avait acheté une commode pour elle en premier, mais aussi des affaires. Tellement de choses. Des livres usés, des pinces à cheveux, des vêtements pour lesquels elle était devenue trop grande. Difficile de cacher une fille sur son canapé.

— Tu as vingt et un ans, Coop... Que fais-tu avec une fille sur ton canapé ?

Cooper fixa tristement Brandon.

— Elle m'a suivi à ma sortie du système de familles d'accueil, murmura-t-il. Vous ne pouvez le dire à personne. Ils l'obligeront à y retourner.

Brandon ferma les yeux comme s'il allait devoir délivrer de mauvaises nouvelles à Cooper, mais Taylor intervint.

— Nous ne le dirons à personne. Envoie-lui un message, cependant. Brand et moi, nous irons la chercher. Nous connaissons des gens chez qui elle peut séjourner jusqu'à ce que tu sois remis sur pied.

—Taylor !

Celui-ci lança un regard plat à l'homme dont il était fou, ce que même Cooper pouvait voir.

— Le gamin a des responsabilités. Nous allons nous assurer qu'il les assume.

Brandon haussa les épaules et sembla se résigner.

— D'accord. Il a raison. Tu ne m'as peut-être pas fait confiance avant, Cooper, mais tu dois me faire confiance maintenant. Tu ne vas pas sortir d'ici avant une semaine. Si tu t'occupes de quelqu'un, tu dois nous laisser t'aider.

Cooper ferma étroitement les yeux.

— Elle a onze ans, dit-il en ayant l'impression qu'il la trahissait. Elle aura besoin de me parler. De me voir. Elle... Faire confiance n'est pas son truc.

Brandon hocha la tête et sortit son propre téléphone portable.

— D'accord. Je vais prendre une photo avec Taylor et toi. Puis une de toi et moi.

6

Il prit les deux photos et les envoya à Coop. Ce dernier sentit son téléphone vibrer.

— Maintenant, continua Brandon, tu lui envoies et tu lui dis que nous allons la retrouver à ton appartement après les cours, d'accord ?

Cooper batailla avec le téléphone, sentant des larmes poindre au coin de ses yeux.

— Elle a besoin de vêtements, avoua-t-il avant de grimacer. Nous devions aller faire du shopping. Mais c'est une fille. Je ne connais pas les filles. Un jour, elle aura besoin de protections féminines. Mince, c'est foutrement effrayant.

Un frisson le secoua avant qu'il puisse se réprimander de prendre sur lui et de faire face.

— Je peux m'occuper de la partie féminine, dit sèchement Taylor. Ma meilleure amie a cinq…

— Six, grommela Brandon.

— Oh Seigneur. Oui. Elle en est à son sixième enfant.

— Elle est mariée à mon cousin, pesta Brandon. Je lui ai dit que nous allions appeler celui-ci « Paquet Combo » quand il sera né, parce que c'est le résultat de deux différentes contraceptions ratées.

Le cerveau de Cooper explosa officiellement.

— S'il te plaît, dis-moi que je ne rencontrerai jamais ces personnes ?

— Tu aimerais bien, grogna Brandon. Parce qu'une partie de sa famille va vous aider Felicity et toi…

— Je vais me lever.

Cooper voulut obliger son corps à bouger. Taylor posa une grande main au centre de son torse.

— Cooper ? Je sais qu'on ne s'est jamais rencontrés jusqu'à maintenant. Voilà le truc. Je t'apprécie, vraiment. Mais je n'en ai rien à foutre si tu m'apprécies ou pas. Alors je vais te dire la dure vérité. Tu as presque fait sortir ton cerveau de ta tête, gamin. Tu as failli mourir, putain. Et en tant que membre du même club, je te dis que te lever durant la prochaine semaine n'est non seulement pas dans ton intérêt, mais ce n'est pas non plus dans l'intérêt de toute personne qui se soucie de toi. Il s'agit de Felicity, dont nous allons nous occuper. Et de Brandon, que j'aime plus que la vie elle-même. Mon mec est bouleversé. Il est en train de piquer une crise. Si tu essaies de sortir de ce lit une fois de plus, il pourrait bien pleurer. Je ne peux *pas* permettre que ça arrive. Est-ce que tu me comprends ?

Cooper le regarda fixement, pas sûr si ce qu'il ressentait était de l'attirance, de l'irritation ou de l'adulation.

— Il est canon, marmonna-t-il à Brandon, mais plutôt un connard.

Taylor rit et tapota gentiment sa joue.

— Maintenant, tu comprends. Bon, as-tu parlé de Brandon à ta petite sœur ?

—Felicity ? Oui, mais nous ne sommes pas, tu sais, liés par le sang…

— C'est secondaire, écarta Taylor avec un haussement d'épaules. Elle a entendu son nom, au moins. Bon. Je vais l'envoyer là-bas, et toi et moi allons rester assis ici et t'écouter divaguer sous antidouleurs. Je connais ça uniquement dans l'autre sens, et je dois te dire que je vais sacrément apprécier de voir ça depuis l'autre côté du lit. Sommes-nous d'accord ?

Cooper bâilla. Il ne pouvait pas voir d'autre choix, vraiment.

— Bien sûr. N'effraie pas Felicity. Elle est… Nous, euh, n'aimons pas l'autorité.

— Je suis carrément surpris. Je pourrais bien faire une crise cardiaque et mourir sous la surprise.

Taylor. Connard. Mais Cooper rigola quand même.

— Tu pourrais toujours tomber, dit Brandon avec amertume. Depuis le toit d'une maison sur un climatiseur bien endommagé et ta tête.

Taylor frotta son bon œil avec la paume de sa main.

— Chéri… dit-il, la voix douloureuse.

Brandon se leva, et Cooper ne manqua pas la possessivité flagrante de son bras autour de la taille de Taylor ou l'aisance de son baiser sur l'épaule.

— Je ne vais pas m'excuser pour ça. Je vais chercher Felicity. Tu restes assis ici et tu t'assures que Cooper sache que quelqu'un en a quelque chose à foutre, d'accord ?

Taylor haussa les épaules… mais se pencha vers le baiser.

— Peu importe. Je suis le manny. C'est un travail que l'on n'arrête jamais.

Puis Brandon regarda vers le lit d'hôpital, l'air sévère.

— Tu as ma permission de respirer. Mange si le médecin te le dit. Soulage-toi si tu n'es pas déjà branché à quelque chose qui le fera pour toi. Mais tu ne pars pas. Tu n'essaies pas de partir. Je t'enverrai un message plus tard pour que tu saches où atterrit Felicity.

Il serra l'avant-bras de Cooper – la seule partie de son corps qui n'était pas contusionnée, cassée ou douloureuse – et partit.

Taylor se retourna et tira sa chaise un peu plus près du lit.

— Alors, dit-il sur le ton de la conversation, à quel point les antidouleurs sont bons ?

Cooper essaya d'y réfléchir et s'endormit presque.

— Fantastiquement bons, admit-il.

— Excellent. Alors tu dois me raconter l'histoire de ta vie.

— Oh, bon sang !

Tant de merdes stupides et tristes dans l'histoire de Cooper Hoskins.

— Pouvons-nous peut-être nous concentrer sur la vie de quelqu'un d'autre ?

— Non, répondit Taylor en levant paresseusement les yeux de son téléphone. Tout sur Cooper Hoskins aujourd'hui. C'est ta journée spéciale « Je suis drogué et foufou, et ces gens ont besoin de savoir qui je suis pour m'aider ». Vas-y.

— Rien de spécial, grommela Cooper. Papa est parti, Maman ne pouvait pas faire face. J'ai atterri dans le système à six ans.

Il soupira, essayant de ne pas se souvenir de ses espoirs pour sa mère. Son amour étourdi et stressé avait quand même été mieux que rien.

— C'est *fascinant*, rétorqua Taylor, le sarcasme dégoulinant de sa voix. Maintenant, dis-moi quelque chose de réel.

— Tu sais, soupira Cooper, quand tu sors du système, souvent tu n'as nulle part où aller, pas vrai ?

— Oui, concéda Taylor, le sarcasme envolé. Je le savais.

— Alors, je savais que l'échéance approchait et j'ai simplement… Je voulais un travail. Je voulais du contrôle. J'ai vu des gars construire quelque chose près de chez ma famille d'accueil, bien que je n'avais pas les meilleures notes au monde, mais *ça* ressemblait à quelque chose que je ne pourrais pas foutre en l'air.

Taylor accrocha son regard et hocha la tête.

— C'est réel, gamin. Et intelligent. Continue à parler. Tu me tiens en haleine.

Cela devait être la morphine. Ou la douleur *sous* la morphine. Ou le soulagement du genre *Oh merci, Seigneur, j'ai enfin une occasion de vider mon sac.*

Parce que l'histoire de la vie de Cooper se déversa hors de lui avec peu d'encouragements de la part de Taylor, ralentissant en un filet avant même qu'il en arrive à Felicity et comment il avait fini avec une fille vivant sur son canapé pendant les deux dernières années. Il arrêta uniquement quand il fut proche de s'endormir, puis Taylor tendit le bras et tapota le dos de sa main.

— Ça va, Cooper la Pétoche, dit-il gentiment, utilisant le surnom que les gars de l'équipe de construction lui avaient donné. Tu peux t'endormir, et quelqu'un sera là quand tu te réveilleras.

— Comment connais-tu ce nom ? se renfrogna Cooper.

— Brandon s'inquiète beaucoup pour toi. Je suppose qu'il avait raison à ce sujet.

— J'vais bien, articula-t-il, *tellement* près de s'endormir. Mais agréable, de pas être seul.

— Nous allons essayer de nous assurer que ça n'arrive pas de nouveau, dit doucement Taylor. Alors ne t'inquiète pas. Tu ne seras pas de nouveau seul pendant un moment.

— Toujours. Toujours seul.

C'était une chose vraie. Une main rendue rugueuse par le travail sur son front – c'était inattendu.

— Plus maintenant.

Il ne pouvait plus argumenter. Sa bouche ne fonctionnerait pas. Il se consolerait avec ce beau rêve.

Jouer

LES leçons du professeur de piano de Sammy, Anson Charles, avaient été une de ses choses préférées en grandissant. Maintenant qu'il faisait des études de musique et obtenait des représentations et des petits boulots bien à lui en parallèle de ses cours à l'université, il gardait son emploi du temps ouvert pour les leçons de musique d'Anson, surtout pour pouvoir les partager avec Letty et Keenan, et qu'ils puissent tomber amoureux de la musique aussi.

Letty était assise, la langue entre les dents, et pianotait une version délicate de « Heart and Soul » pendant que Keenan était affalé sur le fauteuil club dans un coin, attendant son tour avec peu de grâce.

Chaque fois que Letty appuyait sur une mauvaise note, Keenan frétillait comme un poisson, ses grimaces de douleur presque audibles – bien qu'il n'avait, pour l'instant, pas violé la sévère restriction des leçons ; « pas de critique ».

Sammy et Anson échangèrent des regards d'une patience à toute épreuve au-dessus de la tête de Letty, tandis qu'elle s'attelait à jouer, puis Sammy serra les dents et lança un regard noir à Keenan.

— Quoi? articula silencieusement Keenan, et Sammy le fusilla des yeux. Très bien!

De nouveau, la bouche forma les mots, mais aucun son, quel qu'il soit, n'en sortit.

Le massacre musical de Letty approchait de la fin, et Sammy tourna une épaule dégoûtée vers son frère pour qu'il applaudisse ses efforts. Et cela *avait* été un effort – la pauvre petite s'était entraînée à mort sur cette chanson au cours de la dernière semaine. Elle ne méritait pas que son frère massacre ce qu'il en restait.

— Bon travail, Letty! exulta Sammy quand la dernière note brisée flotta dans l'air. Tu as vraiment travaillé dur!

Le petit visage aux joues froissées de Letty lui fit un grand sourire, et sa queue de cheval frisottante s'agita.

— Merci, Sammy, dit-elle en souriant. Je voulais être aussi bonne que toi!

— Si tu continues comme ça, Princesse, lui dit Sammy, tu le seras.

Le hurlement étouffé de Keenan ne fit même pas tiquer la fillette – mais Anson le remarqua.

— Non, non, jeune homme, dit-il, sa voix de professeur à pleine puissance, Sammy a raison. Ton papa, Tino, quand il était seulement un peu plus âgé que Sammy, il ne savait pas *du tout* jouer. Mais il s'est entraîné encore et encore, et maintenant il est très compétent.

Si Tino avait été là, il aurait fait un clin d'œil à Sammy et murmuré que «Compétent n'était pas talentueux», et Sammy lui aurait rendu le clin d'œil. L'oncle Tino de Sammy avait commencé les leçons de piano dans le début de la vingtaine – mais il avait toujours parlé haut et fort de la différence entre son dur labeur et le don naturel de Sammy. En fait, c'était Tino qui avait recommandé à son époux, l'oncle Channing de Sammy, que ce dernier devrait continuer son éducation dans la musique comme une véritable carrière.

En fait, Sammy espérait vraiment avoir certaines des recommandations de Tino ce soir-là en particulier.

Mais d'abord…

— Bon, Keenan, l'amadoua-t-il. Je sais que tu essaies très fort de ne pas en faire baver à ta sœur de *six ans* pendant qu'elle joue du piano,

12

mais c'est *ton* tour de venir nous montrer ce que quelqu'un de *neuf ans* peut faire.

Keenan semblait un peu gêné alors qu'il quittait le fauteuil rembourré.

— C'était vraiment bien, Letty, marmonna-t-il de façon guindée. Mais c'est mon tour maintenant.

— Merci, Keenan, c'est si gentil à toi de dire ça. Tiens, laisse-moi bouger ma partition, tu as travaillé si dur aussi.

Letty lui sourit en totale innocence. Gaie comme un pinson, elle bougea ses affaires hors du chemin de son frère et fila vers le fauteuil du public sur lequel Keenan venait juste de faire une crise.

Sammy et Anson épinglèrent tous les deux Keenan d'un regard noir significatif.

Les épaules voûtées et le visage honteux de Keenan racontaient une histoire de remords total, alors Sammy décida de laisser glisser pour le moment.

— Maintenant que tu es là, sur quoi t'es-tu entraîné ?

Keenan sortit la partition et sourit, se mordant la lèvre inférieure d'excitation.

— « Kashmir » de Led Zeppelin, dit-il fièrement.

Sammy lutta contre l'envie de se claquer le front avec sa paume.

Keenan était intelligent – et très talentueux au piano en soi. Mais bon sang, ce gamin frimait comme aucun autre.

Et « Kashmir » était une chanson de huit minutes, ce qui était vraiment nul, parce que, pour une fois, Sammy voulait être le premier à la porte quand Tino et Channing rentreraient à la maison.

— Kee, je pourrais être obligé d'aller parler à tes papas avant que tu aies fini, s'excusa Sammy.

Mais Anson l'arrêta *lui* avec le même regard noir qu'il venait tout juste de lancer à Keenan.

— Si c'est à propos du travail, ça peut attendre jusqu'à ce que la chanson de ton frère soit terminée, dit-il avec le même ton de voix qu'il avait utilisé pour réprimander Sammy quand il était plus jeune.

Bien sûr, Sammy le méritait à cet instant comme il l'avait mérité à l'époque – il avait été un enfant unique à qui on cédait beaucoup, d'une mère célibataire avant qu'elle ne soit tuée dans un accident de voiture, et son oncle Channing avait immédiatement fait de Sammy sa priorité. Quand Tino et Channing s'étaient mis ensemble peu après, Tino avait également fait de Sammy sa priorité.

Sammy avait un long passé où il avait été le centre de l'univers de tout le monde.

Il avait eu presque douze ans quand ses oncles avaient adopté Keenan, et il avait été déterminé à ce que le nouveau bébé obtienne les mêmes bénéfices d'être le centre de l'univers, tout comme il l'avait été. Quand Letty était arrivée, il avait travaillé dur pour entraîner Keenan à être le meilleur grand frère possible. Aussi embarrassant que ce soit, à vingt et un ans, Sammy avait toujours besoin de se souvenir de ces mêmes leçons.

— Je suis désolé, dit-il en rougissant. Bien sûr. Vas-y, Kee, joue. Je serai là.

Seigneur, « Kashmir » était une chanson sacrément longue.

Vers la fin, la porte d'entrée s'ouvrit et se referma. Un homme grand, avec une touche d'argenté dans ses cheveux blonds, et un autre homme de taille moyenne, avec des boucles encore noires, entrèrent dans la salle de musique. Ils étaient tous les deux vêtus de façon impeccable – Channing, le grand, avait été un accro impénitent aux vêtements depuis aussi longtemps que Sammy pouvait s'en souvenir, et Tino avait été son acolyte avide depuis l'instant où ils avaient commencé à sortir ensemble.

Sammy aimait penser à eux comme Bruce Wayne et Dick Grayson – les PDG superhéros de Californie du Nord.

Ou Oncles Channing et Tino – les hommes qui l'avaient élevé et aimé comme un fils.

Keenan termina avec un grand geste, puis sourit à Channing et Tino, la réussite écrite sur chaque fossette d'un marron pâle.

— Vous avez aimé ? demanda-t-il avec excitation. Vous avez entendu ?

— Tu es supposé attendre que nous ayons applaudi ! s'exclama Channing avec un rire. Oh mon Dieu, petit, tu es sans gêne !

Keenan se précipita vers lui pour avoir un câlin, et Tino leva les yeux pour voir Letty, qui essayait très fort d'immobiliser le tremblement de sa lèvre inférieure.

— Oh, Letty chérie, dit-il doucement en s'agenouillant près du fauteuil rembourré. Nous sommes arrivés un peu tard, aimerais-tu nous rejouer ton morceau ?

— Oui, Papa ! cria-t-elle de joie en enroulant les bras autour de son cou. Je peux ? Je peux, s'il te plaît ? Papa, s'il te plaît ? implora-t-elle avec les yeux tournés vers Channing.

— Bien sûr, répondit-il avant de tendre les bras. Mais j'aimerais vraiment un câlin avant que tu commences.

— Je peux en avoir plus aussi ?

Keenan était juste assez grand pour être sans doute trop fier pour offrir des câlins – mais juste assez petit pour vouloir s'assurer qu'il était aimé autant que sa sœur.

— Est-ce que nous lui offrons encore des câlins supplémentaires ? demanda Channing à Tino, un pétillement dans les yeux.

— Je pense que oui. Tu pourrais être trop vieux pour ça, mais je ne le *suis* pas !

Keenan se précipita vers eux, les étreignant tous les deux, et la réunion de famille commença. Sammy jeta un coup d'œil un peu coupable à Anson pour voir si ça le dérangeait d'attendre, mais le plus vieux regardait les oncles de Sammy avec une sentimentalité évidente.

— Mon mari et moi avions pensé à adopter, dit-il doucement. Mais cela ne se faisait pas à l'époque. De voir ta famille maintenant, ça me rend vraiment heureux.

La bouche de Sammy tomba grande ouverte, et sa poitrine lui fit mal. Ne pas avoir ça ? Son frère et sa sœur ? Ses oncles ? L'idée de ne pas avoir cette ancre, ce havre d'amour dans sa vie, lui faisait mal physiquement. Il ne pouvait imaginer ne pas avoir de famille – et ne pas prévoir d'y ajouter d'autres membres non plus.

— Je suis reconnaissant chaque jour, dit-il.

Et c'était une bonne chose qu'il ait résolu ça, à cet instant, parce que cela le rendrait bien plus patient pour faire face à ses oncles plus tard.

— **TU** iras où ? demanda Channing.

Après la seconde performance de Letty, et après que Anson était resté pour dîner avant de prendre congé, Letty et Keenan étaient en haut, prenant leur bain et se préparant pour aller dormir, et Sammy avait pris son courage à deux mains et posé sa question.

— Eh bien, je ferai partie d'un programme extra-scolaire, enseignant la musique à des collégiens dans la cafétéria (c'était la partie une du plan). Mais tu vois, quand je suis allé m'entretenir avec le professeur supervisant le programme, je suis passé près de, euh, un établissement (un bouge) qui offrait des auditions. Alors j'aurai deux boulots ce semestre, un après les cours à…

— Del Paso Heights, dit Channing d'un ton monotone, pas du tout dupe.

— Et l'autre les vendredis à, euh…

— Del Paso Heights, ajouta Tino, un sourire en coin sur son visage indiquant qu'il ne le gobait pas non plus.

— Ce n'est pas aussi mauvais que tout le monde le dit, leur dit Sammy en y croyant.

— Non, lâcha Channing avec un rire, non, ce n'est pas si mauvais. Je te crois là-dessus, Sammy… Les informations couvrent le voisinage différemment, parce que c'est diversifié. Je le sais. Et je pense qu'enseigner le piano dans un programme extra-scolaire est une merveilleuse idée. Je ne pourrais pas demander de meilleur boulot à temps partiel pour toi. Ce n'est pas le problème.

— Je peux le faire! déclara Sammy avec un sourire éclatant, espérant… espérant…

— Tu peux jouer dans un bouge dans un quartier présenté comme pas terrible jusqu'aux petites heures de la nuit quand tu as à peine vingt et un ans et que tu es sujet à des saignements de nez et des vertiges? Jamais de la vie.

Il avait voulu cette partie – l'avait tellement voulue!

— Le truc des saignements de nez est un coup bas, maugréa-t-il.

— Tu pensais vraiment que tu pourrais faire passer le voisinage pourri du bouge sans qu'on le remarque? demanda Tino, enchanté. Vraiment? Comme si nous allions tous les deux entrer ici sans un cortex cérébral en état de marche et expédier en quelque sorte ton destin aux quatre vents? «Hé, Channing, prenons ton neveu adoré et jetons-le aux loups! Ils ne mordent pas fort!»

— Bien sûr, Tino… ce n'est pas comme s'il donnait l'impression d'avoir douze ans et qu'il avait si peu conscience de son environnement que je l'ai presque vu se faire tuer à un carrefour…

— C'était une seule fois! protesta le jeune homme en grimaçant.

— C'était devant ta foutue école, Sammy! s'écria Channing en jetant les mains en l'air dans une pose classique de *frustration paternelle*. Je t'aime! Je préférerais que tu ne sortes pas du travail un soir au milieu d'une dispute au couteau parce que tu étais tellement perdu dans ta tête que tu as oublié qu'il y avait des connards soûls à l'extérieur *avec des couteaux*.

— Mais c'est une occasion de jouer, soupira plaintivement Sammy. De façon professionnelle! Et de m'entraîner devant un public et de m'améliorer!

— As-tu postulé dans ce restaurant dont je t'ai parlé? demanda patiemment Channing.

— Oui. Je rappelle demain.

— Bien. Le travail de tournée d'été ?

— J'ai postulé et j'auditionne dans quelques semaines, dit-il rapidement.

Il avait en fait hâte pour ça et il savait que Channing s'était beaucoup investi pour s'assurer que l'école ait ce programme.

Channing lâcha un soupir comme si cela l'apaisait.

— D'accord, c'est bon à entendre. Et les stages en école ?

— Ils sont tous pris.

Tino et Channing échangèrent des regards.

— Parce que… ? demanda Tino pour l'inciter à préciser.

— Parce que je n'ai pas postulé, car ils étaient tous en dehors de l'état et que je ne voulais pas partir, marmonna Sammy.

Tino et Channing grimacèrent.

— Eh bien, soupira Tino.

— Ouais, appuya Channing.

Tino ouvrit les bras, et Sammy courut s'y réfugier, tout comme Keenan l'avait fait plus tôt.

— Je ne peux pas argumenter contre ça, gamin. Nous apprécions que tu sois ici, admit Tino, le serrant aussi fort que n'importe quel père pourrait le faire. Nous ne sommes pas prêts à ce que tu partes. Mais nous préférerions que tu partes, puis viennes nous rendre visite, et que tu sois en sécurité plutôt que…

— Que d'être tué dans une dispute au couteau quand tu n'as pas vu le couteau arriver, finit Channing, venant prendre sa part de l'étreinte.

— Je postulerai l'année prochaine, promit Sammy, cédant.

— Seulement si tu le veux. Et si ta santé se maintient, ajouta sévèrement Channing, mais Sammy l'ignora.

— Et au printemps, je me contenterai du collège.

— C'est une très bonne idée, concéda Channing en le serrant pour faire bonne mesure.

Sammy recula et grimaça.

— Je devrais appeler Dodgy et lui dire que je ne peux pas le faire.

La déception de ne pas obtenir le travail valait presque le fait d'observer leurs clignements jumeaux d'incrédulité et d'inquiétude.

— Dodgy ? demanda Tino, comme s'il écoutait Letty lui raconter sa *meilleure* histoire.

— C'était ton futur patron ? clarifia Channing. Dodgy ? Tu allais sérieusement travailler pour un type nommé…

— Dodgy ! railla Sammy. Oui. J'allais travailler pour Dodgy. Vous avez d'autres questions ?

— Oui, rétorqua Channing en croisant les bras avec une jubilation considérable. Aux dernières nouvelles, tu devais t'occuper de Letty et Keenan après les cours ce semestre ? Tu te souviens ?

— Oh mon Dieu, grommela Sammy, le visage rougissant.

Il avait complètement oublié ça.

— C'est vrai, mon pote, continua Channing, implacable comme seul un négociateur de premier ordre pouvait l'être. Leçons d'art, leçons de danse, tout ça ? Ce poste d'enseignant semble être en plein milieu de la période où on épuise les enfants. As-tu idée de qui va faire ça ?

— Oh, bon sang.

Il avait douze modules ce semestre, tous dans la matinée. Il sortait de cours vers 11 h. Il avait dit à Channing et Tino qu'il pourrait endosser certaines des responsabilités concernant les enfants – parce qu'il *appréciait* ces responsabilités, nom d'un chien.

— Oui. Bon sang, répéta-t-il, les épaules basses. Punaise.

— Channing, je pense que ce travail est une bonne chose, dit doucement Tino.

Il se mordit la lèvre en réfléchissant, et cela rappela à Sammy à quel point Tino était plus jeune que son oncle Channing. Tino avait été à peine plus âgé que Sammy l'était maintenant quand il avait frappé à la porte, livrant les boîtes repas de sa sœur, et s'était autorisé à être aspiré dans la vie de Sammy et Channing.

Tino était un allié empathique.

— Je le pense aussi, marmonna Channing en se frottant la nuque. Penses-tu que Lance ou Gwennie pourraient le faire ?

— Lance passe son diplôme cette année, grimaça Tino. Il a dix-huit modules en plus de son stage. Je pense que ça ne marchera pas.

— Vraiment ? Seigneur, il a grandi vite. Qu'en est-il de Gwennie ?

— Elle va en Europe ce semestre, répondit Sammy.

Arthur, le copain d'université de Tino, avait obtenu son diplôme mais était resté travailler comme employé d'entrepôt dans un service de draperie. Son petit frère et sa petite sœur, d'un autre côté, étaient partis pour faire parler d'eux. Adolescent, Sammy avait eu un béguin pour Gwennie, l'ayant vue grandir d'une adolescente rondelette en une adulte stupéfiante et avait été impressionné. Mais Gwennie avait un an de plus que lui, et quelque part durant cette année, elle était sortie de sa catégorie et partie pour un stage d'art en Italie.

— Oh mon Dieu! maugréa Channing. Qui a donné à ces enfants la permission de grandir? Bordel! Tout le monde est viré!

Tino attrapa sa main et embrassa sa tempe.

— Oui, chéri. Ils ont tous été évincés de la Vie de la Société Channing Lowell en grandissant et trouvant du travail. Tous virés. C'est possible.

— La ferme, grommela Channing. Je dis simplement... ta sœur Elena va se marier et déménager à Bay Area. Carrie a eu son diplôme, et nous devons engager une nouvelle femme de ménage. Taylor passe son diplôme et ne surveille plus les enfants de Jacob et Nica. Quand tous ces enfants dans notre maison sont-ils devenus adultes, et comment pouvons-nous empêcher que ça arrive avec Letty et Keenan? Je n'aime pas du tout ça!

— Tu es encore jeune et canon, apaisa Tino en embrassant sa joue. Est-ce que ça compte?

Channing cessa de bouder assez longtemps pour esquisser un rapide sourire.

— Oui, bien sûr. Mais ça ne nous aide pas à trouver quelqu'un pour aider à faire la navette avec les enfants.

— Regardons les choses en face, reprit Tino en appuyant le menton sur l'épaule de Channing. Nous pourrions simplement engager...

Un coup à la porte le coupa.

— J'y vais, offrit Sammy, surtout pour ne pas être obligé de voir Channing si triste.

Il savait que cela arrivait à tous les adultes – c'était forcé. C'était pour ça qu'ils s'exclamaient toujours sur le fait que les enfants avaient tellement grandi. Les gens mesuraient leur propre vie sur le visage des enfants autour d'eux – c'était inévitable, comme le temps.

Il était si préoccupé par ses réflexions sur la mortalité qu'il oublia presque pourquoi il ouvrait la porte.

— Brandon?

Techniquement, le gigantesque ouvrier en bâtiment aux cheveux auburn sur le pas de la porte n'était en aucune façon apparenté à Sammy. La sœur de Tino était mariée au cousin de Brandon, ce qui aurait dû faire d'eux... eh bien, des petits amis, parce qu'à part Gwennie, Brandon avait été le plus gros béguin de Sammy au lycée. Mais Brandon et Taylor avaient eu le coup de foudre, et Sammy avait arrêté de s'inquiéter pour sa vie amoureuse et commencé à s'investir dans sa musique et son éducation.

Mais cela ne signifiait pas qu'il n'était pas heureux de voir Brandon *maintenant*.

— Salut, Sammy, dit Brandon avec un sourire fatigué.

Il recula, balançant un sac marin rose et plein sur son épaule. Le sac avait des plis brillants et la vive odeur d'essence du plastique neuf.

— Viens, Felicity. Voici Sammy… Tu te souviens, je t'ai dit que nous t'emmenions chez une famille.

La fillette qui s'avança montrait un mélange de génétique – de longs cheveux raides et châtains, un visage rond, des yeux marron légèrement en amande. Elle regarda Sammy avec méfiance pendant un instant pendant que celui-ci invoquait son meilleur sourire.

— Euh, salut, Felicity ! Je suis désolé, nous n'attendions personne, mais entre.

Sammy connaissait Brandon depuis un long moment, et ils eurent une de ces conversations visuelles qui pouvaient se produire entre cousins, frères ou époux.

— Hé, je pense que Brandon a besoin de parler à mes oncles. Et si je t'emmenais dans la cuisine ? Nous avons des restes de pain de viande ou des biscuits, l'un ou l'autre te tente ?

Il la regarda déglutir avec tant de ferveur qu'il était pratiquement sûr qu'elle avait manqué le dîner.

— Du pain de viande ?

— Et des lasagnes d'hier soir, ajouta-t-il en se décalant et lui faisant passer la porte. Viens. Allons te nourrir, puis c'est l'heure des dessins animés pour les petits. Tu peux te joindre à eux, si tu veux.

Elle se mordit la lèvre avant de dire d'une petite voix tremblante en montrant un sac à dos usé et effiloché :

— J'ai des devoirs. Je peux faire ça et regarder les dessins animés ?

Sammy croisa de nouveau le regard de Brandon et n'y vit que de la compassion et de la détermination.

— Oui, répondit Sammy avec un sourire. D'abord le dîner, devoirs et dessins animés après… puis les biscuits !

Il rendit sa voix enjouée, et elle lui sourit avec adoration et le suivit dans la cuisine.

Quelques minutes plus tard, Brandon avait une intense discussion à voix basse avec Channing et Tino dans le bureau que Sammy venait juste de quitter, et Felicity dévorait les lasagnes suivant le pain de viande qu'elle avait pratiquement avalé d'un coup.

Sammy apporta son assiette jusqu'à l'évier et commença à rincer la vaisselle à mettre au lavage-vaisselle. Gretchen, leur gouvernante, ne vivait pas avec eux comme l'avait fait Carrie, et il n'aimait pas laisser de la vaisselle sale jusqu'au matin. Gretchen avait toute une famille à nourrir et avait été strictement professionnelle dès l'instant où elle avait été engagée. Cela ne dérangeait pas Sammy – ce n'était pas le travail d'une gouvernante d'être de la famille – mais la camaraderie de Carrie, avec sa chaleur et son sourire contagieux, lui manquait.

— Alors, commença nonchalamment Sammy, tu as loupé le dîner ?

Felicity leva les yeux par-dessus le verre de lait qu'elle avait bu d'un trait.

— J'ai oublié mon déjeuner, admit-elle. Et Coop essaie de me faire manger une barre petit déjeuner ou autre chose quand je pars le matin, mais j'ai oublié aussi.

— Oh non ! s'exclama Sammy en refermant le lave-vaisselle et en se perchant sur le tabouret en diagonale d'elle. C'est horrible. J'avais l'habitude de louper le déjeuner exprès si je n'aimais pas ce qui était proposé, mais j'étais sournois. Je le faisais seulement quand Tino venait me chercher à l'école, parce que je savais qu'il m'emmènerait au drive et que j'aurais un milk-shake.

Il lui sourit, s'attendant à un sourire en retour, mais il eut de la gêne, et elle évita son regard.

— Coop n'a pas les moyens pour le drive, murmura-t-elle. Il a à peine les moyens pour m'avoir avec lui, mais il essaie vraiment fort.

Oh. Sammy résista à la tentation de regarder la grande cuisine autour de lui, avec ses éclatants carreaux bleus et l'îlot central. La fenêtre donnait sur la piscine du patio et le reste du jardin. Toute la maison devait en quelque sorte avoir été un choc pour une fillette qui ne pouvait pas se payer un drive.

— Où est Coop maintenant ? demanda-t-il doucement.

Les yeux de la jeune fille devinrent brillants et débordèrent.

— Brandon dit qu'il a été blessé au travail. Il m'a montré des photos de lui et de l'autre homme à l'air effrayant avec un cache-œil à côté du lit d'hôpital de Coop, expliqua-t-elle en regardant Sammy d'un air implorant. Ils m'ont dit qu'ils allaient m'emmener dans un endroit sûr, parce que Coop était blessé, et cet endroit est agréable et tout, mais Cooper me manque vraiment.

Sammy hocha la tête. Des souvenirs l'assaillirent, des souvenirs d'avoir été jeune et que sa mère lui manquait si férocement que tout son corps faisait mal.

— Quelqu'un me manquait comme ça avant, lui dit-il gentiment avec un sourire doux. C'est vraiment difficile. Mais tu es ici maintenant. Tu es en sécurité. Nous avons un *réfrigérateur* plein de nourriture.

Elle le gratifia d'un petit sourire.

— Alors, ton père…

— Il n'est pas mon père, vraiment, coupa Felicity en plissant le nez. Il était mon frère en famille d'accueil, mais il est devenu trop âgé. Je, heu… enfin, il a offert de me recueillir. C'est en quelque sorte non-officiel.

Elle détourna les yeux, et il en savait assez sur les enfants pour reconnaître une vérité jamais révélée.

Sammy hocha la tête, pensant d'un air mécontent que quelqu'un qui ne pouvait pas payer le drive n'avait probablement pas offert de s'occuper d'une jeune fille – mais il le faisait sûrement parce qu'il le voulait.

— Donc il était sur les photos. Comment était-il ?

— Il souriait. Il avait un bandage sur la tête, et son épaule et ses côtes également, mais il n'avait pas l'air effrayé.

Cette pensée sembla la réconforter, et son sourire devint plus fort.

— Bien. Alors tu penses qu'il ira bien ?

Elle hocha la tête et essuya de nouveau ses yeux.

— Je l'espère. Il est le seul qui veut de moi.

— Là, ce n'est pas vrai, soupira Sammy. Je sais que tu ne les as pas encore rencontrés, mais Keenan et Letty vont vouloir de toi jusqu'à ce que tu demandes grâce. Ils *aiment* les enfants plus âgés. Tu vas être meilleure que des biscuits, fais-moi confiance.

Felicity sourit un peu.

— Ça me manque, dit-elle. Dans les familles d'accueil. Tous les enfants.

À cet instant, un troupeau d'éléphants fit gronder l'escalier qui menait aux chambres.

Alors que Keenan entrait en trombe, portant un pyjama Stormtrooper, avec de petites perles d'eau toujours accrochées à ses boucles coupées courtes, Sammy dit à Felicity :

— Eh bien, le temps que Cooper aille mieux, tu pourrais avoir envie d'un peu de paix et de calme.

— Tu viens ? demanda Keenan avec impatience. L'épisode de *Steven Universe* est tout nouveau ce soir !

Felicity leva les yeux, son visage pâle s'illuminant vraiment pour la première fois.

– *Steven Universe* ?

Letty entra en trottinant, portant un pyjama violet avec des cœurs roses. Ses cheveux étaient un nid d'oiseau humide, rebiquant partout sur sa tête.

— C'est notre préféré, dit-elle. Qui es-tu ?

— Voici Felicity. J'ai la sensation qu'elle va rester avec nous pendant un moment, et vous savez quoi ?

— Quoi ? demanda Letty en levant les bras.

Sammy la souleva et la positionna sur sa hanche.

— J'ai aussi la sensation qu'elle va aimer notre routine du soir.

Felicity tint parole, sortant ses devoirs d'un dossier marqué Collège Silvan. Elle s'assit et résolut des problèmes de maths, grignotant son biscuit et levant à l'occasion les yeux pour rire devant *Steven Universe*.

— Felicity, je vais aller chercher Tino et Channing pour que tu puisses les connaître, d'accord ? Garde un œil sur les petits pour moi.

Elle hocha la tête avec sérieux, bien que « garder un œil sur les petits » n'était pas vraiment nécessaire pendant l'heure des dessins animés. Cela ne semblait pas avoir d'importance – il lui avait donné des biscuits et une responsabilité, et la jeune fille semblait absolument déterminée à y arriver.

Quand il entra dans le bureau, Channing était assis derrière son secrétaire, Tino était debout dos à la porte, et Brandon plaidait sa cause avec sérieux au milieu de la pièce, les mains s'agitant dans tous les sens.

— Nous ne *savions* même pas qu'il s'occupait de cette petite fille. J'en ai parlé à Taylor et je suppose qu'après avoir atteint l'âge limite, il est retourné lui rendre visite, et elle l'a suivi chez lui, hystérique. Elle avait à peine neuf ans et elle a dû traverser la ville à pieds. Quand il a appelé la famille d'accueil, ils ne savaient même pas qu'elle était partie. La fois suivante où elle s'est enfuie, il l'a simplement…

— Gardée, souffla Tino. Nous comprenons, Brandon. Ton employé n'est pas un kidnappeur… c'est un type bien. Mais nous avons d'autres enfants ici. Tu ne peux pas t'attendre à ce que nous…

— Nous pouvons la garder, dit précipitamment Sammy. Elle est gentille. Je l'aime bien.

Channing se tourna vers lui avec les sourcils levés.

— Eh bien, comme *ta* journée est chargée.

— Ne sois pas un connard, grommela Tino avant de se tourner avec lassitude vers son neveu. Sammy, tu ne peux pas *garder* une fille…

— C'est une fille très bien, dit-il avec un peu de désespoir. Elle était si heureuse de simplement s'asseoir et de faire ses devoirs avec Keenan et Letty…

— Mais nous ne savons rien d'elle ! rit à moitié Channing, comme s'il était surpris qu'ils en parlent.

— Eh bien, tu ne savais rien de Keenan et Letty non plus ! Tu as simplement ouvert ta maison et pris soin d'eux !

— C'étaient des bébés, contra Channing avec une douceur désespérée.

Sammy se tourna vers Tino, qui l'avait connu quand il était accablé par le chagrin et en colère, implorant l'homme qui avait été à peine un adulte quand il était arrivé et avait accepté d'élever un petit garçon.

— Je ne l'étais pas, dit-il doucement avant de rire à moitié – comme Channing, en fait. Je n'étais pas un bébé. Et j'étais… j'étais un cauchemar, et ma vie aurait pu être horrible, mais tu es intervenu et tu étais si gentil…

Tino le regarda avec un faible sourire sur le visage.

— Tu *étais* plutôt horrible, dit-il les yeux brillants.

Puis il se tourna vers Channing, redressant les épaules avant de déclarer de ce ton de voix que Sammy associait habituellement aux fois où il réglait des affaires au téléphone, quand il assurait comme un pro.

— Rencontrons-les au moins.

La bouche de Channing s'ouvrit en grand.

— Tu n'es pas… tu ne peux pas… pourquoi est-ce que tu… ?

— Parce que, reprit Tino en haussant les épaules. La maison est énorme. Si ma sœur peut caser un sixième enfant dans une maison qui fait la moitié de cette taille et l'aimer et le conduire dans une Honda Odyssey remplie comme une barrique, le moins que nous puissions faire est de parler à cette jeune fille. De parler à Cooper. De voir ce que nous avons là.

Sa bouche se serra, et son expression devint malicieuse.

— Allez, Channing Lowell, tu avais l'habitude de te mettre en quatre pour me convaincre que tu étais cet homme, tu te souviens ?

— Tu n'es pas si mignon, marmonna Channing, les yeux plissés, comme s'il ne pouvait pas comprendre pourquoi il faisait ça.

Sammy sauta presque sur Tino dans une énorme prise d'ours.

— Merci ! Merci, Oncle Tino ! Tu es le meilleur ! Tu vas l'aimer ! Je te le jure !

— Ne demandais-tu pas justement la permission d'abandonner ton petit frère et ta petite sœur ? demanda Channing en jetant les mains en l'air.

Sammy reposa Tino si vite qu'il tituba.

— Mince.

— Attendez, dit pensivement Tino, ne lui lançant même pas un regard mauvais. Quand commence ton travail ?

— Dans deux semaines.

Oh, allez, Tino, allez. Tu es si intelligent – tu peux résoudre ça !

— En fait, intervint Brandon, la voix pensive, deux semaines, ça pourrait être parfait.

Tous les yeux se tournèrent vers lui.

— Cooper sortira à un moment ou un autre la semaine prochaine. Donnez-lui... s'interrompit-il avec une grimace. Pardonnez-moi, les gars, mais s'il pouvait récupérer ici, avec la gouvernante et quelqu'un pour préparer des repas et l'aider avec Felicity, il devrait être prêt à aider avec les enfants le temps que Sammy commence son nouveau travail.

— N'as-tu pas dit qu'il est tombé d'un toit ? interrogea Channing, fermant les yeux et se pinçant l'arête du nez.

— Eh bien, oui, mais une fois la commotion guérie, ce ne sont que des côtes froissées et un bras en écharpe. Cooper ne s'est cassé aucun os, il s'est simplement déchiré des ligaments. Je veux dire, ce n'est pas permanent. Et... ajouta-t-il en grimaçant de nouveau. Il a besoin de faire quelque chose à part travailler dans le bâtiment.

— Pourquoi ? demanda Sammy, curieux.

Felicity avait paru sacrément loyale envers ce type.

— Eh bien, il est bon là-dedans parce qu'il est intelligent, soupira Brandon en secouant la tête. Mais il est mauvais parce qu'il n'est pas grand, et il continue d'essayer de faire des trucs de mecs costauds. Il ne demandera pas d'aide. C'est une chose dont je ne peux pas le sortir non plus. Diablement frustrant.

— Et donc ? reprit Sammy, luttant contre l'envie de rencontrer ce mystérieux Cooper. Une fois qu'il sera sur pied, je pourrai lui apprendre les routines ici. Puis, quand il sera temps pour moi de travailler, il pourra prendre le relais comme nounou jusqu'à ce qu'il trouve autre chose à faire.

— C'est pratique, dit sèchement Tino, s'attirant un sourire impénitent de Sammy.

— Qu'est-ce que tu es ? demanda Channing après un instant pour finalement se lever et tendre les bras pour un câlin. Un professeur ou un musicien ?

Sammy sourit et entra dans l'étreinte de Channing.

— Aujourd'hui, je suis les deux, dit-il, se sentant fier de lui-même.

— Oui, oui, grommela Channing.

Mais Sammy avait gagné. Cela n'arrivait pas souvent, mais il savait à quoi cela ressemblait, alors il pouvait le savourer.

Nouveaux Mondes

COOPER fit le tour de la gigantesque maison du regard, incertain.

— Felicity, nous allons loger ici ?

Elle dansa presque sur place là où elle se tenait.

— Oui ! Oh mon Dieu, Cooper. Tu devrais voir les chambres ! J'ai… s'interrompit-elle, sa voix se baissant en un murmure. J'ai ma propre chambre !

Elle semblait en être gênée, mais aussi heureuse. Cooper déglutit.

— Est-elle agréable ?

— Elle est géniale ! s'exclama-t-elle avec un sourire. Sammy m'a emmenée chez Target et m'a acheté des draps, de nouveaux draps ! Et une lampe et un pouf. Et une couverture. Et des habits !

Elle tourbillonna, montrant un nouveau jean et un débardeur rose brillant – et des tennis à fleurs. Le cœur de Cooper se serra pendant un instant, heureux de la voir heureuse, bien habillée et excitée. Il rata presque le fil de ce qu'elle disait.

— Et deux gros coussins en forme de papillon, ajouta-t-elle en se mordant la lèvre. Enfin, ils étaient en fait pour Letty, parce qu'elle les voulait, mais Sammy a dit que sa chambre venait juste d'être refaite, alors je les ai demandés, et maintenant elle vient s'asseoir sur mon lit et les utilise pour jouer à la poupée. Elle dit qu'elle aime ma chambre, parce que Keenan n'y entrera pas car je suis plus âgée, alors je dois dire s'il peut entrer ou non. Mais j'y étais en train de faire mes devoirs, et elle est venue pour jouer à la poupée, et Keenan est venu s'asseoir pour faire *ses* devoirs, alors je pense qu'ils aiment simplement se réunir.

— Tu es seule dans la maison ? interrogea-t-il, inquiet.

Brandon lui avait dit qu'elle serait dans une grande maison avec d'autres enfants, mais jusqu'ici, il avait tout entendu concernant Keenan et Letty, et rien concernant des adultes.

Felicity secoua la tête.

— Non… Non. Sammy est là, et la gouvernante, mais nous ne la voyons pas beaucoup. Sammy passe nous chercher à l'école ; il passe me prendre en premier, parce que je sors avant, mais nous devons nous dépêcher, parce que c'est si loin, expliqua-t-elle, tout sourire et radieuse. Mais ensuite, Tino et Channing ont dit que si ça marchait entre nous tous, ils pourraient m'inscrire dans une école plus près d'ici.

Cooper ouvrit et referma la bouche, et derrière lui, la porte se referma alors que Brandon et Taylor apportaient le premier chargement de ses affaires. Ils avaient apparemment passé les deux derniers jours à les faire déménager complètement, Felicity et lui, hors de l'appartement pour que Cooper n'ait pas à payer de loyer, et à mettre les meubles en stockage. Le bruit de la porte se refermant derrière Taylor parut horriblement définitif, comme la fin de l'ancienne vie de Cooper.

— Tu es le guide, Felicity, dit joyeusement Brandon. Tu dois nous dire où apporter les affaires de Cooper.

Elle parut confuse pendant une minute.

— Oh… mince. Laisse-moi demander à Sammy.

Puis, de cette façon qu'ont les enfants qui étaient totalement inconscients qu'on ne s'exprimait pas de la même manière à l'intérieur et à l'extérieur, elle pivota sur un pied et hurla :

— Sammy ! Sammy ! Brandon a une question !

Felicity avança plus loin dans la maison, au-delà d'une entrée qui semblait servir de salle de jeu et arborait un escalier vers un étage supérieur, au-delà d'une large cuisine en carrelage bleu qui ouvrait sur un vaste patio,

28

et au-delà d'une salle à manger qui ouvrait sur le même endroit. Elle s'arrêta au pied d'un autre escalier qui était probablement relié à celui de l'entrée par un couloir à l'étage, et leva les yeux avec impatience. Cooper leva le regard aussi.

Oh.

Le jeune homme qui descendit, pieds nus, était habillé simplement d'un jean et d'un sweat à capuche – rien de chic, rien de coûteux. Cooper avait probablement les mêmes choses dans les sacs poubelle que Brandon transportait, seulement beaucoup plus usées.

Mais Cooper ne remarqua pas vraiment les vêtements.

Cela pouvait-il être le fameux Sammy ?

Il avait l'âge de Cooper, avec une mâchoire carrée et de magnifiques yeux bleu-gris bordés de cils sombres et de cercles noirs autour des iris. Ses pommettes étaient hautes et artistiques, avec d'éclatantes touches de couleur étalées sur sa peau pâle, et même si ses poignets et ses chevilles semblaient minces, douloureusement minces, sa bouche – oh, elle était douce et pulpeuse.

Puis il sourit.

Cooper laissa échapper un bruit sans pouvoir s'en empêcher.

— Tu vas bien, Coop ? demanda Brandon en arrivant près de lui.

— Très bien, répondit Cooper malgré sa gorge sèche.

Brandon hocha la tête, rassuré, puis sourit à l'ange qui avait descendu l'escalier.

— Sammy ? On se demandait où installer notre garçon ici présent.

Sammy fit de nouveau ce truc avec sa bouche qui rendait Cooper stupide.

— Eh bien, nous avons pensé qu'il ne serait pas prêt pour monter et descendre beaucoup les escaliers. Channing et Tino ont demandé à Gretchen d'aérer les quartiers de Carrie et Hope, expliqua-t-il en leur faisant signe de revenir vers la cuisine. Ils sont un peu à l'écart, près de la cuisine de l'autre côté du garage. De cette façon, tu peux avoir de l'intimité et ta propre salle de bain, et tu n'auras pas à forcer sur tes côtes pour monter et descendre.

Cooper refit ce bruit, et les sourcils sombres de Sammy – une surprise en comparaison de ses cheveux blonds – se froncèrent d'inquiétude.

— Oh, on dirait que tu as déjà besoin de repos. Là… Felicity, aide-le. Tu sais où c'est.

— Oui, répondit-elle, émerveillée. Coop, tu as le meilleur endroit, c'est aussi grand que notre appartement. Je pensais qu'ils allaient le louer ou autre. Je ne savais pas que c'était pour toi !

Cooper déglutit, sa gorge étonnamment sèche.

— Je… Je, euh… louer…

— Ça fait partie du boulot de nounou, si tu le prends, commenta Sammy en agitant la main et avec un sourire rapide. Mon oncle Tino a aussi vécu là avant qu'Oncle Channing et lui ne commencent à sortir ensemble. Je suppose que Channing pense que tu travailleras si dur avec nous tous que tu mérites tous les avantages possibles.

— Je suis *ta* nounou ? s'horrifia Cooper, les yeux fixés sur lui.

Le rire de Sammy résonna à travers la maison tandis qu'il ouvrait la marche en passant dans la cuisine.

— Oh mon Dieu. Non ! Je suis à l'université ! Mais c'est gentil à toi de le proposer, vraiment.

Il se tourna gaiement vers Cooper, et celui-ci détourna le regard, mortifié.

Une main sur la manche de son sweat-shirt le ramena vers ces saisissants yeux bleu-gris.

— Hé, dit doucement Sammy. Je ne voulais pas te blesser. Je disais simplement… Tu auras à trimbaler Keenan et Letty partout, ainsi que cette jeune fille ici présente.

Il se tourna et ébouriffa les cheveux de Felicity, et elle rit avant de baisser la tête.

— Tu n'as pas besoin de trimbaler mes fesses desquamées où que ce soit. En fait, c'est mon boulot de te donner un coup de main, si tu es submergé.

— Désolé, concéda Cooper avec un hochement de tête, essayant de trouver sa voix. J'étais simplement… Tu sais…

— Submergé et confus ? proposa Sammy, semblant seulement gentil. Tout va bien. Tu as probablement besoin d'aller t'allonger, de prendre un antidouleur et de dormir un peu.

Il regarda Brandon et Taylor, qui l'avaient suivi dans le petit couloir à côté de la cuisine.

— Hé, les gars… vous savez quoi ? Vous mettez ça dans sa chambre, et je vais l'installer et vous aider à rapporter le reste des affaires dans l'entrée. Nous pouvons les ranger quand il se sera reposé.

30

— Bonne idée, accepta Taylor de façon bourrue. Il est presque aussi pâle que toi. Tiens.

Il posa un des sacs poubelle et sortit quelque chose de sa poche.

— Assure-toi qu'il prenne un de ces cachets toutes les quatre heures. Ils le maintiendront assez groggy, et il aura besoin d'un en-cas avec, d'accord ?

Sammy lui prit le flacon et se tourna vers un des placards de la cuisine – celui au-dessus du plan de travail, avec un verrou enfant dessus.

— Tu vois où je les range ? demanda-t-il en captant le regard de Cooper.

— Oui, acquiesça celui-ci. Bonne idée.

Sammy sortit un des cachets et mit le reste à l'abri.

— Nous ne pouvons pas les laisser près de ton lit. Letty a presque passé l'âge de penser que les médicaments sont géniaux, mais nous ne voulons pas prendre de risques.

– Oh mon Dieu, *oui* !

Cooper n'avait même pas pensé à ça, et son cœur commença à battre plus vite – et il eut des élancements dans ses côtes et son épaule. Il grogna, et Sammy fit deux pas en avant et le rattrapa au moment où il chancelait.

Oh, waouh. Pour quelqu'un qui semblait si jeune, il était étonnamment grand – une bonne tête et demie de plus que Cooper lui-même.

Et ses bras étaient filiformes et forts.

Et la vache, qu'est-ce qu'il sentait *bon*.

— Allez, dit gentiment Sammy. On te met au lit.

Une heure plus tard, Cooper était allongé sur un agréable lit queen-size avec plus de coussins qu'il en avait jamais rêvé pendant que Felicity dirigeait Sammy pour lui dire où mettre les vêtements dans les tiroirs.

— Sous-vêtements en haut, les chaussettes à côté, dit-elle, le doigt pointé. Les siennes ont toutes des trous, il porte ces bottes pour travailler, et elles mettent les chaussettes en lambeaux.

— Loyer, santé, dentaire, récita Cooper.

Il avait entendu les histoires des enfants qui finissaient dans la rue. Il avait pris des cours « d'applications du travail » au lycée. Non, les enfants comme Cooper n'allaient pas à l'université, mais le leitmotiv loyer, santé, dentaire ? Ce rêve-là, ils *pouvaient* l'atteindre.

— Nous allons devoir lui en acheter d'autres, déclara Sammy, la voix si naturelle que Cooper n'en fut presque pas offusqué.

Presque.

31

— Je ne suis pas un cas social, maugréa-t-il.

L'antidouleur enlevait une partie de sa résolution. Il aurait dû s'asseoir, mais la pièce était déjà en train de tourner.

— Nous le déduirons de ton salaire, rétorqua platement Sammy.

Felicity en rit. Cooper se renfrogna.

— Quel va être mon salaire, d'ailleurs ?

— Le montant sur ton chèque, moins ce que nous dépensons en chaussettes.

Oh bon sang.

— Je ne suis pas incapable, marmonna-t-il

— Il ne l'est pas, intervint Felicity, et il sourit, pensant que sa sœur couvrait ses arrières. Il sait cuisiner. Nous mangeons des sandwichs grillés au fromage le lundi, des spaghettis le mardi, des macaronis au fromage le mercredi, des corn dogs le jeudi, des pizzas le vendredi, des nuggets de poulet le samedi, et des ramens le dimanche. Et nous faisons la lessive et nettoyons la maison le week-end.

Cooper voulut se cacher sous les coussins. *Seigneur.* C'était tellement pathétique, la petite vie qu'il avait bâtie pour eux deux. Mais elle s'était enfuie de sa famille d'accueil, *deux fois,* et elle avait pleuré et pleuré dans ses bras, alors il avait promis. Promis qu'ils seraient une famille. Il n'avait jamais eu de famille – il ferait d'elle sa famille.

Cela n'était pas tout à fait à la hauteur de cette grande maison avec la piscine et le… oh mon Dieu, allait-il vraiment dormir dans les quartiers de la femme de ménage, qui faisaient deux fois la taille de tout son appartement ?

— Nous mangeons des corn dogs le lundi, dit Sammy, paraissant terriblement sérieux. Je sais que tu n'étais pas là, mais c'est le jour préféré de Keenan et Letty.

— Et pour le nettoyage de la maison ?

Le cœur de Cooper se tordit, elle était si sérieuse !

— D'habitude, cela se passe le mercredi soir. Personne n'a de cours le mercredi, alors ils doivent ranger leur chambre pendant une heure après le goûter. Puis, si les chambres sont *vraiment* en désordre, elles doivent être nettoyées le samedi matin avant que nous sortions pour faire quelque chose en famille.

L'enthousiasme de Felicity retomba soudain.

— Oh.

Sammy lui lança un sourire conquérant. Puis il regarda Cooper et se mordilla la lèvre.

— Enfin, tu es invitée aussi. En fait, cette semaine, nous avons un voyage à San Francisco prévu depuis *un mois*. Il se pourrait bien que je reste ici pour tenir compagnie à ton frère, mais Tino et Channing voudront définitivement que tu viennes.

— San Francisco ? demanda Felicity, les yeux écarquillés. Genre… genre… où ?

— Eh bien, je les ai entendus parler, et ils ont des réservations pour le ferry d'Alcatraz, puis le retour au quai prévu pour le déjeuner, lui dit Sammy, comme s'il cochait une liste. Le zoo après ça. Et l'océan après le zoo.

Cooper se mordit la lèvre. San Francisco ? Tant de choses à faire là-bas – qu'il ne pouvait pas payer. Il aurait *adoré* emmener Felicity pour un voyage comme celui-là. Il avait réussi à l'emmener au Zoo de Sacramento pendant les journées gratuites, pareil pour les musées, mais hors de la ville, ils ne pouvaient même pas se permettre d'emporter du beurre de cacahuète et de la confiture.

— Oh mon Dieu ! Je peux y aller ? Enfin…

Felicity sautait sur place et battait des mains, si excitée que sa dignité et sa réserve naturelle disparaissaient. Mais elle s'arrêta soudain, et Cooper vit sa mâchoire se serrer comme si elle s'attendait à prendre un coup au menton. Elle avait pris quelques coups de cette façon – Cooper n'était pas sûr qu'elle pourrait en supporter plus.

— Ce n'est pas une erreur, n'est-ce pas ? Je suis invitée ?

Cooper s'attendait à ce que Sammy fasse comme si elle n'existait pas, comme les adultes avaient tendance à le faire quand ils ne voulaient pas voir. La vie avait brisé trop de promesses envers des enfants comme Cooper et Felicity pour qu'ils puissent facilement accorder leur confiance.

Sammy arrêta de ranger les jeans de travail les plus sales de Cooper dans un tiroir et pivota pour s'assurer de capter les yeux de Felicity.

— Trésor, je ne te promettrais pas quelque chose comme ça si nous ne pouvions pas tenir parole. J'ai spécifiquement demandé si tu pouvais venir, et ils étaient heureux de dire oui. Keenan et Letty vont adorer t'avoir avec eux pendant l'aventure familiale.

— Tu ne peux pas venir ? questionna-t-elle, la lèvre inférieure tremblante.

33

— Ton frère a besoin de moi, dit-il après un regard à Cooper et un haussement d'épaules.

Cooper voulut protester – mais il ne put le faire. Rien que de monter dans la voiture pour venir ici l'avait épuisé.

— Cooper en a vu de toutes les couleurs, et le laisser ici, dans une maison étrangère, où il ne connaît personne ? Ce n'est pas du tout correct. Cooper et moi pourrons venir lors de la prochaine grande aventure, d'accord ?

Felicity hocha la tête, puis se tourna vers Cooper, s'allongeant à côté de lui sur le lit pendant que Sammy finissait.

— Tu as entendu ça ? demanda-t-elle, le visage rayonnant. Tu viendras avec nous un jour.

— Eh bien, tu sais, lâcha-t-il en ravalant sa salive. C'est seulement si les choses fonctionnent.

Il tapota doucement son nez et essaya de ne pas gâcher son plaisir. Elle posa la tête sur son épaule en toute confiance.

— Tu verras. Sammy est génial. Il m'emmène à l'école à l'heure, et nous parlons dans la voiture. Dimanche, il m'a présentée à toute la famille de Tino, lui dit-elle en tapotant son torse, presque comme un enfant. J'ai joué avec des enfants. Dustin est autoritaire, mais Belinda et Melly sont amusantes.

— Je ne peux pas suivre avec tous les noms, lui déclara honnêtement Cooper. Comment fais-tu pour tous les retenir ?

— Ils ont joué avec moi. Ça facilite les choses.

Il sourit, ses yeux se fermant. C'était adorable. Quand ils s'étaient rencontrés, il avait eu seize ans et elle avait eu, oh mince, était-ce seulement six ans ? La famille d'accueil d'alors avait été… efficace. Ils étaient une station-dortoir efficace pour des enfants qui n'étaient pas censés rester. Beaucoup, beaucoup d'enfants qui n'étaient pas censés rester.

La famille où elle avait été envoyée après qu'il était devenu trop âgé n'avait pas été aussi efficace.

— Je ne me souviens pas à qui ils sont apparentés, marmonna-t-il avant d'ajouter sincèrement. Je ne me souviens pas à qui *Sammy* est apparenté.

Le ricanement de Felicity réchauffa quelque chose en lui.

— Tino et Channing sont les deux papas de la maison, dit-elle, essayant de lui apprendre pendant qu'elle riait. Keenan et Letty sont leurs enfants.

Oh. Cooper le savait – il avait vu des spots télévisés avec deux papas et des publicités sur Facebook avec deux papas. Mais il n'avait jamais connu quelqu'un – une vraie famille – qui avait deux papas.

— Est-ce que Sammy est leur enfant ?

Parce qu'il ne pouvait pas voir comment tout s'accordait, vraiment. Son ange jeune et compétent ne paraissait pas être un enfant gâté de privilèges.

— En quelque sorte, lui dit Felicity. L'un d'eux est son oncle. Je pense que c'est Channing, parce qu'ils se ressemblent un peu.

— Oui, les interrompit Sammy avec humour. Channing est mon oncle, et quand ma mère est morte, il a déplacé toute sa vie ici pour moi. Et Tino est arrivé pour être la nounou, et ils sont tombés amoureux, et nous vivons tous heureux pour toujours !

— Je suis désolé, dit Cooper, gêné, en fermant les yeux. J'avais complètement oublié que tu étais là.

Oh mince… comme c'était mal poli !

— Ne t'inquiète pas de ça, contra Sammy en baissant doucement la voix. Felicity, j'ai fini, et il est presque l'heure du dîner. Peux-tu aller le dire – *dire,* pas *hurler* – à Keenan et Letty ? Dis-leur dix minutes, d'accord ?

— Bien sûr, Sammy, assura-t-elle gaiement. Qu'y a-t-il pour dîner ce soir ?

— Des lasagnes, répondit-il avec un sourire. La sœur de Tino les a faites, c'est vraiment bon.

— Youpi !

Elle partit en courant, et Sammy tira une chaise au bord du lit.

— Tu es épuisé, dit-il à Cooper. Alors je vais seulement parler pendant une minute, d'accord ?

— Désolé d'avoir été indiscret…

— Pas du tout. Non… il est question de Felicity. Tu lui as presque dit non, n'est-ce pas ?

— À propos du voyage ? s'étonna Cooper.

— Oui. Tu as presque…

— Je ne voulais pas qu'elle se fasse de faux espoirs, avoua doucement Cooper. Elle n'est pas de la fami…

— Écoute, Cooper ? Voilà le truc. Tu n'as pas encore rencontré Keenan et Letty… mais je vais te prévenir. Ils ne me ressemblent pas du tout. J'ai grandi ici avec mes deux oncles gay, et tous les deux m'ont aimé

35

comme des pères... excepté que mon père n'a pas fait partie de ma vie depuis mon enfance. Brandon, le type qui est venu et nous a pratiquement *dit* de t'accueillir? Il est... et suis bien ça... le cousin du mari de la sœur du mari de mon oncle. Et son petit ami est le meilleur ami de la sœur du mari de mon oncle.

Cooper éclata de rire. Il ne put s'en empêcher.

— Oh mon Dieu!

— N'est-ce pas? insista Sammy avec un sourire, avant de redevenir sérieux. Nous aimons Felicity. C'est une enfant merveilleuse. Je comprends que des gens peuvent avoir rompu des promesses qu'ils vous avaient faites à tous les deux, peut-être durant toute votre vie. Mais nous n'avons jamais tourné le dos, déçu ou rejeté une partie de notre famille simplement parce que la personne n'était pas... tu sais. Apparentée.

— Je suis sur un lit dans la maison d'un étranger.

La main de Sammy sur son bras ne fut pas déplaisante, mais elle fut inattendue.

— Eh bien, quand tu te sentiras mieux, peut-être que nous pourrons devenir amis. Tu en penses quoi?

Cooper regarda sa main – les doigts longs, artistiques –, il déglutit et essaya de ne pas penser à la façon dont il avait appelé Sammy son ange dans ses pensées pendant la dernière heure et demie.

— D'accord, lâcha-t-il d'une voix rauque. Oui. Très bien.

Sammy serra le haut de son bras, puis se leva.

— Je t'apporterai une assiette quand tu te réveilleras de ta sieste.

Et avant que Cooper puisse demander «Quelle sieste?», il s'endormit.

IL se réveilla une heure plus tard et entendit des chamailleries venant de la cuisine – deux voix jeunes parlant de *lui,* parmi toutes les choses possibles.

— Non, tu ne peux pas aller le voir! assura la plus âgée des voix (un garçon?). Il est *mort*!

— Il ne peut pas être mort! répondit la voix plus jeune – celle-ci ressemblant beaucoup à une petite fille. Il ne peut pas être mort, parce que Felicity l'aime et elle serait triste.

— Eh bien, Sammy a dit qu'il «dormait comme un mort», alors si ça ne signifie pas mort, je ne sais pas...

— Ça signifie qu'il est vraiment endormi profondément, intervint une voix masculine plus âgée. Sammy a dit que le frère de Felicity était trop profondément endormi pour vous rencontrer tous les deux pour l'instant. Il a été blessé. Il est probablement trop fatigué pour faire face à des enfants actuellement. Nous voulons qu'il aille mieux pour qu'il puisse s'occuper de vous quand *nous* sommes fatigués !

— Tu n'es même pas si vieux que ça ! répondit le garçon avec insolence, et il fut récompensé par un rire profond.

— As-tu entendu ça, Tino ? Je ne suis même pas si vieux que ça !

— Je te le dis depuis treize ans !

Cooper lâcha un doux soupir. C'était ainsi – *ainsi* – qu'il avait toujours imaginé une famille heureuse. Pas de cris, pas de sarcasmes amers, pas d'apathie. Des taquineries, de l'humour, même de la gentillesse. Il ouvrit les yeux et inclina la tête, se demandant s'il pouvait apercevoir quelqu'un bougeant dans l'espace où les deux portes de chaque côté du couloir se chevauchaient.

À la place, il vit son ang... Sammy, arrivant avec un plateau de nourriture.

— Ne t'inquiète pas, dit-il doucement en allumant la lumière près du lit de Cooper. Nous leur avons dit que tu serais réveillé demain après l'école, et qu'ils pourraient venir te parler à ce moment-là.

— Je n'étais pas inquiet, dit Cooper, souriant à moitié. Je faisais simplement... semblant.

Sammy s'affaira avec le plateau à côté de lui, et Cooper se redressa sur sa bonne épaule et essaya de pousser des coussins derrière lui.

— Semblant de quoi ? Tiens.

De nulle part, Sammy sortit un de ces coussins prévus pour supporter le dos au lit. Il s'arrêtait aux épaules de Cooper, cependant, et Sammy mit deux autres coussins derrière son dos, puis posa le plateau.

— Semblant de quoi ? répéta-t-il quand Cooper fut installé.

Semblant d'avoir une famille. Semblant d'avoir ma place ici.

Mais cela paraissait tellement pathétique, pas vrai ?

— Rien, marmonna-t-il.

Il regarda son assiette avec surprise. Des lasagnes dégoulinaient de fromage, de sauce de viande, et d'une espèce d'incroyable croûte de beurre et de parmesan sur son assiette.

— Ça a l'air vraiment bon !

— C'est la cuisine de ma tante Nica, c'est bien meilleur.

Cooper lui sourit avec hésitation et ramassa la fourchette.

— Est-ce qu'elle dirige un restaurant?

Sammy secoua la tête, avant de sourire et de se rasseoir sur la chaise, apparemment déterminé à tenir compagnie à Cooper.

— Non. Elle dirige bientôt six enfants. Mais c'est elle la raison pour laquelle Oncle Tino a rencontré Oncle Channing. Tu veux entendre l'histoire?

Oui. Continue simplement à te tenir là et à me sourire.

— Bien sûr, dit-il à la place. Si ça ne te dérange pas de me regarder manger.

— Pas du tout.

Et pendant que Cooper mangeait des lasagnes si bonnes qu'il en avait uniquement rêvé, Sammy se lança dans une histoire à propos d'un pauvre étudiant arrivant à la porte de Sammy, et comment celui-ci avait donné à Tino du fil à retordre parce qu'il n'était pas sa sœur, Nica.

— Tu pensais que ta mère reviendrait quand le panier-repas serait livré?

Sammy avait raconté l'histoire avec du rire dans la voix, et certaines parties avaient fait sourire Cooper, mais celle-ci… *celle-ci* semblait faire mal quelque part profondément en Cooper, à un endroit qu'il ne pouvait pas soulager.

— Oui, répondit Sammy, plus sérieux. C'était mon dernier espoir. Maman avait l'habitude de dire que le monde entier recommençait le premier mercredi du mois quand la Nana du Repas venait. Et simplement, je… tu sais… j'espérais.

— Je… commença Cooper avant de ravaler sa salive. J'espérais aussi. Après que ma mère m'a laissé en foyer d'accueil. Je continuais de dire à ma première famille de ne pas trop s'habituer à moi… qu'elle reviendrait.

— Est-elle revenue? demanda Sammy, la voix neutre, comme s'il connaissait déjà la réponse.

— Non, murmura Cooper. Pas une seule fois.

— La mienne non plus, avoua Sammy avec un haussement d'épaules avant de sourire un peu, comme pour s'excuser. J'ai été chanceux. *Tellement* chanceux. J'ai eu Oncle Channing, puis j'ai eu Tino et toute la famille de Tino. Mais tu sais, après la mort de ma mère, je ne les ai jamais considérés comme acquis.

Pas pourri gâté. Sammy n'était pas pourri gâté. Il avait eu des choses durant toute sa vie, et même de l'amour toute sa vie, mais il savait ce qu'il avait.

— Ça fait de toi quelqu'un d'intelligent, lui dit Cooper avec sérieux, utilisant son doigt pour nettoyer le reste de sauce de lasagne sur son assiette. On a besoin d'être intelligent pour survivre.

Le rire de Sammy prit une note pleine d'autodérision.

— Pas aussi intelligent que tu le penses, contesta-t-il sèchement. Channing et Tino continuent de me rappeler que, parfois, je me perds tellement dans ma tête que j'oublie de regarder autour de moi.

— Eh bien, grogna Cooper, je n'ai pas atterri à l'hôpital parce que j'ai pris les meilleures décisions.

Le pli sur le front de Sammy l'effraya presque.

— Comment *as*-tu atterri à l'hôpital ?

Oh mince !

— Eh bien, alors, il y avait ce climatiseur sur le toit, commença-t-il.

Il raconta l'histoire, réalisant que Sammy était suspendu à ses lèvres. Pendant un instant, il oublia d'être timide ou prudent. Pendant cet instant, ses vêtements étaient propres et raccommodés, et ses cheveux venaient d'être coupés. Pendant un instant, il ne s'inquiéta pas de savoir de quand datait son dernier bain, et – rien que pendant l'histoire – il était le mec le plus populaire.

— Alors tu ne te souviens pas d'être tombé ? questionna Sammy

Il fixait Cooper comme s'il avait survécu à l'effondrement d'un bâtiment après avoir couru à l'intérieur pour sauver des orphelins et des chatons.

— On m'a dit que c'est un effet secondaire d'une commotion, lui expliqua Cooper, hochant la tête avec sérieux.

Il ferma les yeux, et l'honnêteté sortit toute seule.

— J'ai mal à la tête, admit-il.

Sammy grogna, et Cooper entendit le clic du flacon de médicaments.

— Je suis désolé. J'étais supposé te donner ça quand tu aurais fini de manger. C'est ma faute. J'étais tellement pris dans la discussion que j'ai oublié que tu apprécierais probablement *vraiment* de les avoir maintenant.

Les doigts de Sammy, tâtonnant sur les siens, firent que Cooper ouvrit les yeux. Sammy s'était levé pour lui donner les cachets et il se tenait plus près désormais – assez proche pour que Cooper voie les anneaux sombres autour des iris gris de ses yeux.

Sammy prit une inspiration, ces yeux merveilleux s'écarquillant de surprise.

— Euh…

Cooper rattrapa tout juste les cachets quand Sammy fit un pas en arrière pour prendre une bouteille d'eau sur le bord du lit.

— Je suis désolé, marmonna Cooper, gêné.

— De quoi ?

Sammy se retourna et attendit un peu pendant que Cooper lançait les cachets dans sa gorge et attrapait la bouteille d'eau pour les faire descendre.

— Je, euh, suis devenu un peu intense pendant un instant.

De toutes les choses possibles, il ne s'attendait pas au ricanement bas et grondant de Sammy.

— Ne t'excuse pas d'avoir eu l'air canon, Cooper. C'est ma faute, je t'ai regardé bouche bée.

Et maintenant, Cooper était bouche bée.

— Euh…

— Je suis désolé, reprit Sammy avec une grimace avant de se mordre la lèvre et de détourner le regard… Je suis venu te parler quand tu avais probablement envie de te reposer. C'était simplement… J'ai vraiment apprécié notre conversation. Tiens… laisse-moi débarrasser la vaisselle et je vais te laisser tranquille, d'accord ?

— Non ! Je veux dire, je ne veux pas que tu… tenta Cooper, interrompu par un bâillement, les antidouleurs, la guérison et la journée le frappant si rapidement. J'ai aussi apprécié la conversation !

L'expression de Sammy – le sourire hésitant, la morsure de sa lèvre, les yeux gris écarquillés – fit des choses dévastatrices aux entrailles de Cooper, il était surpris d'avoir pu dire un seul mot.

— Bien, reconnut-il avec un signe de tête. Parce que demain, après le départ de tout le monde à l'école, je te tiendrai compagnie. Tu es coincé avec moi. Et quand tout le monde ira en ville, ce sera toute la journée. Si on ne s'entendait pas, nos vies pourraient vraiment être pénibles, pas vrai ?

Cooper acquiesça, déchiré entre l'embarras mortel à la pensée que Sammy ne l'apprécie pas et une sorte de joie impuissante au fait de savoir que ceci, cet instant volé entre essayer de s'en sortir, s'inquiéter du loyer, de la nourriture, et de Oh-mon-Dieu-comment-pouvait-il-garder-Felicity, n'était pas une chose qui n'arriverait qu'une fois.

Il vivait dans la maison de Sammy.

Ils pourraient refaire ce genre de choses.

Sammy avança vers la sortie de la chambre, le plateau en équilibre dans ses mains, s'arrêtant pour refermer la porte avec son pied.

— Non ! s'exclama Cooper, presque involontairement. Je, euh, j'aime qu'elle soit ouverte.

— Bien sûr… pas de problème. Veux-tu que j'éteigne la lumière du couloir ?

— D'accord, concéda-t-il à contrecœur. Merci.

À cet instant, la lumière lui frappait les yeux comme l'épée perçante de la justice.

Et de nouveau, ce sourire à faire fondre les genoux.

— Aucun problème. La télécommande de la télé est à côté de la lampe si tu commences à t'ennuyer, et la salle de bain est derrière la porte à ta gauche. Crie après nous si tu as besoin de quelque chose !

Coop hocha bêtement la tête, pensant qu'il aurait besoin d'une sieste rien que pour se lever et aller aux toilettes.

— Bien sûr, dit-il, ses yeux se fermant déjà.

Par la porte ouverte, il put entendre des voix – celles des enfants discutant joyeusement, celles des adultes, un doux contrepoint de basse. Pendant un instant, ce fut comme s'il était tombé de ce toit, s'était cogné la tête et était mort.

Et ceci était le paradis, un endroit où son repas suivant lui était apporté avec de la compagnie enjouée, et où la famille était chaleureuse et heureuse dans la pièce d'à côté.

Maison Calme

LE devoir de composition de Sammy ne se présentait pas bien.

Au début, il avait été ravi d'avoir une excuse pour rester à la maison quand le reste de la famille allait à San Francisco. Bien sûr, il aimait les sorties en famille et les vacances. Channing et Tino étaient particulièrement habiles pour inclure tout le monde dans toutes les facettes de la sortie, et il avait de tendres souvenirs d'être un enfant unique déambulant dans les rues de Vancouver entre ses oncles, puis un collégien tenant la main de son frère à Mexico, et à peine trois ans plus tard, un diplômé du lycée portant sa petite sœur à travers le remue-ménage de Paris, gardant en vue la tête blonde de Channing, pendant que Tino empêchait Keenan de s'éloigner.

La joie, l'excitation, le bavardage – et en définitive, l'apprentissage d'un monde plus grand que celui offert par l'école, la maison et les leçons – tout ça rendait son enfance plus riche.

Mais il devait vraiment finir sa foutue composition.

De plus, il pensait que Channing et Tino commençaient à vraiment s'attacher à Felicity, et cela le soulageait de penser qu'elle s'intégrait dans

42

la famille. Plus il parlait avec Cooper, plus il pensait que le jeune homme méritait qu'on enlève de ses épaules une part du fardeau.

Il avait été surpris quand Cooper avait passé la porte d'entrée pour la première fois – il avait imaginé un vrai mâle, grand et hyper musclé, comme Brandon. Mais Cooper faisait à peine un mètre soixante-quinze, et bien qu'il était facile de voir les muscles filiformes durement gagnés dans ses épaules et ses bras, toute sa silhouette n'était pas du tout ce que Sammy avait imaginé quand Brandon lui avait dit qu'il avait été blessé en luttant contre un climatiseur sur un toit.

Il était beau – des cheveux marron méchés, un peu longs, entourant un visage mince. Ses yeux noisette étaient étrangement asymétriques, et des sillons encadraient sa bouche quand il offrait un de ses sourires réservés.

En fait, Sammy avait la sensation gênante que Cooper s'échinait à être invisible. La petite bulle de conversation intime qu'il avait initiée avec Felicity avait serré la poitrine de Sammy. Il avait imaginé deux enfants à la dérive sur un radeau de sauvetage, se cramponnant à l'autre pour flotter à la surface.

La gorge de Sammy lui fit mal en souvenir de sa joie quand Cooper s'était ouvert un peu et qu'il lui avait raconté l'histoire de la chute depuis la nacelle élévatrice, essayant fortement de le faire rire. Il était amusant d'une manière pleine d'auto-dérision, offrant un charme original pour s'accorder à ses yeux étrangement décalés. Le rire était venu facilement jusqu'à ce que Sammy voie les bleus sur le visage de Cooper et réalise que c'était la vraie vie, et que la vraie vie de Cooper faisait mal.

Cooper Hoskins avait regardé la porte ouverte sur le couloir et la cuisine avec tellement de mélancolie, Sammy aurait ri même s'il n'avait pas été drôle, rien que pour le faire sourire.

Sammy joua nerveusement avec les touches du piano, essayant de retrouver la mélodie qu'il avait fredonnée toute la semaine mais qui lui échappait maintenant.

Et elle disparut.

De frustration, il plaqua les accords d'ouverture d'une de ces rengaines contagieuses qui affectait l'humanité depuis plus de cinquante ans.

—Do-wah-diddy ?

Les doigts de Sammy, plus à l'aise sur un clavier qu'à faire presque n'importe quoi d'autre au monde, le percutèrent en un chaos de notes.

— Tu es supposé te reposer, grommela-t-il, gêné.

Cooper se déplaçait mieux maintenant, la raideur causée par les blessures de son dos et ses côtes s'atténuant de façon manifeste. Il portait toujours un corset autour des côtes et de la clavicule, et une écharpe pour son bras et son épaule, mais Sammy commençait à voir de l'autosuffisance dans le jeune homme qui avait paru tellement impuissant avant.

— Je m'ennuie, confia Cooper, haussant sa bonne épaule. Felicity et moi trouvons habituellement quelque chose à faire durant les week-ends.

— Elle me l'a dit, déclara Sammy. Elle est remplie d'admiration pour toi.

Il se tourna sur le banc du piano pour lui sourire alors que Cooper se glissait doucement dans le même fauteuil rembourré où Keenan s'était assis la semaine précédente.

Le trouble qui passa sur l'expression de Cooper gâcha la paix du moment.

— Quoi ? Es-tu inquiet qu'elle soit avec Channing et Tino ? Parce que ce n'est pas nécessaire ; ce sont des vétérans dans la guerre des enfants, fais-moi confiance. Ils sont, genre, les meilleurs papas au…

— Non ! protesta Cooper, mais l'anxiété revint ensuite, le faisant grimacer. Tu… je ne leur ai pas donné sa carte d'assurance. Je… enfin, je ne suis pas supposé l'avoir. Elle devait… Sammy, tu *sais* qu'elle est officiellement une fugueuse, n'est-ce pas ? Nous avons dû voler sa carte dans la boîte aux lettres de son ancienne famille d'accueil pour que je puisse ne serait-ce que l'emmener chez le médecin quand elle a eu une otite. Nous étions *obligés*… je ne pouvais pas payer pour ça !

— Oh, waouh… souffla Sammy en le regardant fixement. Tu vois, je ne pense pas que tu doives…

Cooper hocha la tête comme si Sammy allait voir soudain que cela signifiait que toute l'escapade de Felicity à San Francisco était une mauvaise idée.

— C'est un crime, tu sais. Et s'il lui arrivait quelque chose ? Je ne leur ai pas dit pour l'assurance ou…

Il paniquait. Sammy ne lui en voulait pas ; il avait apparemment vécu dans la peur de quelque chose comme ça pendant deux ans.

— Cooper ! Ne t'inquiète pas. Channing et Tino ont de très bonnes assurances, et ils la mettront sur leur carte. S'il se passe quelque chose. Pendant qu'elle est en ville en train de s'amuser. Tout ira bien pour elle, et tu dois simplement arrêter de t'inquiéter et te reposer, d'accord ?

— Jusqu'à ce que vous compreniez tous que je ne peux sans doute pas garder trois enfants, soupira Cooper, tout ira bien !

— Tu as rencontré Taylor, n'est-ce pas ? questionna Sammy avec un rire.

— Oui. Il est vraiment gentil.

Oh… Sammy reconnaissait ce mordillement de lèvre. C'était l'expression qu'il avait lui-même l'habitude d'avoir près de Brandon.

— C'est un connard… mais un connard magnifique.

— Eh bien, oui, confirma Cooper en riant. Mais il est efficace.

— C'est vrai. En tout cas, la première fois qu'il est apparu pour garder les enfants de Nica, Brandon était sûr qu'il serait nul. Mais il ne l'était pas. Il était vraiment bon. Il les emmène encore faire des trucs maintenant, même s'ils ont engagé une autre nounou. En ce qui concerne Brandon et lui, ces enfants font partie de la famille. Mais il a fait des erreurs. Je sais que Nica a tout fait pour qu'il ne l'entende jamais râler sur l'état de la moquette après sa première semaine. Ce n'est pas grave, cependant. Mieux vaut que la moquette soit endommagée plutôt que les enfants, pas vrai ? Et ces enfants n'attaqueront pas la moquette… enfin, tu ne pourras pas laisser Letty boire du jus dans le salon. Elle peut parfois péter un câble et tout cracher. Mais ne t'inquiète pas. Felicity ne sera pas blessée, et s'il lui arrive ne serait-ce que de s'égratigner le genou, Tino transporte un kit de premiers secours, et Channing porterait probablement *Felicity* jusqu'au centre médical le plus proche, tous frais payés par eux. Tout ira bien.

Le fait que Cooper secoue la tête brisa presque le cœur de Sammy. Une si grande expression de fatigue s'installa sur son visage – sur tout son corps – que, pendant un instant, Sammy aussi se sentit fatigué.

— Ça ne va jamais bien.

— Du calme, dit doucement Sammy en se levant et s'étirant. Laisse-moi te préparer quelque chose à manger… l'heure du déjeuner est passée. Je vais revenir, et tu pourras m'écouter foutre un peu plus en l'air mon devoir, et ensuite nous pourrons regarder la télé.

Cooper hocha la tête, toujours démoralisé, mais il reprit un peu du poil de la bête quand Sammy ramena un sandwich au bœuf rôti et un verre de lait, avec des biscuits sur le côté.

— Qu'est-ce que tu manges ? demanda-t-il.

— Pas faim, répondit Sammy en haussant les épaules.

Il n'avait jamais faim durant l'année scolaire. Tino et Channing étaient aux petits soins pour lui, et pour de bonnes raisons, mais la nourriture ne passait jamais bien quand il était stressé.

— Je mangerai quelque chose au dîner. Tiens... veux-tu plus de biscuits ?

— Non, ça va, admit Cooper en attrapant un coussin et le transférant sur son côté blessé pour pouvoir soutenir son épaule. Dis-moi ce que tu es en train de faire.

— J'essaie d'écrire une chanson, exposa Sammy en riant tristement. C'est stupide, parce que depuis que je suis petit, j'ai toujours pu... tu sais, *penser* en musique.

Il posa les doigts sur le clavier pour faire un accord majeur et remonta la gamme en un trille ondulant. Puis deux ou trois accords mineurs en une succession pesante. Il détendit ses doigts et son dos et s'autorisa à jouer, accord majeur, accord mineur, une rapide note seule et ses amies le long de la gamme.

— C'était heureux... C'était triste... Et c'était entre les deux... Et j'ai cette... cette idée qui courait dans ma tête toute la semaine, mais j'ai oublié de la noter, et quand je m'entraînais, je travaillais sur mon récital de l'école, et maintenant... Ça ne vient simplement pas, conclut-il en frappant les touches avec frustration.

Derrière lui, il entendit le rire désarmé de Cooper.

— Je suis simplement impressionné que tu puisses faire le moindre de ces trucs. Pourrais-tu... je ne sais pas, simplement me jouer quelque chose que tu aimes ?

Sammy s'était tourné pour lui sourire quand Cooper, se mordant de nouveau la lèvre, avait demandé ça.

Une demande si timide – et bien plus productive que de marteler les touches dans une recherche infructueuse d'inspiration qui ne venait pas.

— Bien sûr. Attends... ceci, déclara-t-il avec un rire. C'est une des premières choses compliquées que j'ai écrites. Ça s'appelle « Les Choses du Monde de Keenan ».

Il se retourna vers le clavier et fit sortir la composition de sa tête. Tandis que la musique progressait, il réalisa que la forme était risiblement facile – mais il avait écrit ça quand il était en deuxième année au collège, juste avant que Letty ne soit ramenée à la maison. Il avait adoré Keenan de tout son cœur. Avoir un petit frère avait été aussi génial qu'il l'avait imaginé étant enfant. Mais Letty – Letty avait été une surprise. L'adoption s'était

46

déroulée à une vitesse folle, déjà, et Channing et Tino avaient été pris par surprise, avec peut-être quatre jours pour préparer une chambre d'enfant et réarranger leurs emplois du temps avant l'arrivée d'un nouveau-né.

C'était Sammy qui avait préparé Keenan pour ce qui se passerait ensuite, et Keenan avait été bouleversé et grognon, sûr qu'amener une petite fille à la maison – une avec la peau plus claire que la sienne et plus sombre que celle de Sammy – signifierait que plus personne ne l'aimerait. Sammy n'avait pas remis en question sa logique. Il se souvenait trop douloureusement de la façon dont il avait pensé que le premier mercredi du mois ramènerait sa mère à la maison. Les petits garçons ne voyaient pas toujours le monde comme les adultes. Sammy avait dû travailler dur pour trouver un moyen de montrer à Keenan un monde qu'il comprendrait.

La veille de l'arrivée de Letty, Jacob et Nica avaient emmené leurs enfants – à l'époque seulement deux – ainsi que Sammy et Keenan à une fête de l'art dans le centre-ville de Sacramento présentant des arts et des artistes aussi divers que leur foyer.

Fasciné, Keenan avait demandé à chaque artiste :

— Qui êtes-vous ? D'où venez-vous ? Pourquoi vous peignez comme ça ?

Et même Sammy avait été impressionné par l'assortiment de réponses.

Sur le chemin du retour, un Keenan épuisé avait somnolé dans son rehausseur, tenant un animal en peluche et en feutre fait main contre son torse.

— Tous les gens sont différents. Certains comme moi, certains comme Sammy.

— Ouais.

— J'sais pas comment être comme moi, avait dit tristement Keenan en regardant le dos de sa main.

Oh Seigneur, oh Seigneur, oh Seigneur – il n'y avait pas de bonne réponse à cette déclaration.

— Qui dit que tu ne sais pas comment ? Quelle que soit la façon dont tu veux être, c'est ainsi que tu es supposé être. Mais tu sais quoi ? Je peux demander à Jacob de s'arrêter à la librairie et d'y acheter des livres d'arts, de musique et d'histoire écrits par des gens avec ton ascendance, et tu pourras les étudier, et nous pourrons les étudier, et j'ai des amis à qui tu peux parler, et Channing et Tino ont des amis à qui tu peux rendre visite… et tous sont noirs, mais tous sont différents. Ça peut être comme ton jouet. Regarde tous les choix dans le monde et choisis la façon dont tu veux être.

Le monde n'était pas aussi simple – même à quinze ans, Sammy savait qu'il ne l'était pas. Mais il aimait Keenan de toutes ses forces. Il voulait que le même monde s'ouvre pour le petit frère qui lui avait été donné.

Quand ils étaient rentrés, ils avaient pris un coin de la bibliothèque et l'avaient rempli avec les « Choses du Monde de Keenan » – des livres allant de Dizzy Gillespie à LL Cool J en passant par Michael Jackson et Sojourner Truth. Les années passant, ils avaient ajouté les « Choses du Monde de Letty » dans un coin, mais Letty était encore un peu confuse sur la notion d'ascendance, et son coin avait tout de Frida Kahlo à Sonia Sotomayor et la Fée Clochette. Mais pas même Letty ou son coin futur n'avait eu d'importance ce jour-là.

Ce qui avait importé était que Sammy donne à son frère quelque chose rien que pour lui.

Il était rentré à la maison et avait parcouru ses livres de musique, sorti un riff de blues ici et un de jazz là, un de reggae et un negro spiritual sincère. Il avait trouvé un lieu commun dans chaque riff, un pont, et les avait soudés ensemble pour former quelque chose de magnifique et de poignant. Cela ne pouvait pas être appelé une composition originale – Sammy avait pris bien soin de créditer chaque auteur, même quand il avait ajouté des notes – mais cela *avait* été original pour Keenan.

Il l'avait appelé les « Choses du Monde de Keenan ».

Il referma les yeux et joua ça pour Cooper, enjolivant chaque riff avec toute la connaissance et la technique qu'il avait accumulées durant les années depuis.

Quand il eut fini, il laissa les notes finales s'estomper à travers la maison sombre et sourit pour lui-même. Quelle bonne mémoire. Il ne pourrait jamais vendre cette chanson – elle ne lui apporterait jamais d'argent ou de louanges. Ce n'était pas un devoir et cela ne l'avait pas aidé à réussir ses cours de musique.

Mais Keenan lui demandait encore de la jouer quand le monde devenait effrayant ou quand un camarade de classe était indélicat ou cruel.

Il se tourna pour sourire à Cooper et fut surpris quand il le vit se passer furtivement la paume sous les yeux.

— Euh, je suis désolé…

— C'était magnifique, dit Cooper en secouant la tête, la voix étranglée. Je veux dire... magnifique. Je n'ai jamais... tu peux *faire* ça. Créer une chanson comme ça ; rendre la musique réelle.

— Oui, répondit Sammy en se mordant la lèvre.

Sa voix retomba doucement dans le crépuscule. Il se leva nerveusement et alluma la lampe au-dessus du pupitre, puis alla allumer les autres lumières de la pièce. Alors qu'il bougeait, se demandant s'il devait laisser un peu d'espace à Cooper ou s'il devait aller chercher un mouchoir pour que Coop n'ait pas à utiliser une serviette, il l'entendit soudain.

La mélodie insaisissable qui avait échappé à son cerveau tout l'après-midi.

Cooper ne fut pas oublié, mais il devint une partie de l'instant, un autre battement de cœur dans la pièce, tandis que Sammy se rasseyait sur son petit tabouret et commençait à composer.

IL n'était pas sûr de combien de temps il était resté là, la musique coulant de ses doigts sur le clavier, avant de s'arrêter de jouer pour inscrire un déluge de notes sur son cahier. Encore. Et encore. De nos jours, les gens utilisaient des claviers électroniques avec mémoire intégrée pour conserver leurs compositions, mais Sammy n'avait jamais été tenté. Il n'était pas un génie ou un prodige – il aimait ce piano, celui sur lequel sa mère lui avait enseigné ses premières notes, puis sa première chanson.

Letty n'était pas la seule à avoir commencé avec « Heart and Soul. »

Finalement, il fit complètement noir, et une main sur son épaule le tira de sa composition si rapidement qu'il lâcha un petit cri.

— Sammy ?

Il cligna des yeux vers Cooper, son visage alternant entre flou et net.

— Je suis désolé. Je n'ai pas été de très bonne compagnie...

— Pas d'inquiétudes. Je me suis en fait endormi pendant quelques heures. Mais je t'ai fait réchauffer un peu de nourriture qui était dans le frigo. Veux-tu venir manger ?

Sammy se frotta le visage des deux mains.

— Mm... pas faim, vraiment. Je dois avoir mangé un gros déjeuner. Je prendrai quelque chose quand j'aurai fi...

— Tu as *sauté* le déjeuner, il est presque huit heures du soir. Tino et Channing viennent tout juste d'appeler pour dire qu'ils se sont arrêtés pour dîner et qu'ils seront à la maison dans une heure. Je te jure, Sammy, ton visage est blanc comme un fantôme. Si tu n'as pas mangé le temps qu'ils arrivent ici, je... je te dénoncerai à tes oncles !

Sammy rit de façon un peu vaseuse et passa la main dans ses cheveux.

— C'est mignon ; tu as bien compris le truc de la nounou. Je ne sais pas pourquoi tu étais inquiet.

Il se tourna vers la chanson et plissa le front, jouant rêveusement quelques notes. Il sourit à Cooper et pointa la page du doigt.

— Rien que cette dernière mesure ici, tu vois ?

— Je te ramène un sandwich, grommela Cooper. J'*avais* faim, Sammy. Tu ne peux pas penser comme ça. Je ne sais pas comment tu peux rester assis là pendant si longtemps et réussir à faire quoi que ce soit.

Sammy entendit un son blessé sortant de sa propre gorge.

— Je suis désolé, marmonna-t-il.

Sa main se leva, n'en faisant qu'à sa tête, et il toucha doucement la joue de Cooper, se demandant si celui-ci allait le frapper, protester ou...

Ou attraper ses doigts et serrer doucement.

— Désolé pour quoi ? demanda gentiment Cooper.

Le pouce de Sammy était libre, et il caressa le côté de la mâchoire étroite de Cooper.

— Tu avais faim. Tu es si gentil. Je ne veux pas que tu aies faim.

— Eh bien, à cet instant, idem. Et tu vas te rendre malade. Je reviens tout de suite.

Il recula maladroitement, et Sammy se retourna, comme dans un rêve, vers sa composition. Il était de nouveau profondément dedans quand il sentit une nouvelle fois cette main douce sur son épaule.

— Sammy, je ne plaisante pas. L'assiette est *juste devant toi* au-dessus du piano. Maintenant, mange !

Sammy hocha la tête et attrapa le sandwich, prenant une bouchée avant de retourner à son travail. Une autre bouchée, quelques notes de plus. Une autre bouchée, et il pourrait simplement finir la mesure suivante. C'était presque fini.

La chanson. Pas le sandwich. Mais il n'avait pas si faim de toute façon.

Il venait juste de mettre la dernière note sur son papier quand le son de jeunes voix excitées entra dans le silence créatif plaisant de sa tête.

— Channing, tu as les photos, pas vrai ? Les photos de nous à l'Exploratorium ? Tu les montreras à Cooper... il n'y a jamais été !

— Comment Cooper peut-il ne jamais avoir été ? interrogea Keenan, la voix montant par-dessus celle de Felicity. Il est un adulte. Tous les adultes ont été à San Francisco.

— Chut… intervint Tino. Letty est endormie. Je vais l'emmener en haut et la mettre au lit pendant que vous racontez à Sammy et Cooper toute votre journée.

Sammy réussit à sortir la tête de son travail assez longtemps pour recevoir l'intense câlin de Felicity et celui de Keenan tout de suite après.

— Salut, vous… On dirait que vous avez passé un bon moment. Dites-moi tout !

— Oooh, Sammy ! Oncle Channing a dit pas de nourriture sur le piano !

Sammy sourit alors que Keenan le faisait passer pour un mécréant de classe mondiale.

— Oui, désolé pour ça, dit-il avant de se lever pour s'étirer et de chanceler, pris de vertige. Oui… là. Laisse-moi une minute, je vais ramener ça à la cuisine.

— Sammy !

La voix de Keenan devint perçante, et il pointa du doigt l'avant de Sammy. Celui-ci baissa les yeux et grogna, son souffle pulvérisant du sang partout.

— Bordel, grommela Sammy, levant son t-shirt pour se tenir le nez. Bon sang…

— *Bon sang !* aboya Channing, dépassant Keenan et Felicity. Sammy, tu as recommencé, n'est-ce pas ?

— Déwolé, Obcle Channing, marmonna-t-il.

Puis le monde tangua, et il chancela dans les bras de Channing. Comme quand il était petit, la force dans les épaules de son oncle le rassura sur le fait que tout irait bien.

Tout le monde souffre

COOPER se tint là, paralysé et horrifié. Sammy saignait, était étourdi et avait fini par s'évanouir, et Cooper ne pouvait même pas dépasser Felicity pour le rattraper. Il dut rester là et regarder pendant que l'oncle de Sammy enroulait un bras autour de sa taille et commençait à le soulever pour sortir de la salle de musique, qu'il avait hantée comme un fantôme pendant tout l'après-midi.

Il avait été gentil mais distrait quand Cooper était entré dans la pièce au début, s'occupant de Cooper, le faisant se sentir chez lui.

Et ensuite, il avait joué cette chanson – cette *magnifique* chanson. Cooper pouvait en reconnaître des morceaux, des aperçus familiers à travers l'arc-en-ciel réfracté de la maestria de Sammy, mais la chanson en elle-même avait été, tour à tour, joyeuse, basique et ensorcelante.

Cooper savait peu de choses sur la musique, mais il était pratiquement sûr que Sammy Lowell était sacrément talentueux.

Puis, quand Sammy avait commencé à composer, la musique avait été de bonne compagnie. Ce n'était que quand Cooper s'était réveillé de sa sieste qu'il avait réalisé que Sammy n'avait toujours pas mangé, n'avait pas parlé, n'avait pas bougé de sa position au piano, où il grommelait sur son devoir et fixait rêveusement le vide.

Le sang coulant sur le t-shirt en coton usé de Sammy terrifiait Cooper. Voir son ange faible et désorienté transformait en mensonge toute la fragile sécurité que Cooper avait établie au cours des derniers jours.

— Sammy ? Sammy ?

Felicity l'appela tandis que Channing le portait vers la salle de bain de l'étage inférieur.

— Hé, l'apaisa Keenan, semblant étrangement adulte. Ne t'inquiète pas. Il faisait tout le temps ça au lycée. Il a un truc. Ils ont un mot pour ça et un objet avec un test de sang. C'est de sa faute, tu sais. Il aurait dû finir son sandwich.

Sa voix avait pris les tons moralisateurs et lassés qui pouvaient uniquement être adoptés par un membre irrité de la famille.

— Qui aurait dû finir son sandwich ? demanda Tino en descendant l'escalier.

Il aperçut une goutte de sang sur le banc du piano et jura.

— Bon sang. Vraiment ?

— Ils sont allés dans la salle de bain, dit Cooper, se sentant stupide. Je, euh, vais aller chercher quelque chose dans la cuisine pour nettoyer ça.

Tino secoua la tête avec colère, mais elle n'était manifestement pas dirigée contre Cooper.

— Je vais y aller, dit-il avant de regarder Felicity et Keenan et de leur offrir une grimace peinée. Bon, les enfants. Nous allons garder tout l'enthousiasme pour Sammy jusqu'à demain. Est-ce que vous pouvez tous les deux monter et vous mettre en pyjama ? Felicity, fais un câlin à Cooper maintenant, parce que tu ne vas pas lui faire monter les escaliers. Channing et moi monterons dans une minute pour vous dire bonne nuit à tous les deux.

Cooper cligna des paupières, surpris par la façon dont un être humain pouvait être aussi efficace.

Felicity se tourna vers lui et lui offrit une étreinte tremblante – mais prolongée.

— Bonne nuit, Coop, murmura-t-elle. Merci beaucoup de m'avoir laissée y aller. C'était le truc le plus génial au monde.

Keenan s'avança et lui offrit aussi un rapide câlin. Cooper l'accepta, surpris.

— Ne t'inquiète pas trop pour Sammy, dit avec sagesse le petit garçon. Il a toujours guéri avant.

Cooper les regarda tous les deux détaler dans les escaliers, puis ramassa le sandwich à moitié mangé et suivit Tino dans la cuisine.

Ce dernier ouvrait les placards avec mauvaise humeur, sortant une bouteille de nettoyant en spray de l'un d'eux et un torchon d'un autre.

— Foutu gamin. Foutrement stupide, rêveur… grommela-t-il.

Il s'arrêta en voyant Cooper, juste avant que sa voix ne se brise. Il se reprit avant de parler de nouveau.

— Désolé, Cooper. J'essayais de piquer ma petite colère là où personne ne pourrait la voir.

— Je pensais que Keenan avait dit que ça irait pour lui, offrit Cooper avec hésitation.

— Oui. Enfin, oui et non. Il est anémique ; ce n'est pas sérieux, ou ça ne *devrait* pas l'être. S'il mangeait trois bon repas par jour, prenait ses foutus compléments, se souvenait de bouger un peu de temps en temps quand il était sédentaire et de s'asseoir de temps en temps quand il était mobile, il irait bien, énuméra Tino, lâchant un soupir frustré et se jetant contre le plan de travail avant de donner un coup de pied en arrière pour refermer le placard. Mais il ne fait pas tout ça. Cela a commencé quand il était au collège et ça s'est vraiment aggravé durant sa dernière année. Il oubliait le petit déjeuner, sautait le déjeuner et s'évanouissait au milieu d'une partie de football. Ça nous rendait, Channing et moi, complètement fous, tu vois ? Et quand c'est un enfant, on peut le tanner à ce sujet. « Prends tes médicaments, Sammy ; oui, même si ça nous met en retard pour l'école, d'accord ? Mange, Sammy. Dors un peu, Sammy. Oui, je m'en moque si tu obtiens un A au lieu d'un A+, va au lit maintenant ! » Mais il est adulte désormais, soi-disant, et…

— Il oublie simplement, dit Cooper, qui avait été là, l'avait vu. Je suis désolé. Je savais qu'il avait sauté le déjeuner, mais je ne semblais pas pouvoir le faire arrêter pour manger le dîner.

Tino lui offrit un sourire fatigué mais rassurant, le genre qui montrait les fines rides d'âge au coin de ses yeux. Dans la vive lumière de la cuisine, quelques mèches argentées brillaient dans ses cheveux noirs et bouclés, disant à Cooper que, bien qu'il ait l'air jeune au premier regard, il était assez âgé pour être une figure paternelle pour Sammy et être marié à Channing Lowell, un des hommes d'affaires les plus brillants de l'État.

Et au milieu de toute cette fatigue et cette inquiétude, il essayait de rassurer Cooper Hoskins.

— Cooper, ce n'est pas ta faute. Et ce n'est pas ton travail, franchement. Il est supposé être adulte. Dans deux semaines, il enseignera après ses cours, et s'il ne mange pas au moins une barre protéinée, il va souffrir. Il veut être musicien, et ça signifie souvent être en tournée. S'il ne peut pas prendre soin de lui-même, il ne va pas pouvoir faire ça dans la vie. C'est simplement... Il est un gamin extraordinaire. À pratiquement tous les égards, sauf celui-ci.

Tino lâcha un grognement frustré. Il secoua la tête et commença à repartir vers la salle de musique, fournitures de nettoyage en main.

— Quand on aime une personne, elle peut simplement te rendre complètement dingue, c'est tout.

Il sortit, et Cooper mit l'assiette dans l'évier, puis suivit le son des remarques persistantes le long du couloir.

Sammy était assis sur le siège des toilettes, sans t-shirt, la tête en arrière, pendant que Channing luttait pour sortir un petit kit de test sanguin de sous le lavabo.

— Channing, se plaignit Sammy. Est-ce vraiment nécessaire ? Le sang a presque arrêté de couler, je vais aller manger quelque chose quand ce sera passé et je peux prendre mes compléments ce soir *et* dans la matinée, d'accord ?

— Oui, c'est nécessaire, maugréa Channing.

Ses cheveux blonds étaient en désordre après ce qui avait probablement été une journée chargée, et son visage habituellement souriant était tendu en une moue mécontente.

— As-tu eu des douleurs de poitrine ?

— Non, Channing...

— Le souffle court ?

— Non, je te jure...

— As-tu perdu connaissance ?

— S'il te plaît, donne-moi...

Channing présenta une petite lancette et fit un geste impérieux vers la main de Sammy. Ce dernier leva les yeux à temps pour croiser ceux de Cooper.

— Je te jure, je ne suis pas invalide, marmonna-t-il. Aïe !

Channing en avait eu assez d'attendre. Il prit la goutte de sang gonflant sur le doigt de Sammy et la frotta sur la petite bande de test, fronçant les sourcils quand il vit le résultat.

— Tu vois ceci ? demanda-t-il en agitant la bande devant le visage de Sammy.

— Waouh, grimaça celui-ci, c'est vraiment...

— Proche du bleu, Sammy. Tu te souviens ce qui arrive quand c'est bleu ?

— Tu m'expédies à l'hôpital pour recevoir des fluides, marmonna-t-il de nouveau. Je me souviens.

— Je vais aller te chercher à manger et tes compléments, dit Channing, les dents serrées. Tu vas monter et te mettre au lit. Et tu sais quoi d'autre ?

— Je vais en entendre parler pour le reste de la semaine ? hasarda Sammy

— Tu sais, ce travail pour lequel tu étais si excité ? menaça Channing.

— Oncle Channing, tu ne peux pas !

Channing secoua simplement la tête et sortit à grands pas de la salle de bain, grommelant, comme Tino l'avait fait dans la cuisine. Cooper se mit sur le côté pour le laisser passer et secoua la tête quand il avança lourdement dans le couloir.

— Waouh, souffla Cooper quand il fut hors de portée de voix.

— Oui, eh bien, j'ai merdé, grogna Sammy, gêné. Désolé, Cooper. Tu essayais de me faire manger à la fin, mais simplement...

— Tu étais trop vaseux pour te souvenir de manger, dit sèchement Cooper.

Sammy haussa les épaules et se remit debout avec fatigue, chancelant à la dernière minute. Cooper se glissa avec aisance sous son bras pour le stabiliser.

— Mm, articula Sammy. C'est embarrassant. Tous ces grands airs pris en face de Tino et Channing, et je pourrais bien avoir vraiment tout foiré cette fois. Je pourrais ne pas être capable de monter les escaliers.

— Je vais t'aider, proposa Cooper.

Il se sentit seulement un peu mal de ce que Tino avait dit à Felicity. Oui, son flanc et son bras faisaient mal, et il n'était pas très excité à l'idée de monter même la courte volée de marches.

Mais Sammy était en train d'enrouler le bras autour de ses épaules, et pendant un instant, Cooper se sentit au chaud, protégé et utile.

Pendant un instant, Sammy avait besoin de lui.

Sammy fit le plus gros du travail pour monter les escaliers, et Cooper lâcha un petit grognement à chaque pas. Ils étaient arrivés à la moitié de la montée quand Sammy se tourna vers lui, avec une grande tristesse inscrite partout sur son visage.

— Je suis désolé, dit-il en se cramponnant de toutes ses forces à la rambarde. Je te fais du mal. Je ne voulais pas être un poids.

— Je m'habitue simplement à travailler de nouveau, lui répondit Cooper en lui souriant vaillamment. Ne t'inquiète pas… Nous allons y arriver.

Et ils y arrivèrent, atteignant la chambre de Sammy au moment où ils entendirent Channing et Tino dans les escaliers.

Sammy se jeta au-dessus des couvertures, et Cooper s'assit sur la chaise de bureau avant que le coup péremptoire à la porte ne résonne.

— Entrez, dit Sammy entre deux halètements avant de grimacer.

Cooper et lui partagèrent un moment de conspiration.

— Je ne peux même pas le croire, dit sèchement Tino, passant sous le bras de Channing quand celui-ci ouvrit la porte. Vous êtes tous les deux nuls. Aucun de vous ne devrait avoir monté les escaliers seul. Cooper, ne bouge pas. Sammy, tu ne trompes personne, enlève tes chaussures, nous allons t'aider à te glisser dans un sweat et sous les couvertures. Tu commences à trembler. Doux Jésus, tous les deux… nous ne sommes pas la police de la santé. Laissez-nous vous aider !

— Nous sommes adultes, dit doucement Sammy en offrant une pâle imitation de son sourire charmeur. Nous ne voulions simplement pas…

— Nous déranger, finit Channing d'un ton sec, avant de se tourner pour jeter un regard noir à Cooper. Les gars, je comprends. Légalement, vous êtes des adultes. Cooper, tu as été seul pendant des années. Nous comprenons. Mais ce que Sammy *devrait* savoir, et nous aimerions que tu y croies, c'est qu'être adulte ne signifie pas être seul.

Il avança près du lit de Sammy et posa un petit plateau de nourriture sur la table de chevet à côté. Tino farfouillait dans les tiroirs de Sammy pendant ce temps, et Channing attrapa, sans même lever les yeux, un sweat-shirt et un bas de pyjama qu'il lui lança.

Cooper essaya de ne pas rire, mais Sammy devait l'avoir entendu.

— Ne sois pas trop impressionné, railla-t-il. Ils ont eu treize ans pour perfectionner leur numéro.

— Allons, Sammy, grogna Channing en lui tendant le sweat. Tu lui as suffisamment fait peur ce soir. Habille-toi.

Cooper n'était pas stupide – il avait vu beaucoup d'hommes se déshabiller. À l'école, au sport, en famille d'accueil. Il était doué pour ne pas regarder. Un champion pour ne pas regarder, en fait. *Ne regarde pas, ne t'attarde pas, ne t'excite pas, parce que personne n'a besoin de savoir quoi que ce soit sur qui est Cooper Hoskins et qui il veut embrasser. Bien sûr, l'école fait tout le temps des campagnes de sensibilisation LGBT, mais Cooper a besoin d'un endroit où vivre et il a besoin que ses frères et sœurs dans sa famille d'accueil surveillent ses arrières, et ça pourrait ne pas arriver si son grand secret gay est révélé, alors* ne regarde pas.

Mais il regardait Sammy à cet instant.

Il regardait son corps long, son torse étroit avec des épaules qui donnaient l'impression qu'elles pourraient, un jour, être aussi larges que celles de son oncle au large menton. Il regardait son ventre tendu – tous les muscles petits et bien définis, la peau sur son torse et son ventre imberbe si blanche qu'elle pourrait aveugler.

Il portait un boxer. Un boxer turquoise vif.

Cooper prit une profonde inspiration par le nez et essaya de se souvenir de respirer

Le temps que Sammy soit habillé et sous les couvertures, Cooper pensait qu'il allait s'évanouir.

Tino tendit à Sammy une assiette d'épinards vapeur et de poulet, ce qui expliquait pourquoi il avait mis si longtemps à monter. Pas de sandwich à moitié mangé pour Sammy – il avait droit à des protéines fraîchement préparées.

Cooper approuvait.

Sammy regarda la nourriture comme si c'était une substance visqueuse durant le déjeuner à l'école, ferma les yeux avec un soupir éprouvé, et commença à manger.

Pendant un instant, sa mastication fut le seul bruit dans la chambre.

Il déglutit et dit :

— Je ne voulais pas vous inquiéter, mais vous me faites peur là.

— Vraiment ? s'enquit Channing, croisant les bras et lui lançant un regard noir. Nous te faisons peur ?

Cooper ne put s'en empêcher – il éclata de rire.

— C'est amusant ? demanda Sammy.

Mais ses yeux pétillaient, et il prit une bouchée sans s'en rendre compte apparemment.

— Tu es vraiment chanceux, dit Cooper, se sentant stupide. Tout ce que j'avais l'habitude d'entendre en grandissant était de ne pas trop manger. Personne n'avait les moyens de me nourrir.

— Oh doux Jésus, grogna Tino. Maintenant, *je* me sens coupable. Reste là, Cooper. Je vais aller te chercher un cheesecake.

Le petit rire de Channing brisa le dernier fil de tension dans la pièce. Il regarda Sammy de manière significative.

— Je pense que tu es une personne *très* nécessaire dans cette maison. Certains d'entre nous pourraient en tirer quelques leçons sur la façon de prendre soin d'eux. Cooper, *as*-tu mangé?

— Non, intervint Sammy, une expression diabolique sur son visage. Il m'a fait un sandwich et ne s'est rien préparé. Je pense qu'il mérite aussi de manger.

— Bien joué, jeune sage Sam, convint Tino en avançant pour cogner son poing. Cooper, reste là. *Channing et moi* allons te préparer quelque chose, puis aller nous doucher. Parce que je peux sentir la puanteur de la plage d'ici. Les enfants n'ont pas pu vous le dire, mais c'était une bonne chose que nous ayons tous apporté des vêtements de rechange.

Là-dessus, ils sortirent tous les deux de la chambre, laissant Cooper s'assurer que Sammy mangeait.

— Tu n'avais pas à faire ça, dit doucement Cooper. Je *peux* vraiment me débrouiller tout seul.

— Je le sais, affirma Sammy en jouant avec ses épinards. Je pense simplement que tu mérites aussi qu'on te dorlote un peu.

Cooper lança un regard entendu vers sa fourchette, et Sammy soupira et prit une bouchée avant de continuer :

— Je veux dire, je n'ai pas faim et je suis mortellement gêné, mais c'est agréable de savoir qu'ils m'aiment.

— Ils t'aiment, confirma Cooper avec un faible sourire. Je ne veux pas paraître amer, mais, tu sais, ça doit être agréable.

Sammy hocha la tête, mais son attention était concentrée ailleurs.

— Oui, souffla-t-il, mais il ne mangeait pas.

— Sammy, bon sang, *mange* !

La voix de Cooper craqua, tout comme celle de Channing et Tino, et Sammy prit une bouchée par automatisme.

— Désolé, grogna-t-il.

Il avala. Puis il sourit et essaya de changer de sujet.

— Je suis désolé d'avoir gâché le retour à la maison des enfants. Écouter leurs histoires, c'est le meilleur truc au monde. Enfin, à part être avec eux, mais la prochaine fois, tu iras mieux, et toi et moi pourrons pourchasser les enfants toute la journée. Si tu veux *vraiment* un défi, nous pourrions inviter Nica et Jacob… ou peut-être simplement Jacob, parce que je pense que Nica va de nouveau être alitée. Taylor et Brandon viennent pour ces sorties, et nous prenons, genre, trois voitures et…

— Mange, l'interrompit Cooper, sa voix rauque dans sa gorge.

Et une autre bouchée coupable.

Cooper se sentait épuisé, et être assis sur la chaise n'aidait pas. Avec un léger effort, il se leva et avança vers le lit deux places.

— Décale-toi, bâilla-t-il. Et donne-moi un coussin.

Sammy obéit et posa son assiette sur la table de chevet pendant que Cooper se mettait à l'aise au-dessus des couvertures.

Sammy tendit le bras vers le pied du lit et tira des plaids qu'il drapa sur Cooper, s'assurant que ses pieds nus soient couverts.

— Tiens. Tu pourrais tout aussi bien rester ici cette nuit. Je demanderai à Channing de monter des antidouleurs avant qu'il aille se coucher.

— Tu n'as pas peur qu'un enfant de famille d'accueil ruine ta réputation ? demanda Cooper d'un ton sec.

Sammy fronça les sourcils dans sa direction, puis, de façon surprenante, repoussa les cheveux de Cooper loin de ses yeux.

— Ça ne m'a jamais traversé l'esprit, dit-il sincèrement. Pourquoi penserais-tu une telle chose ?

Oups ! Une trop grande partie de son âme exposée.

— Pourquoi est-ce si difficile de manger ? questionna Cooper.

— J'oublie simplement, mentit nonchalamment Sammy.

— C'est la troisième fois que je demande. Maintenant, s'il te plaît, Sammy… Je… Je te dirai tout ce que tu veux. Je te le promets. Simplement… toute ma vie, j'ai voulu une famille *comme la tienne*, et tu les as, et ils *flippent* carrément pour ta santé. Peux-tu me dire pourquoi c'est si difficile de manger ?

Sammy le regarda attentivement, ce genre d'expression ouverte et confiante que Cooper s'était habitué à cacher soudainement derrière des boucliers protecteurs en titane.

— Toi d'abord, lui dit Sammy.

Mais il attrapa son assiette en parlant et prit une bouchée.

Cooper se blottit contre son coussin, tirant les couvertures plus étroitement autour de son menton.

— Très bien. Il n'y avait jamais assez d'argent. Il n'y en avait pas pour des vêtements, des couvertures, des draps, des livres ou des sacs à dos. Chaque maison où j'ai été placé était bondée. Je ne sais pas… certains enfants obtiennent une famille et ils sont adoptés, et certains sont trop petits, trop calmes ou quoi que ce soit, et ils sont simplement placés. Alors tu n'as jamais l'air bien. Tu portes toujours des trucs de seconde main, et quand l'argent du déjeuner de quelqu'un disparaît, tu es toujours la première personne à l'autre bout du doigt pointé. Alors oui. Si toi et moi allions en cours ensemble, les gens m'accuseraient d'être là pour te voler ton déjeuner.

Sammy lâcha un rire pas du tout amusé et reprit une bouchée. Son assiette se vidait, mais il ne parla pas tout de suite. Il ne fit que mâcher pensivement.

— Sam…

— Je t'aurais donné mon repas, dit-il de façon inattendue.

Coop sourit, se sentant amer, parce que c'était la vérité.

— Je le sais.

— Je t'ai parlé de ma mère, pas vrai ?

— Oui.

Cooper n'aurait pas pu oublier s'il avait essayé. Il voulait… quelque chose. Tenir la main de Sammy, tapoter sa cuisse. Sammy semblait si… gentil. Si familier. Son contact sur le visage de Cooper quand il avait été dans les vapes et perdu dans sa composition picotait encore. Mais même si Sammy était réceptif aux avances de Cooper, celui-ci n'était pas prêt à avancer. Il avait passé si longtemps à se cacher, si longtemps à fabriquer sa propre survie – puis celle de Felicity – sa priorité. Sammy avait toute une famille dont il pouvait dépendre. Cooper n'avait eu que lui-même, et il ne se sentait pas assez fort pour risquer cet instant de paix accordé sa toute petite famille fragile.

Mais cela ne l'empêcha pas de regarder Sammy d'un air affamé, enregistrant chaque expression, chaque inflexion de voix, pour y réfléchir plus tard.

— C'est simplement… J'avais mis tant d'espoir dans ce dîner, continua Sammy, son regard fixé sur un moment dans le passé. Dans l'idée que ce repas particulier changerait ma vie. Je pouvais le goûter, le sentir… et voir ma mère de l'autre côté de la table pendant que je mangeais. Et quand j'ai réalisé que ça n'allait pas se produire… simplement, manger est devenu en quelque sorte… une corvée. Et tu sais, on atteint ensuite les années d'adolescence et tout ce qu'on veut faire, c'est…

Il fut soudain de retour dans la chambre quand il offrit à Cooper un sourire joueur.

— Esquiver ses corvées, finit Cooper, comprenant.

— Et maintenant, reprit Sammy en haussant les épaules, quand je suis stressé ou sous pression, on dirait que manger… n'est pas mon activité préférée.

— De quoi as-tu peur ?

Oh Seigneur. Trop personnel. Cooper ne voulait pas s'engager là-dedans.

— Si tu manges, je veux dire.

— *Cette* sensation, dit Sammy, puis il grimaça face à la confusion de Cooper. Je suis désolé… J'ai passé un an avec un psy pour enfants à essayer de trouver de meilleurs mots que ça. Mais *tu* connais probablement cette sensation. Que cette personne qui est tout ton univers va passer la porte et ne jamais revenir. Et tout ton univers changera, et rien ne changera. Les mêmes quatre murs, petit déjeuner, déjeuner et dîner, l'école… mais pas de centre à ton univers. C'est ce que représente la nourriture pour moi. Que le petit déjeuner, le déjeuner et le dîner sont là, mais que la chose ici… dit-il en posant la main sur sa poitrine… elle a disparu, et chaque fois que tu y penses, tu tombes dans le vide qu'elle a laissé.

Cooper ravala sa salive, la gorge serrée. Chaque douleur dans son corps hurla soudain tout haut pour un réconfort qui ne venait jamais, qui n'était pas venu depuis ses six ans, qui ne reviendrait jamais.

Il était choqué, comme il l'était toujours, par la proximité de cette blessure avec la surface, quand il s'était dit des années auparavant que Cooper Hoskins n'aurait jamais de parents.

— Oui, je connais cette sensation.

— Tu es courageux, lui dit Sammy, semblant désolé. Si tu as cette sensation et que tu continues de manger. Quand je suis stressé ou inquiet… ou parfois simplement perdu dans ma propre tête, j'oublie d'être courageux.

— Manger ne devrait pas être un acte de bravoure, déclara Cooper, la poitrine serrée, voulant plus… tellement plus pour son ange.

Le bref baiser de Sammy sur sa joue le surprit tellement qu'il ne bougea pas, même quand Sammy reprit :

— Aimer des gens… apprendre à être aimé… ne devrait pas non plus en être un.

Puis, avant même que Cooper ait le temps de se reprendre pour répondre, Sammy reposa son assiette et se glissa sous les couvertures, les tirant jusqu'à son menton.

— Tino devrait bientôt arriver avec *ton* dîner, dit-il en bâillant. Pas de miettes sur le lit, mais tu peux rester. Je promets que je serai un parfait gentleman.

Ce sourire – si doux.

Cooper ne put s'en empêcher plus longtemps – pas après tant de pénibles révélations. Il lissa en arrière les cheveux de Sammy pour libérer son front, la poitrine douloureuse face à l'intimité du geste.

— Je n'attendrais rien d'autre de ta part, dit-il.

— Moi non plus, ajouta Sammy, clignant des yeux vers lui. Je sais que je ne peux pas souhaiter que tu aies une mère, Cooper. Mais j'espère vraiment que tu restes ici et gardes Tino et Channing.

— Je suis trop vieux pour être adopté, contra Cooper, pratique.

Ils étaient si proches, face à face, murmurant comme des enfants pendant une soirée pyjama.

— Non, tu n'es pas trop vieux. Brandon et Taylor ont été adoptés. C'est comme ça que tu es arrivé ici, tu sais. Brandon a débarqué par la porte d'entrée et dit : « Il est bien – vous devez le prendre ! »

Cooper sourit alors, parce qu'il pouvait imaginer Brandon faire exactement ça.

— Eh bien, je ne pense pas qu'il voulait dire de façon permanente…

— Ne lutte pas contre moi, marmonna Sammy, le menton ressortant de manière obstinée. Et assieds-toi. Si tu restes ici, tu vas t'endormir et oublier de manger.

Cooper soupira et s'assit péniblement, se réinstallant avec les coussins. Quand il baissa les yeux, Sammy était endormi, le visage pâle contre les coussins et la couverture aux couleurs vives, la bouche détendue et confiant.

Prudemment, il repoussa de nouveau ces cheveux blond foncé de son front, sentant la douceur des mèches. *Oh, Sammy. Tu m'as presque berné pendant une minute. Je pensais que tu étais parfait, avec la famille parfaite et la vie parfaite. Mais tu es fragile, mon ange. Tu as besoin de ta famille. Je m'assurerai que tu n'oublies pas.*

Les pas dans le couloir l'avertirent, et le temps que Tino ouvre la porte, ses mains étaient sur ses genoux comme si ce geste d'intimité ne s'était jamais produit.

— Il m'a invité, dit rapidement Cooper quand il vit les sourcils levés de Tino. Au-dessus des couvertures, tu vois ?

Il repoussa le jeté de lit, et Tino secoua la tête.

— Je ne t'accusais de rien, Cooper. Je te le promets. Tiens, de la soupe et un sandwich. Tu as l'air plutôt fatigué toi aussi. Pose simplement le plateau sur la table de chevet quand tu auras fini. Channing et moi viendrons le reprendre plus tard.

Cooper lui prit le plateau des mains et l'équilibra sur ses genoux. Il remarqua les deux cachets à côté de l'assiette et la bouteille d'eau.

— Merci. Sincèrement, grommela-t-il en descendant les antidouleurs aussi rapidement que possible.

— Tu aurais dû nous appeler quand il a demandé ton aide, réprimanda Tino, mais pas méchamment.

— Il était gêné, lui expliqua Cooper. Je pense qu'il se sentait comme un petit garçon.

L'expression de douleur sur le visage de Tino lacéra Cooper jusqu'à l'os. C'était la même douleur que ce dernier ressentait quand il ne pouvait pas acheter de nouveaux vêtements pour Felicity ou l'emmener dans un endroit intéressant pendant le week-end. C'était la sensation d'avoir laissé tomber quelqu'un qui dépendait de vous.

— Sammy a trop rarement été un petit garçon, dit-il avec un sourire nostalgique jouant sur ses lèvres.

Tino était un homme magnifique, mais même s'il n'avait pas été marié et plus âgé, Cooper ne pouvait vraiment voir personne d'autre que Sammy.

— Une vieille âme ? hasarda-t-il en prenant une bouchée de son sandwich.

Il avait eu une bonne famille d'accueil – il avait aimé être là-bas. Lauralyn, sa mère d'accueil dans cette maison, lui avait dit *qu'il* était une vieille âme également. Peut-être que c'était pour ça que Sammy et lui avaient ressenti une complicité immédiate.

— Tout à fait, concéda Tino avec un hochement de tête. Quand Channing et moi sommes devenus sérieux l'un envers l'autre, j'avais peur : et si ça ne fonctionne pas ? Qu'arrivera-t-il à Sammy ? Mais Channing a dit qu'il m'aimait déjà, que je faisais déjà partie de sa vie. Alors si nous

64

n'essayions pas, ce serait pareil que si ça ne fonctionnait pas. Tout le monde aurait le cœur brisé.

Cooper reposa son sandwich. La pensée d'eux trois si fragiles, quand ils donnaient l'impression d'être tout ce qu'il avait toujours imaginé dans une famille, cela faisait mal.

— Ça a dû être effrayant, admit-il.

— Je le voyais comme ça, confia Tino avec un haussement d'épaules. Tu le vois aussi comme ça. Channing et Sammy ? Ils ferment simplement les yeux et sautent. Les béguins de Sammy pendant sa scolarité ? Pareil. Il tombait simplement amoureux. Pas question de dire « Cette fille, elle est trop âgée » ou « Je ne suis pas sûr que ce garçon soit gay ». Il craquait simplement.

— Est-ce qu'il s'en remettait vite ? demanda Cooper, même s'il avait peur des deux réponses possibles.

— Tu t'en remettrais vite ? questionna Tino avec perspicacité.

Oh, Cooper pouvait vraiment comprendre ce truc avec la nourriture étant une corvée. Il enfonça une énorme bouchée de sandwich dans sa bouche et mâcha avec obstination.

— Sammy non plus, confirma Tino en haussant une épaule. Mais il a continué de sauter. La bravoure n'a jamais été un problème pour Sammy.

Cooper lança un regard au garçon endormi près de lui, ronflant doucement, qui pensait qu'il n'était pas courageux.

— Je peux le voir, dit-il.

Ses doigts le démangeaient d'envie de le toucher de nouveau. Personne ne lui avait jamais dit qu'un simple contact ne pourrait peut-être pas être suffisant.

— Cooper ?

Il releva les yeux, surpris, et enfonça un morceau de sandwich dans sa bouche – tout comme Sammy l'avait fait. Oh Seigneur, il pouvait sentir la chaleur rejetée par le corps de Sammy à travers les couvertures, et il voulait y ramper et ne jamais ressortir.

— Mmff ?

— Si Sammy et toi… eh bien, tu sais. Si vous craquez pour l'autre et que les choses ne fonctionnent pas ?

Oh mon Dieu. Felicity était heureuse ici. Cooper balayerait sa chance d'être heureuse en…

— Ça ne changerait rien, continua Tino.

Cooper s'étrangla presque sur son sandwich. Il essuya des miettes postillonnées avec le dos de sa main.

— Mmardon ?

— Ça pourrait être dur pour *Sammy* et toi de parler, mais une fois que tu auras commencé à travailler, tant que tu feras passer les enfants en premier, nous n'allons pas te renvoyer pour une aventure amoureuse ratée. Pas même avec notre garçon. Et nous t'avons observé ; tu laisses les enfants jouer dans ta chambre pendant des heures quand tu devrais dormir. Felicity est impatiente de vérifier comment tu vas dès qu'elle passe la porte après l'école. Tu t'es pratiquement tué pour mettre Sammy au lit, et il n'est même plus un enfant. Tu *feras* passer les enfants en premier, je n'en doute pas. Alors… quelle que soit cette expression sur ton visage, quand tu le regardes ? Vouloir lui parler davantage n'est pas un crime.

Tino était un adulte. Peut-être qu'il croirait Cooper quand il disait :

— Je suis trop vieux pour être adopté. Tu le sais, pas vrai ?

— Tu dis ça uniquement parce que tu n'as pas encore rencontré ma mère, affirma Tino en plissant le nez. Ne t'inquiète pas, c'est pour demain. Repose-toi.

Il ébouriffa les cheveux de Cooper – comme s'il était un enfant, il ébouriffa ses cheveux –, puis fit demi-tour et partit, éteignant le plafonnier mais laissant la lampe de chevet allumée.

Cooper termina son repas dans un silence ponctué par la respiration de Sammy et essaya de se souvenir à quoi avait ressemblé sa vie deux semaines plus tôt, quand il se levait, amenait Felicity à l'école, puis travaillait comme un forcené sur un site de construction.

Et il s'inquiétait à chaque respiration que, s'il lui arrivait quelque chose, Felicity serait toute seule. Et que si Felicity lui était un jour enlevée, personne ne s'en soucierait s'il arrêtait de manger, arrêtait de respirer, arrêtait de vivre.

Et il était là, le ventre plein, bien vivant, un beau garçon dans son lit – même s'il était sous les draps et que Cooper était au-dessus – et des gens qui lui apportaient un dîner et tout, sauf un baiser de bonne nuit.

Il ne pouvait assembler ces deux images, peu importait la force avec laquelle il essayait. Finalement, il posa son assiette sur la table de chevet, se rassit – plus facilement maintenant avec les antidouleurs – et alla utiliser la salle de bain attenante de Sammy pour se nettoyer un peu.

La pièce était décorée de carrelage blanc avec de petites tortues de mer à des endroits inattendus. Des tortues de mer peintes sur des carreaux individuels au mur, un tapis tortue de mer, des tortues sur le rideau de douche. Puisque la chambre elle-même était faite en bois blond pâle avec une moquette, une literie et des rideaux bleu-vert, Cooper avait la sensation que Sammy pourrait simplement – probablement – aimer la mer.

Il devait avoir vraiment voulu participer à la sortie du jour, mais il y avait renoncé pour tenir compagnie à Cooper et faire ses devoirs.

Comme Tino l'avait dit – une vieille âme. Et pas une qui jouerait avec les sentiments de Cooper, peu importait sa fragilité.

Cooper revint vers le lit et se glissa sous le couvre-lit, puis éteignit la lumière. Il regarda Sammy inspirer et expirer, tranquille, troublé et tellement aimé, jusqu'à ce que ses propres yeux se ferment et qu'il s'endorme.

IL se réveilla lentement, essayant de se replacer dans l'espace et le temps. Il était recroquevillé sur le côté, et le soleil ruisselait à travers la fenêtre jusqu'à ses yeux. Quand il fut habitué à cet éclat, il réalisa que quelqu'un – Sammy – était allongé près de lui, souriant doucement pendant que Cooper s'orientait.

— Tu as souvent un air renfrogné, murmura-t-il

Cooper ne put s'en empêcher, il sourit.

— Tu souris tout le temps.

— Je devrais partager mes sourires. Tu mérites plus, dit gravement Sammy.

Et, oh! Cooper pouvait la voir maintenant, la vieille âme dans le corps du jeune homme.

Si proche – sa bouche rouge cerise, ses yeux dansant, chauds, adorables et doux contre l'éclat dur de cette journée de janvier.

— Je dois en donner pour en obtenir, dit Cooper de façon pratique, se rappelant un vieux poster de motivation qui avait été placé près d'un de ses lits temporaires.

— Est-ce que ça fonctionne avec les baisers? demanda Sammy, son sourire devenant pensif. Parce que je vais t'embrasser maintenant, à moins que tu me dises de ne pas le faire.

Cooper ouvrit la bouche de surprise, les lèvres légèrement écartées, et c'est là qu'il était quand la bouche rouge cerise de Sammy couvrit la sienne.

Ce petit con s'était brossé les dents, et sa langue, au goût de menthe fraîche, balaya la bouche de Cooper avec assez d'expertise pour faire savoir

67

à Cooper qu'il avait eu quelques béguins, et qu'il avait appris quelques trucs au passage.

Cooper voulait les apprendre aussi.

Il grogna, étalant les mains contre le torse de Sammy et pétrissant, le luxe de pouvoir toucher un homme suffisant pour faire palpiter son ventre et picoter son entrejambe. Sammy se redressa sur un coude, repoussa doucement Cooper contre le matelas, et continua le baiser.

Cooper voulait le serrer, soulever le bras et passer de nouveau les doigts dans ces doux cheveux blonds, mais quand il bougea le bras, ses côtes et son épaule protestèrent, et le son suivant qu'il lâcha ne fut pas de plaisir.

Sammy recula immédiatement.

— Oh non ! Je suis désolé. Je t'ai fait mal ? Oh Seigneur… je te jure, je n'ai pas échangé tant de baisers que ça, mais je pensais que je m'améliorais. Tu vas bien ? Tu me détestes ? Devrais-je aller chercher Cha…

Cooper le fit taire avec deux doigts sur les lèvres – plus rouges maintenant et gonflées par les baisers. Les baisers de Cooper.

— Non, pour l'amour de Dieu, ne va pas chercher tes oncles, dit-il en souriant tristement. Et je suis content que tu n'aies pas échangé tant de baisers, parce que c'était mon *tout* premier baiser, et il a presque arrêté mon cœur.

— Premier ? demanda Sammy contre ses doigts. Je suis ton *tout* premier baiser ?

Cooper hocha la tête avec précaution, son cou protestant contre toutes ces contorsions avant que tout soit complètement guéri.

— C'était merveilleux, murmura-t-il. Je tendais simplement la main pour chercher à en avoir plus.

— Tu as besoin de faire ça plus souvent, affirma Sammy en se penchant pour un bref baiser. Chercher à avoir plus.

Cooper fondit, retombant contre la couverture aussi mou qu'une amibe, et laissa Sammy piller de nouveau sa bouche. Cette fois, il n'étira pas son corps ni n'essaya d'en faire trop, il permit simplement que cette chose délicieuse, par la grâce de Dieu, se produise et ne tenta pas de lutter contre.

Quand Sammy remonta pour prendre de l'air, ils respiraient fort tous les deux. Des pointes de couleurs brûlaient sur les joues pâles de Sammy, et le regard qu'il lança à Cooper était lourd et sensuel.

— S'il te plaît, dis-moi que ce n'est pas notre dernier baiser, supplia-t-il.

Le coup à la porte empêcha Cooper d'insister. Sammy lui sourit et mit les doigts sur ses lèvres, alors que trois voix excitées appelaient en une cacophonie :

— Sammy ! Sammy, es-tu déjà debout ? Nous voulons vous raconter, à Cooper et toi, la journée d'hier. Tino fait des gaufres ! Est-ce que tu descends ?

— J'arrive tout de suite ! répondit-il. Descendez sans moi !

— Promis ? demanda plaintivement Felicity.

— Je ne manquerai pas ça, leur dit-il, son visage s'adoucissant en répondant. Tout comme Cooper. Mais ne le réveillez pas encore… laissez-lui quelques minutes.

Des pas dignes d'un troupeau d'éléphants martelèrent les marches, et ils s'affaissèrent tous les deux de soulagement.

— Peux-tu descendre seul ? questionna sérieusement Sammy en se mordant la lèvre. Je ne pense pas que tu aimerais répondre à leurs questions concernant…

— Je pourrais avoir besoin d'aide, admit Cooper. Attends… Waouh !

Il lutta pour s'asseoir, puis se releva du lit. Son sourire pour Sammy dut montrer son soulagement.

— Waouh. Du sommeil et des antidouleurs… Je continuais à espérer que ça fonctionnerait, mais je me sens bien mieux !

— C'était hier, dit sagement Sammy. Tout le calme dans la maison… je sais que ça fonctionne pour moi quand je suis malade.

— Alors, euh, si tu veux descendre et distraire tout le monde…

Sammy sortit du lit, seul le léger tremblement dans sa main montrait que son corps était encore un peu faible après la nuit précédente.

— Je devrais, euh, manger, s'excusa-t-il en détournant les yeux avant de paraître se souvenir. Euh, Coop ?

Leurs yeux se croisèrent, et le cou de Cooper fut soudain saturé de sueur.

— Oui ? murmura-t-il.

— Je… mmh… si nous continuons les baisers, je ne veux pas le cacher. Mais… c'est la première fois pour toi. Je voudrais que ce soit à moi.

Cooper hocha bêtement la tête, et Sammy contourna le lit, s'arrêtant un instant alors qu'il passait. Ils se tinrent les yeux dans les yeux, et Sammy leva le pouce pour caresser la lèvre inférieure de Cooper. Rien que ça, le chatouillement doux de la peau de Sammy, et les lèvres de Cooper s'ouvrirent, son ventre se serrant sous le besoin d'un autre aperçu.

— Plus tard, chuchota Sammy en déposant un bref baiser sur sa joue. Je te le promets.

Puis il sortit rapidement par la porte, laissant Cooper le suivre, se glissant en bas des escaliers après que Sammy fut entré dans la cuisine et eut attiré l'attention de tout le monde sur lui.

Plus il connaissait Sammy, plus il savait qu'être au centre de l'attention était la dernière chose qu'il voulait, mais il le ferait, si ça rendait sa famille heureuse.

Terrains Découverts

UNE fois – et une fois seulement – Dustin, le cousin de Sammy avait essayé de plaider en faveur du fait qu'il était le plus âgé des petits-enfants, parce que, techniquement, Sammy était un beau-petit-neveu et pas lié par le sang.

Dustin avait passé ce réveillon de Noël à regarder tous les *autres* ouvrir leurs cadeaux pendant qu'il devait attendre jusqu'à la fin, parce que normalement l'ordre de naissance déterminait qui passait en premier, et Dustin avait essayé de passer avant Sammy.

La mère de Tino, Grand-mère Stacy, ne faisait pas de distinction quand il était question de ses petits-enfants, et Sammy – qui n'avait jamais eu de grand-mère ou de grand-père avant – était le premier et plus âgé de ses petits-enfants pour toujours.

Jusqu'à maintenant.

— Alors, dit-elle à Sammy, tandis qu'ils observaient Cooper somnoler sur le fauteuil à l'autre bout du salon. J'ai cru comprendre qu'il a aussi vingt et un ans. Tu sais ce que ça signifie, n'est-ce pas ?

— Ça signifie, répondit-il avec un sourire, que Dustin obtient enfin ce qu'il veut et que je ne suis plus le plus âgé.

— En effet, confirma-t-elle en riant. Alors il va surveiller les enfants pendant que tu vas à ton nouveau travail ?

Sammy sourit timidement et prit une autre gorgée de son smoothie. Apparemment, la lamentation de Tino auprès de sa mère à propos de la petite crise de Sammy avait eu pour résultat environ quatre litres de smoothie protéiné préparé et apporté pour être congelé. La vie donnée par milk-shake – Sammy approuvait.

— C'est ça. Brandon était tout aussi heureux que Coop ne soit pas obligé de retourner dans la construction. Il dit qu'il est doué là-dedans, mais Brandon s'inquiète pour lui tous les jours.

Grand-mère Stacy prit une gorgée de son café et regarda Cooper en train de sommeiller.

—Hmm. Il a besoin qu'on s'inquiète pour lui, je dirais. Je ne pense pas qu'il fera si facilement confiance.

Elle avait déjà rencontré et été aux petits soins pour Felicity – elle lui avait même amené comme cadeau une nouvelle veste en jean garnie de sequins et de Hello Kitty, avec des tennis assorties. Felicity avait répondu par un grand sourire, acceptant les vêtements aussi facilement qu'elle avait accepté les étreintes de Grand-mère Stacy et les poignées de main heureuses de Grand-père Peter. Sammy avait vu l'expression d'appréhension sur le visage de Cooper – et, d'une certaine manière, ne lui en avait pas tenu rigueur. Ses blessures n'étaient toujours pas guéries, et il était supposé accepter simplement que cette nouvelle situation était pour lui ?

Mais Sammy connaissait la vérité. Personne dans cette pièce ne rejetterait Felicity ou Cooper. Cela disait quelque chose également. À cet instant, ils étaient nombreux, puisque Jacob avait amené ses cinq enfants tandis que Brandon et Taylor s'étaient assis à l'avant de la voiture pour l'aider, car sa femme était alitée à cause du sixième.

La seule chose qui pourrait blesser Felicity serait que Cooper refuse tout l'amour que le clan Lowell-Grayson combiné avait à offrir.

Sammy se souvint de son expression d'émerveillement après leur baiser. Puis il grimaça, parce qu'il avait entendu Channing et Tino parler doucement.

— Il n'avait personne. Il est… enfin, il est timide. Mais il ferait n'importe quoi pour Felicity. Mais je pense que nous allons devoir les laisser s'installer pendant un peu plus longtemps avant de pouvoir commencer les démarches pour rendre tout ça légal ou permanent. Mes oncles sont inquiets que quelqu'un découvre qu'elle n'est pas légalement placée chez lui. En fait, elle n'est légalement *rien.*

Stacy hocha la tête, plissant les lèvres, comme si cela lui avait traversé l'esprit.

— Eh bien, ils ont besoin de faire quelque chose à ce sujet, et si Cooper l'aime, il les laissera faire. Cette jeune fille, elle est ouverte comme une fleur. Du soleil, une bonne terre pour faire grandir ses racines, elle va être incroyable. Mais ce ne sera pas le cas si elle continue d'être déracinée et déplacée. Il devrait savoir ça mieux que quiconque, conclut-elle avec un nouveau regard vers Cooper.

Sammy soupira. Oui. Cooper ne ferait pas confiance à sa bonne fortune pendant un long moment, et Sammy, qui était habitué à pouvoir rendre le monde meilleur pour les personnes dans sa vie, n'allait pas compenser à lui seul toutes les choses qu'il aurait voulu avoir dans une famille. Son inquiétude pour Coop fut cependant détournée quand Stacy se tourna vers lui avec des questions.

— Qu'en est-il de ce nouveau travail et toi… Raconte-moi !

— Eh bien, commença-t-il avec un sourire, je vais enseigner à des enfants comment jouer de la musique dans un programme extrascolaire. Chaque enfant a quinze minutes de piano par jour s'il le veut. Ils auront un professeur d'art, un d'informatique et un d'éducation générale. C'est conçu pour leur donner de l'enrichissement tout en leur évitant des ennuis jusqu'à dix-sept heures trente, quand leurs parents viennent les chercher.

— Je comprends que c'est un quartier difficile ?

Seigneur, Sammy aimait sa grand-mère. Aucune peur pour la sécurité, simplement de l'intérêt pour son travail.

— Eh bien, oui. L'école est plutôt ancienne et délabrée, et la population bénéficie surtout de déjeuners gratuits ou à prix réduit. Mais, finit-il avec un haussement d'épaule, tout le monde aime la musique, pas vrai ?

L'expression sur le visage de sa grand-mère lui dit qu'il était incroyablement précieux et naïf. Elle serra ses épaules et embrassa sa joue.

— Bien sûr, mon ange. J'espère simplement qu'ils l'aiment assez pour ne pas te briser le cœur, dit-elle en serrant un peu plus fort. En parlant de ça, ai-je besoin de te faire une remise à niveau sur les dangers de l'anémie ?

— Non, Grand-mère, affirma Sammy avec une grimace. Je te le promets, pas de douleurs à la poitrine, pas de courbatures, pas de difficultés à respirer. J'ai oublié de manger et j'ai saigné du nez… ça arrive.

Stacy secoua la tête, pour une fois réellement affectée.

— Sammy, s'il te plaît. Ces choses peuvent empirer en vieillissant. Est-ce que c'était ta seule crise récemment ?

Sammy détourna les yeux, parce que la vérité était qu'il était de plus en plus dépendant des barres protéinées qu'il gardait dans la voiture sur l'insistance de Tino. Il en rejetait la faute sur l'école et le fait de trouver un travail, mais sauter quelques repas ne devrait pas détraquer autant sa santé quand tout ce qu'il faisait était d'être assis au piano.

— Non ? interrogea-t-elle d'un ton tranchant. L'as-tu dit à tes oncles ?

— Tu sais comment ils s'inquiètent !

Il geignait maintenant. Excellent. Un point pour la maturité.

— Pour de bonnes raisons. Quand as-tu vu ton médecin pour la dernière fois, Sammy ? Tu *es* adulte, tu ne peux plus dépendre d'eux pour t'y emmener.

Oh. D'accord, très bien. C'était un bon point.

— Je prendrai rendez-vous ce soir, promit-il.

Elle lui lança un regard noir, et il sortit son téléphone pour se faire une petite note.

— Tu vois ? C'est dans mes rappels. Je te le promets.

Son air renfrogné s'éclaircit très légèrement, et elle serra de nouveau ses épaules.

— Sammy, mon ange. Tu travailles si dur pour n'inquiéter personne. Ne sais-tu pas que ça nous inquiète encore plus ?

— Eh bien, indiqua-t-il avec un rire. C'est une impasse, Grand-mère. Je ne sais pas ce que je peux bien y faire.

— Tu fais de ton mieux, je te l'accorde. Appelle ton médecin, Sammy. Tu… tu es le cœur de cette famille. Tu es ce qui a réuni tes oncles. Tu es la personne préférée de tous les petits-enfants. Nous avons besoin de toi ici. Assure-toi d'être là, d'accord ?

— D'accord, répondit-il avec un clin d'œil. Mais tu sais, *j'ai* postulé à l'université pour certains de ces stages avec des tournées de représentations. Tu pourrais devoir survivre sans moi pendant quelques mois, peut-être même un an, si je l'obtiens.

Il n'avait en fait pas postulé pour celui-ci, mais Channing et Tino avaient paru pleins d'espoir, alors il ne l'avait simplement pas mentionné.

— Une tournée avec l'université ? C'est merveilleux ! Comment ça se passe ?

Sammy lui parla avec gratitude des subventions qui avaient été faites pour que de petits ensembles de niveau universitaire fassent des tournées dans des lycées pendant les vacances d'été et à d'autres moments dans l'année, pour encourager l'intérêt des élèves dans l'éducation musicale. Avant, cet intérêt était fourni par les écoles préparatoires, mais les récentes coupes dans l'éducation avaient été si brutales que la musique à l'université commençait à se tarir. De généreux donateurs – Sammy suspectait que Channing en était un gros – avaient donné de l'argent et créé des subventions pour que les universités d'état avec les plus grands programmes musicaux fassent des tournées et encouragent les districts à lutter pour avoir plus d'argent, et les enfants à demander plus que simplement de l'informatique dans leur éducation.

La musique avait sauvé la vie de Sammy après la perte de sa mère. Il le croyait, tout comme il croyait que Tino et sa famille l'avaient aidé également. Il voulait offrir ce cadeau à autant d'enfants que possible.

Grand-mère Stacy écouta avidement, ses yeux marron foncé d'Italienne illuminés par l'intérêt et l'excitation, et quand il eut fini, elle appela Grand-père Peter pour que Sammy puisse tout réexpliquer. Le temps qu'il ait fini la seconde fois, il fut inondé de questions sur quand il irait et combien de temps il serait parti – la plupart venant des enfants qui s'attendaient à le voir à *chaque* rassemblement familial, parce qu'il était leur Sammy et *uniquement* leur Sammy, et personne d'autre ne leur conviendrait.

— Les gars ! s'exclama-t-il avec un rire, réconfortant Bébé T, la plus jeune, qui se cramponnait à son épaule et pleurnichait. Il n'y a aucune garantie que je réussisse les auditions ou le processus de recrutement. Et si je réussis, je ne partirai pas avant juin. Et si je pars, je reviendrai définitivement à la fin de l'été. Je ne suis qu'à un an de ma licence ! Je ne vais pas arrêter maintenant !

Il ne mentionna pas qu'il voulait passer son master. C'était assez frustrant qu'il ait été pris dans certaines des plus grandes écoles musicales et qu'il ait choisi de rester à Sacramento à la place. Entre sa santé – qui avait été *vraiment* médiocre à la fin de sa dernière année de lycée – et sa réticence à quitter sa famille, il avait dit à Channing qu'il se moquait de l'endroit où il allait, tant qu'il avait un joli morceau de papier quand il aurait fini.

Il était chanceux que Sacramento ait un programme de musique respectable, mais ça ne signifiait pas qu'il ne faudrait pas cinq ans parce qu'il était très difficile d'entrer dans certains cours.

— Devrons-nous partir si tu t'en vas ? demanda Felicity.

Tous les autres enfants devinrent silencieux, choqués par la question. Sammy n'eut même pas besoin de regarder Channing et Tino pour connaître la réponse à cette question.

— Non, dit-il immédiatement. Felicity, trésor, tu vois Hope ?

C'était une jolie étudiante blonde se tenant près de sa mère, pendant qu'elle parlait à Brandon de sa toute nouvelle entreprise de comptabilité.

— Elle est gentille, dit Felicity en regardant la jeune fille avec une pointe d'adulation.

— Eh bien, sa mère vivait avec elle là où Cooper est installé. Sa mère nous a aidés à prendre soin de la maison, Hope et moi sommes allés ensemble à l'école et à d'autres activités. Sa mère a eu un nouveau travail, et Hope est partie pour une autre école, mais regarde qui est ici pour le dîner du week-end.

Felicity sourit et s'essuya les yeux avec le dos de sa main.

— Ça pourrait être moi ?

Sammy déglutit et jeta un regard vers Cooper, qui était soudain réveillé et faisait très attention à tout ce qu'il disait.

— Oui, trésor. Ne t'inquiète pas si je pars, d'accord ? Pour l'instant, tout fonctionne.

La jeune fille hocha la tête, son menton tremblotant, et Sammy s'accroupit – Bébé T toujours sur son épaule – et lui tendit le bras. Elle se précipita dans l'étreinte, et il l'enlaça avec force, puis sourit au reste des cousins.

— Allez, les gars, câlin de groupe.

Il fut entouré par des petits corps et des plus grands, parce que Dustin avait quatorze ans désormais et presque une taille adulte. Tout le monde se serra, et Bébé T se réveilla pour regarder autour d'elle, clignant de ses grands yeux marron.

— Gros amour, murmura-t-elle reposant la tête sur l'épaule de Sammy.

— Oui, dit-il, blottissant le nez contre elle. Tu vois, Felicity ? Gros amour.

PLUS tard ce soir-là, Cooper le trouva en train d'aider Grand-mère Stacy et Tante Elena à nettoyer la cuisine, puisque la gouvernante était en congé durant les week-ends.

— Sammy, je peux te dire un mot ? demanda-t-il avant d'ouvrir le chemin dans le couloir vers sa chambre.

Sammy le suivit, un pressentiment se faufilant dans son ventre. Cooper l'attendait, se tenant au pied du lit, faisant les cent pas. Sammy regarda la pièce autour d'eux, pensant que cette chambre avait l'air nue comparée à la façon dont Carrie et Hope l'avaient personnifiée.

Il voulait que Cooper ait le temps et l'argent pour se les approprier aussi.

— Tu t'en vas ? accusa Cooper, faisant grimacer Sammy.

— Juste pendant l'été…

— Tu as dit peut-être un an !

— Eh bien, c'était pour Tino et Channing, expliqua-t-il.

Sammy regarda autour de lui, comme s'ils allaient apparaître et lui crier dessus. Il déglutit. En y repensant maintenant, il se demandait – avait-il senti les changements dans son corps et s'était inquiété ? Il reprit, la voix basse.

— Ils voulaient que je postule pour la tournée d'un an, mais… Je voulais simplement obtenir mon diplôme. J'ai uniquement postulé pour les tournées d'été…

— Tu as quoi ? questionna Cooper, son regard noir s'adoucissant un instant.

— Cooper, j'ai obtenu mon diplôme avec mention, et mes oncles sont riches. Tu ne t'es jamais demandé pourquoi je ne vais pas dans une université prestigieuse ?

Cooper le regarda bouche bée, et Sammy se sentit comme un crétin de première. Mais si Cooper paniquait sur le fait qu'il parte, peut-être que ceci le rassurerait.

— J'apprécie ma famille, Coop. J'ai déjà vécu le fait qu'une personne passe la porte et ne revienne jamais. Ça craint. J'ai Keenan et Letty, et ils *m'aiment*. Je ne voulais pas être le type qui passe la porte et envoie simplement des lettres.

Il ravala sa salive, parce que ce n'était pas toute la vérité, mais Seigneur – après avoir parlé à Grand-mère, il n'était pas sûr d'être prêt à tout révéler.

— Alors j'ai postulé pour Sac State et je suis resté ici. C'est pour ça qu'il n'y a qu'un stage d'été. C'est pour ça qu'il n'y a pas de grande entrée à Julliard. Je suis un grand lâche, d'accord ? Channing et Tino voulaient que je fasse la tournée, alors j'ai dit oui.

— Mais… mais tu m'as *embrassé*! éclata Cooper. Tu n'as rien dit sur le fait que tu allais partir!

— Eh bien, ce n'est pas pour des mois, Coop! J'ai supposé que si tu voulais encore m'embrasser, tu serais prêt à attendre quelques mois avant mon retour. Je ne réalisais pas que tu cherchais des raisons pour ne pas du tout te rapprocher de moi.

— Et je ne réalisais pas que tu cherchais des excuses pour rester chez toi, parce que tu avais peur! répliqua Cooper.

Sammy se frotta le torse contre les crampes et essaya de reprendre son souffle. Il ne pouvait déterminer si la douleur était physique ou émotionnelle, mais il savait que quelque chose dans son corps faisait mal.

— Oh, murmura-t-il. Je… je suppose que les baisers étaient mal. Tu… tu ne voulais pas de moi. Je suis désolé.

— Attends… Sammy…

Mais Sammy ne pouvait pas respirer, il avait oublié ses complètements de vitamines, et il pourrait avoir mangé trop de sucre et avoir besoin d'appeler le médecin.

Et il ne pouvait pas attendre pour voir à quel point il avait eu tort de faire confiance à Cooper Hoskins et de penser que celui-ci était prêt à lui faire confiance.

IL réussit à monter les escaliers sans attirer l'attention et tint parole en appelant le médecin. Un rendez-vous dans deux jours – il avait juste assez de temps entre sa sortie de l'école et aller chercher les enfants.

Il resta dans sa chambre et sortit ses devoirs – il resterait debout tard de toute façon – et il était ainsi quand Felicity se glissa dans sa chambre.

— Salut, Phil, dit-il en forçant un sourire. Qu'est-ce qui se passe?

— Je ne sais pas si j'aime Phil, dit-elle le nez plissé. Peut-être que tu devrais continuer à essayer.

Sammy sourit et jura de réfléchir à d'autres façons de raccourcir son nom. Tino, Kee, Lett, Sammy – les diminutifs étaient une tradition familiale. Le seul qui n'en avait pas était Channing, et il s'était lamenté du manque de surnom depuis que Sammy était tout petit.

— Marché conclu, City. Que puis-je faire pour toi?

— Cooper est désolé, murmura-t-elle, les yeux brillants. Il a eu peur… tu sais. De t'avoir mis en colère. Il pensait qu'il pourrait nous faire mettre à la porte…

— Non. Viens là, lui dit-il en tendant les bras et elle s'avança pour l'étreindre. Écoute, trésor. Ton frère et moi, nous sommes en quelque sorte… nous essayons de trouver quel genre d'amis nous voulons être. Je pensais que nous serions un certain genre. Je pense qu'il en veut un autre. Mais d'une façon ou d'une autre, nous serons toujours amis, et vous vivrez toujours ici, d'accord ?

— Alors il ne t'a pas mis en colère ? demanda-t-elle pour s'en assurer.

— Il m'a fait de la peine, dit-il sans détour. Mais je ne pense pas qu'il l'a fait exprès. Je pense… je pense que faire confiance me vient beaucoup plus facilement qu'à lui. J'ai besoin de m'en rappeler dans le futur.

— Est-ce que ça signifie que tu ne lui feras pas confiance ? questionna-t-elle, inquiète.

— Ça signifie… commença Sammy en se frottant de nouveau le torse, toujours pas sûr que la douleur soit réelle. Ça signifie que je vais simplement mieux me protéger, au cas où il ne me ferait pas confiance.

Elle sembla perplexe, et il la serra de nouveau.

— Tout ira bien pour nous. Maintenant, va te brosser les dents, City girl. Tout le monde est parti, pas vrai ?

— Oui, confirma-t-elle avec un sourire timide. Grand-mère Stacy a été vraiment gentille. Est-ce que tu penses que je peux porter mes nouveaux vêtements à l'école ?

— Bien sûr. Tu auras l'air tellement soigné.

Son sourire adoucit un peu la douleur, mais sa poitrine faisait toujours mal. Alors qu'elle se glissait hors de sa chambre, il fut sacrément content d'avoir pris le rendez-vous chez le médecin.

Et sacrément désolé d'avoir pensé que Cooper était prêt pour plus de baisers. Quoi qu'il se passe dans sa poitrine, ce n'était certainement pas plus douloureux que dans son cœur.

DEUX jours plus tard, il était assis dans le cabinet de son médecin et observait tandis que l'homme étudiait les analyses sanguines qu'il avait faites la veille.

Après un soupir, le Dr Richmond – de l'âge de Channing, mais plutôt hirsute avec les cheveux clairsemés – prit une profonde inspiration et étira son cou. Puis il lui offrit un sourire doux.

— Eh bien, bon sang, Sammy. Ce n'est pas ce que j'espérais voir.

Sammy se mordit la lèvre et se rappela quand Tino et Channing étaient assis dans la pièce avec lui. Il se sentait jeune, apeuré et seul… et avoir quelqu'un, n'importe qui, assis avec lui, lui manquait, pour l'aider à avoir l'impression qu'il pourrait supporter tout ce que le médecin dirait.

— Ce n'est pas… s'interrompit Sammy pour déglutir. Qu'est-ce qui ne va pas ?

— Eh bien, l'anémie aplasique est une étrange créature, Sammy. Nous supposons que la tienne est héréditaire, mais nous ne pouvons obtenir le dossier médical de ton père, alors nous n'en sommes pas certains. Dans ton cas, ton corps n'absorbe simplement pas le fer. J'ai augmenté tes compléments d'acide folique et de vitamine B-12, tu ne prenais en gros que du fer. J'ai des recommandations alimentaires que je te suggère fortement de suivre. De la courge, du chou kale, du brocoli… et de la viande. N'oublie pas la viande. Il y a des enzymes dans la viande que tu ne peux pas toujours avoir dans des légumes à haute teneur en protéines, alors ne m'affronte pas là-dessus.

— Du steak et de la courge. Compris.

Sammy sourit d'un air victorieux, comme s'il pouvait battre l'anémie par la gentillesse.

— Bien. Tout ceci va fonctionner sur le long terme. Pour l'instant… déplora-t-il en secouant la tête. Tu es pâle, ta respiration est rapide… Comment va ta tête ?

— Douloureuse… mais ça n'a commencé qu'aujourd'hui.

Merde. Dimanche.

— Oui… et ça ne va pas aller mieux. Tu as des signes de fatigue partout, cernes sous les yeux, attention vagabonde. Je suis enclin à te faire admettre à l'hôpital pour de l'oxygène et une transfusion de sang, juste pour relancer ton système et donner aux compléments une chance de fonctionner.

Oh mon Dieu, non.

— Me faire admettre ? interrogea Sammy, la voix aiguë. Dr Richmond… vous connaissez mes oncles. Ils vont devenir *fous*. Et j'ai besoin d'aller chercher les enfants… ajouta-t-il en regardant sa montre. Je dois être à Roseville dans une heure pour prendre Felicity, ou je serai en retard pour aller chercher Keenan et Letty, et…

—Attends, attends, attends… ne viens-tu pas de me dire que tu avais une charge de travail complète à l'école et que tu commençais un travail ?

Sammy... tu gères cette condition depuis cinq ans... quelle partie de « aucun stress » c'est de parcourir la ville pour aller chercher des enfants ?

— Eh bien, nous avons quelqu'un d'autre de prévu, mais il est encore en convalescence pour ses propres problèmes.

Comme ne pas parler à Sammy et essayer de ne pas être dans la même pièce en même temps, bien qu'ils vivaient dans la même maison.

— Je ne commence pas à travailler avant la semaine prochaine, reprit-il. J'ai promis que je pourrais aider jusque là.

— Tu as raison... je *connais* tes oncles, assura le Dr Richmond en secouant la tête. Et ils voudraient ce qui est le mieux pour toi...

— S'il vous plaît, Dr Richmond ? S'il vous plaît ? Simplement... Je ne sais pas. Donnez-moi les compléments, et je deviendrai un patient modèle. Je mangerai comme un saint, je le promets.

Le médecin ferma les yeux.

— Sammy, nous savons tous les deux exactement ce que vaut cette promesse. Mais je ne *peux* pas le dire à tes oncles, tu as plus de dix-huit ans. Tu es peut-être sur leur mutuelle, mais ton traitement est confidentiel. Je vais te faire une piqûre de vitamines, et y a-t-il un jour où tu pourrais venir en ambulatoire ?

— Eh bien, vendredi... mais *juste* ce vendredi. Après cette semaine, je serai plutôt pris par les boulots... euh, je veux dire, le travail.

Le Dr Richmond ne *semblait* pas baraqué, mais son regard noir était spécial.

— Il vaudrait mieux que ce soit simplement « un travail ». Sammy, l'anémie ne devrait pas limiter autant ta vie, mais tu *dois* prendre soin de toi !

— Non, non... un seul travail. L'autre chose, ce sont des répétitions. C'est plutôt du jeu. Juré. Quand voudriez-vous que je vienne ?

Richmond finit d'écrire sur son bloc d'ordonnance, détacha la feuille et la donna à Sammy.

— Tu as rendez-vous au centre de traitement de l'autre côté de la rue à onze heures vendredi. Cela te donne le temps d'aller t'occuper de tes frères et sœurs et de la personne qui vit à Roseville, mais tu dois être là, Sammy. Je reviens dans un moment avec une piqûre de B-12 et des vitamines géniales à te mettre dans les veines, mais Sammy, si tu ne viens pas vendredi, tu pourrais avoir besoin de thérapie ferrique, et je dois te dire, si tu penses qu'une transfusion sanguine est casse-pieds, une thérapie ferrique, ça craint vraiment. Alors allume ton instinct de conservation, mange un peu, repose-toi et viens vendredi, d'accord?

— Marché conclu, dit Sammy en chancelant contre le mur de soulagement – et de fatigue. Je jure que je serai là.

IL arriva à l'école de Felicity juste à temps pour la récupérer, mais quand il y fut, elle ne l'attendait pas devant comme d'habitude. Se sentant lesté de plomb à chaque pas, il se traîna vers l'accueil pour demander où elle était. La femme dans la soixantaine à l'aspect doux le regarda avec un certain scepticisme.

— Et vous êtes…

— Son frère adoptif? dit-il en souriant joliment parce qu'il y avait une certaine vérité dans ces mots.

— Cooper Hoskins? Elle nous a dit qu'il ne viendrait pas à cause d'une blessure au travail. Seriez-vous…?

Oh oui… Sammy avait appris à bluffer avec les meilleurs.

— Je suis Sam Lowell. Sa situation en famille d'accueil a changé. Les papiers administratifs doivent encore arriver. Pourquoi n'est-elle pas dehors?

— Eh bien, il y a eu une altercation aujourd'hui impliquant une paire de chaussures et une veste. Une des autres filles a prétendu qu'elle les avait volées, et j'ai bien peur que Felicity ne l'ait pas pris très…

— C'était un *cadeau*! explosa Sammy. C'était un cadeau de ma grand-mère, pour l'accueillir dans la famille. Où est-elle? *Où est-elle?*

— Le principal interroge actuellement les deux filles, mais nous n'avions aucun moyen de savoir que Felicity disait la vérité…

Sammy sortit son téléphone.

— Vous pourriez peut-être connaître *Felicity*. Lui avez-vous même parlé? Rien qu'une fois? Ou l'avez-vous simplement observée venir chercher son billet de déjeuner gratuit et fait des suppositions?

— Eh bien, M. Lowell, sa situation familiale a manifestement été en continuel changement dans le passé. Oui, ces deux dernières années, ça s'est amélioré, mais ces vêtements étaient clairement quelque chose de spécial, et nous étions inquiets que peut-être…

Sammy fusilla la femme du regard, attendant qu'elle soit troublée et arrête de parler.

— Vous étiez inquiets que peut-être… quoi?

Dans un coin de son esprit, Sammy pensa qu'elle pourrait être la grand-mère de quelqu'un, une personne qui avait vu des milliers d'enfants, pas tous aussi bons que Felicity, et qui avait appris à supposer selon les apparences.

Mais c'était la partie dans la tête de Sammy qui faisait le plus mal.

— Écoutez, M. Lowell, ce que je pense n'a pas d'importance, dit la secrétaire, semblant nerveuse. Ce qui importe, c'est que après avoir appelé son « frère adoptif »…

Il put presque voir les guillemets

— … nous avons réalisé que sa famille d'accueil avait déménagé depuis longtemps. Nous avions d'autres élèves placés avec ces personnes, et ils ont simplement fermé boutique. Alors je ne sais pas qui *vous* êtes ou qui est M. Hoskins, mais qu'elle se montre soudain avec de nouveaux vêtements brillants après tout ce temps à n'être rattachée à, visiblement, *personne* est hautement suspicieux.

Sammy la fusilla du regard et secoua la tête.

— Madame, je reconnais que vous faites votre travail, mais vous savez quoi ? Considérez ce panier de crabes officiellement ouvert.

Il composa le numéro personnel de Channing sur le téléphone et fut rapidement connecté.

— Oncle Channing ? Oui, c'est moi. Écoute, l'école de Felicity la garde, parce qu'ils pensent qu'elle a volé ses nouveaux vêtements… Oui, ce sont des connards intolérants. Je l'ai compris.

Il prit une grande inspiration, conscient que la douleur dans sa poitrine et celle dans sa tête, qui s'étaient calmées après la piqûre pleine de vitamines du médecin, revenaient toutes les deux à pleine puissance.

— Mais ils commencent à poser des questions… tu sais, *ces* questions, et j'ai besoin de la faire sortir maintenant, ou je vais être en retard pour Kee et Letty et…

— Ne panique pas, Sammy. D'accord… attends une minute.

Seigneur, Channing semblait toujours si assuré. Sammy inspira pendant la pause et jeta un regard noir à… quel était son nom ? D'accord. Greta Chapman. Secrétaire Scolaire. Génial.

— D'accord. Sammy, voici le plan, reprit Channing. Brandon va aller chercher Kee et Letty, il est à dix minutes de leur école en ce moment. Il s'en occupe. Tu vas aller voir le principal maintenant. Je me moque de ce qu'ils voulaient te faire penser quand tu étais à l'école, mais il n'a pas le droit de bloquer les membres de la famille hors de la pièce. Nous serons

83

là avec Clement Wainscott dans une heure ou moins... Tu te souviens de M. Wainscott?

Sammy avait de vagues souvenirs d'une audience de garde quand il avait onze ans, quand son père avait fait une dernière tentative pour être dans sa vie.

— Oui... c'est lui qui a finalisé mon adoption avec Tino et toi, pas vrai?

— Letty et Keenan également. Nous avons un plan en place. Nous avons besoin que tu fasses une chose pendant que tu attends notre arrivée, et ça pourrait être le boulot le plus pénible de tous.

L'estomac de Sammy s'enfonça encore plus loin.

— Il va me haïr, marmonna-t-il. Il me hait déjà.

— Eh bien, qu'il te haïsse ou pas, Sammy, c'est sa seule option pour garder Felicity dans sa vie. Nous voulions essayer de lui laisser du temps, mais je pense que le temps pourrait bien être écoulé.

— Merveilleux.

— N'est-ce pas? Maintenant, va dans le bureau du principal et sors cette enfant de là. Elle est probablement terrifiée.

— Tout comme moi, grommela Sammy en raccrochant.

La pensée que Felicity soit accusée de vol, inquiète d'être enlevée de sa nouvelle maison quand elle commençait juste à s'y habituer, le rendit brave. Il lança un nouveau regard noir à Greta Chapman.

— Où sont-ils? grogna-t-il, laissant les palpitations dans sa tête lui donner de la colère supplémentaire.

— Ils sont au bout du couloir, mais vous ne pouvez pas entrer là...

— Je vais me gêner!

Sammy prit le couloir à grands pas avec la femme sur ses talons et pensa à la force avec laquelle Felicity l'avait enlacé et au fait qu'elle comptait sur Cooper, Channing, Tino et lui pour rétablir son monde.

Plus Brave que Tu le Penses

— **COOPER ?** Salut, j'y suis. Felicity est avec moi et elle va bien.

Cooper entendit la voix de Sammy et s'assit lentement sur la chaise de la cuisine, tout son corps tremblant.

— Bien ? demanda-t-il, sa voix toute petite à ses propres oreilles.

Seigneur. Elle l'avait appelé de l'école, hystérique, le suppliant de venir la chercher. Mais il venait juste de prendre un antidouleur et ne pouvait pas conduire, et même s'il avait pu, qu'allait-il faire ? Officiellement, il n'était personne pour Felicity – son nom de famille était Abrams, il avait été son frère adoptif un millier d'années auparavant, et à part ça, rien. Il lui avait dit de tenir le coup, Sammy était en route, puis il avait fait ce qu'il aurait dû faire deux jours plus tôt.

Il avait fait confiance à Sammy.

Mon Dieu, il aurait dû avoir confiance en Sammy cette nuit-là. Confiance qu'il n'allait pas simplement partir en trombe et laisser Cooper avec le cœur brisé derrière lui. Confiance que, peut-être, laisser la relation se dérouler lentement l'empêcherait de se briser, tandis que chercher les ennuis à toute vitesse la détruirait avant qu'elle ne naisse. Peut-être simplement avoir confiance que Sammy était le jeune homme gentil que Cooper avait vu durant la semaine et demie précédente et qu'il ne laisserait pas Cooper et Felicity en plan.

Et maintenant, Sammy était au téléphone, lui disant que tout irait bien. En quelque sorte.

— Cooper, écoute… Je l'ai sortie du bureau du principal, et nous avons eu de pauvres excuses pour les stupides chaussures, mais quelque chose de plus gros est ressorti. Ils ont commencé à regarder dans son dossier…

— Oh mon Dieu, lâcha Cooper avec une inspiration. Les services sociaux… Ils les ont déjà appelés ?

— Non, mais Channing l'a fait, et tout le monde a une grande réunion dans le bureau du principal pendant que Channing signe une tonne de papiers pour faire d'elle sa fille adoptive. Tino aussi.

— Attends, quoi ?

Sammy lâcha ce qui ressemblait à un soupir mais ne l'était pas. Cooper écouta attentivement et réalisa que Sammy avait du mal à reprendre son souffle.

— Cooper, pourrais-tu simplement… simplement nous faire confiance ? supplia-t-il, la voix faible. Ils vont tout rendre officiel, et nous pourrons ensuite la changer d'école pour un endroit où tout le monde n'est pas un connard parce qu'elle a des chaussures brillantes, et tu n'auras pas à traverser la ville pour aller chercher tout le monde. Pouvons-nous simplement… pouvons-nous simplement faire ça ? Tu seras toujours la nounou, elle sera toujours dans ta vie, et ma grand-mère Stacy n'aura pas le cœur brisé parce qu'elle nous aura été enlevée. Pouvons-nous faire ça ? Est-ce que ça doit être un problème ?

Cooper s'essuya les yeux avec la paume de sa main.

— Oui, Sammy. Nous pouvons le faire. C'est…

Incroyable. Phénoménal. Un vrai poids en moins sur les épaules de Cooper.

— Ça va.

— Bien, souffla Sammy, avant de soupirer de nouveau.

— Sammy, tu vas bien ?

— Fatigué.

Et ce son… ce bruit de respiration.

— As-tu mangé ?

Trois inspirations de plus.

— Oh *merde*. J'allais prendre quelque chose après avoir récupéré Felicity, sur la route pour aller chercher Kee et Letty. Ils devraient être à la maison dans une minute, au fait. Alors sois prêt.

– *Sammy*! Concentre-toi. À manger. Maintenant.

— J'ai des barres protéinées dans la voiture, dit-il, la voix dérivant.

— Bien... donne les clés à Felicity et dis-lui d'aller t'en chercher. Et...

Oh Seigneur. Il avait déjà fait foirer les choses en ne faisant pas confiance à Sammy en l'état actuel des choses.

— Demande à Channing ou Tino de te ramener à la maison, d'accord?

— 'Ccord? dit-il avec une grande inspiration. Cooper?

— Oui?

— Je suis désolé de t'avoir embrassé.

— Pas moi, contra Cooper en fermant les yeux. Je suis désolé de m'être énervé pour rien et de t'avoir peiné.

— Mm... c'est gentil. Je peux garder les baisers, alors? J'ai bien aimé avoir tes premiers.

— Est-ce que Felicity va te chercher les barres protéinées? questionna Cooper, son souffle accrochant dans sa gorge.

— Attends. Non. Tiens, Felicity?

Cooper attendit un instant pendant que Sammy lui donnait des instructions, puis recommença à parler.

— Tu es avec moi, Sammy?

— Oui.

— Sammy, tu devrais consulter un médecin pour ça. Tu n'as pas l'air... bien.

— Je suis en avance sur toi, ricana Sammy. Je l'ai vu aujourd'hui, j'ai eu une piqûre de vitamines et de nouveaux compléments. Rendez-vous pour un traitement vendredi. Tout est arc-en-ciel et sucettes, Coop. Sammy est sur l'affaire.

Cooper laissa échapper un soupir, quelque chose en lui s'allégeant.

— Eh bien, génial. J'ai besoin que tu prennes soin de toi, Sammy. Simplement... j'ai besoin que tu ailles bien.

— Mm. Je n'allais pas bien dimanche soir. Je ne vais pas mentir.

La poitrine de Cooper se serra, et pendant un instant, il fut *incapable* de respirer. Était-ce ainsi que Sammy se sentait quand son sang n'apportait pas assez d'oxygène? C'était horrible. C'était la raison pour laquelle il n'avait pas cherché quelqu'un pour l'embrasser.

Jusqu'à maintenant.

Il se sentait si nu, il ne portait qu'un jean et un t-shirt dans la cuisine de Tino et Channing.

— Je suis désolé, répéta-t-il. Je… je pouvais à peine nous garder, Felicity et moi, nourris et habillés, Sammy. Je ne sais pas comment je vais… trouver la foi en quelqu'un d'autre pour, tu sais, attendre des baisers.

— Mm, murmura-t-il, lent, comme s'il s'endormait. Oh, merci, trésor. Tiens, tu as encore l'air un peu fatiguée. Viens t'appuyer contre moi une minute, d'accord ?

À l'arrière-plan, Cooper entendit Felicity.

— Sammy, tes mains sont si froides !

— Oui, mais tu es chaude. Câlin, d'accord ?

Cooper se frotta le visage avec les mains.

— Sammy ? dit-il, voulant soudain une deuxième chance.

— Oui ? répondit celui-ci, en train de mâcher.

— Simplement… aie un peu de patience avec moi, d'accord ? Tu… tu es si patient avec tous les autres. Peux-tu avoir de la patience avec moi ?

— Oui.

Sa respiration s'était équilibrée, et Cooper se demanda si, peut-être, il n'avait pas été stressé avant d'aller à la rescousse de Felicity. *Bon sang, Sammy !*

— Oui, quoi ?

— Je serai patient avec toi. Mais… tu sais. Accepte le contact visuel au dîner, d'accord ?

— Oui.

— Oh… et ce, euh, truc ? Nous parlions de quoi ?

Cooper se rappela que Felicity était là.

— Le rendez-vous chez le médecin ?

— Oui. Pourrions-nous peut-être garder ça pour nous ?

Oh Seigneur. Garder un secret envers Channing et Tino, les deux hommes qui étaient littéralement en train de sauver sa petite sœur d'une vie merdique dans une maison merdique où les gens ne se préoccupaient pas d'elle comme le faisait Cooper ?

— Tu ne vas pas leur dire ? demanda-t-il, se détestant rien que d'y penser.

— Je suis un adulte, rétorqua Sammy avec dignité. Je ne peux pas vraiment travailler dans le bâtiment et payer un loyer, mais je fais de mon mieux.

Et pour la première fois, Cooper entendit de l'irritation dans la voix de Sammy, un besoin d'aller au-delà de son rôle d'enfant protégé et d'entrer dans celui d'un adulte indépendant. *Mais Sammy, tu maintiens la cohésion de cette famille... est-ce que ça n'aide pas ?*

— D'accord, s'entendit dire Cooper. Je garderai ton secret. Mais tu vas devoir me dire des choses, hein ? Ce que dit le médecin, ton traitement, quand il va avoir lieu.

— Tu as caché une *enfant,* lui rappela Sammy. Pendant deux ans ! Et maintenant, je dois être ouvert et honnête à propos du seul secret que j'ai jamais eu dans ma vie ?

Mince ! Cooper était nul. Sammy avait raison, ce n'était pas juste, et il n'y avait pas moyen que Cooper ait le droit de demander ça, excepté que :

— Tu me promets tout, Sam Lowell. Tout. Tu me promets une maison pour la seule famille que j'ai jamais eue. Tu me promets à manger, un toit, un travail et... et des *baisers*. Et des amis. Des gens qui se soucient si je vis ou meure. C'est... c'est collatéral. Être franc avec moi ici est collatéral à cette promesse, tu comprends ?

Et je suis vraiment inquiet pour toi, et je n'en ai pas l'habitude, et ceci va me laisser voir par moi-même que tu ne vas pas... pas... passer la porte et ne jamais revenir.

— D'accord, très bien. Tu m'as surpris pendant un moment vulnérable, dit-il, avant de glousser.

Quel. Connard.

— Je ne suis pas amusé.

— Tu devrais l'être. C'est de la grande comédie. Si ça ne t'amuse pas, qu'est-ce qui t'amuse ?

Cooper resta bouche bée au téléphone, comme un poisson.

— Ce qui m'amuse ?

— Oui, Cooper Hoskins, qu'est-ce que tu aimes faire pendant ton temps libre ?

— Il aime regarder de vieux films à la télé et réciter les répliques, offrit Felicity.

Elle semblait suffisamment proche du téléphone pour être probablement allongée sur le torse de Sammy.

— Ça ressemble à un tournant dans l'existence, dit Sammy, mais il y avait de l'amusement dans sa voix, rien de plus. Nous construirons à partir de ça. Des pièces de théâtre. Je l'emmènerai à des pièces de théâtre.

Pendant que Cooper essayait d'assimiler où était partie cette conversation, la porte de devant s'ouvrit et des voix excitées résonnèrent dans l'entrée.

— Sammy, les enfants sont là avec Brandon. Je dois y aller.

— Mm. D'accord. Quelqu'un appellera quand nous serons en route pour rentrer. Ne m'oublie pas, hein ?

Jamais.

— D'accord. À plus tard.

Cooper termina l'appel et se leva, reconnaissant envers son corps presque guéri comme il ne l'avait jamais été de toute sa vie. Il *pouvait* se lever, et ses côtes étaient proches de la guérison. Sa clavicule aurait besoin d'un soutien pendant un moment, mais le reste de son corps allait mieux. Il ne devait pas lutter pour respirer et s'inquiéter que son sang lui fasse défaut alors que son esprit essayait si fort de briller.

Il déglutit pour se débarrasser du nœud dans sa gorge et se tourna pour sourire à Keenan et Letty, alors qu'ils passaient la porte en trombe.

— Où est Felicity ? demanda Letty. Elle devrait être là. Brandon et Taylor sont venus nous chercher et ils ont dit qu'elle allait bien, mais j'ai fait un dessin aujourd'hui. Felicity doit me dire si ça ressemble à un dessin de fille, parce que Keenan a dit qu'un garçon aurait pu le faire aussi.

Elle courut pour se hisser sur un des tabourets autour de l'îlot, agitant son dessin en l'air dans une pluie de macaroni et de paillettes.

Cooper regarda Keenan, qui levait les mains en un appel silencieux.

— Eh bien, une fille l'a fait, alors bien sûr, ça y ressemble, mais si tu parles des paillettes, je suis pratiquement sûr qu'il a raison et que ça peut être utilisé à la fois par les filles et les garçons.

Les deux enfants parurent apaisés – puis le regardèrent pour avoir un goûter post-école, d'après ce qu'il en avait appris.

— Beurre de cacahuète ou pépites de chocolat ? demanda-t-il entendant la main vers les bocaux de biscuits sur le plan de travail.

— Les deux ! dirent-ils en cœur.

Il sortit leurs biscuits et leur versa à tous les deux du lait.

— Maintenant, profitez bien, je vais aller parler à Brandon et Taylor.

Il emporta une serviette pleine de biscuits et un grand verre de lait jusqu'au salon, où il les avait vus aller quand les enfants étaient entrés.

— Merci, Coop, dit Brandon en posant la serviette sur la table basse avec le lait au milieu. Nous voulions te tenir au courant au cas où personne d'autre n'avait appelé.

— Sammy a appelé. Il a dit qu'ils déposaient une demande pour un placement officiel chez eux. Je suppose que Channing essaie de faire un peu de magie ?

Parce que tout ce qu'il avait entendu ou vu lui avait démontré que ces choses-là allaient à la vitesse de la bureaucratie.

— Eh bien, Channing a des ressources, dit Taylor, sa grimace s'arrêtant au coin blessé de sa bouche. Mais il a aussi des contacts. Il a dû sacrément se battre pour garder Sammy loin de son père. Nica m'écrivait et me parlait de la bataille au tribunal. J'ai entendu dire que c'était plutôt féroce.

— Je comprends donc que son père… tenta Cooper en grimaçant à son tour.

— Pas une super personne, confirma Taylor.

Il ne jeta pas un regard vers Brandon, et celui-ci le regarda comme s'il n'avait jamais entendu cette histoire.

— Violent, leur dit Taylor. Du moins, envers la mère de Sammy. Nous ne sommes pas sûrs de ce que Sammy a vu, mais nous avons la sensation qu'il en sait plus que ce qu'il laisse paraître. Mais le point essentiel est que Channing a ses entrées dans le système judiciaire familial. Les chances sont assez bonnes que Tino et lui deviennent ses tuteurs légaux avant qu'elle rentre. J'espère que ça te va.

Les deux le regardèrent d'un air grave, et Cooper lutta contre l'envie de pleurer de pur soulagement.

— Oh mon Dieu, souffla-t-il. J'aurai de l'aide.

Brandon se frotta les yeux avec la main et lâcha un rire vif comme un aboiement.

— Tout ce que tu devais faire était de demander, bêta. Mais sérieusement. Ça te convient ?

— Oui, acquiesça Cooper, remerciant Dieu que Felicity ait plus de personnes à ses côtés. Elle… elle m'a suivi jusque chez moi. Je vous l'ai dit. Deux fois. Elle voulait simplement que quelqu'un l'aime. Que quelqu'un pense qu'elle est spéciale. Je suis content qu'elle ait tout un foyer désormais.

Ses yeux brûlaient, mais il ne voulait pas le dire à Brandon et Taylor. C'était comme ses baisers. Il voulait que seul Sammy les ait.

— Est-ce que quelque chose ne va pas ? demanda Brandon, puis, comme s'il était clairvoyant : comment va Sammy ?

— Subtile, Brand. Vraiment foutrement subtile, grommela Taylor avant de se tourner vers Cooper. Nous avons entendu dire qu'il avait saigné du nez samedi. Et nous le voyons parfois sur le campus. Aujourd'hui, il courait sur le parking comme un mort-vivant. Comment va-t-il ?

Oh mon Dieu. Cooper voulait tellement se confier à eux.

— Nous sommes inquiets, dit-il avec hésitation. Le saignement de nez était effrayant. Il était fatigué dimanche soir aussi.

Là. Il en avait dit assez sans trahir de confidence.

Brandon enfonça un biscuit dans sa bouche, puis parla pendant qu'il mâchait.

— Il a besoin de commencer à nourrir sa rate. Courge, chou kale, épinard… comme un jus ou un smoothie le matin, en plus des compléments qu'il prend. Et il devrait probablement prendre de l'acide folique et de la vitamine B-12 aussi. Mais c'est au médecin de fournir ça.

— Donne-moi une liste, et je vais aller chercher tout ça, déclara Taylor en se levant.

— Maintenant ? demanda Brandon en tendant la main vers un autre biscuit.

— Oui, maintenant. Tout le monde est dehors en train de régler des merdes légales, Cooper est ici avec les enfants, et bon sang, je n'aime pas l'allure qu'avait ce gamin aujourd'hui. Ils ont un mixeur. Faisons-en une tonne à congeler. Il est déjà probablement à court des smoothies de Stacy. Ai-je raison, gamin ?

Cooper hocha la tête, un peu perplexe. Quand Taylor avait un plan d'action, il ne glandait pas.

— Montre-moi, dit-il soudain. Quand tu reviens, montre-moi comment utiliser le mixeur. Je lui ferai du jus quand tous les autres prendront le petit déjeuner.

Brandon sourit et claqua la paume de sa main. Il se leva ensuite et utilisa la serviette pour nettoyer les miettes sur son t-shirt et la table basse.

— Mon *gars*. Tu *comprends* le truc de la conspiration familiale. Bien. Nous reviendrons vite. Tu t'occupes des petits. Nous pouvons faire en sorte qu'il se passe de bonnes choses.

Encouragé, Cooper retourna à la cuisine et poussa Keenan à démarrer ses devoirs, donnant à Letty quelque chose à colorier pendant qu'il commençait le dîner. Brandon et Taylor furent de retour en une demi-heure, et ensuite il se mit *vraiment* au travail.

Le temps que Channing et Felicity rentrent, Tino et Sammy sur leurs talons, les devoirs étaient finis, les restes attendaient dans le four et sur le plan de travail, et un grand pichet de jus à l'aspect douteux mais très goûteux se trouvait dans le réfrigérateur. Brandon et Taylor avaient dû partir, mais pas avant que Taylor n'ait donné à Cooper des instructions explicites pour s'assurer que Sammy prenne son jus avec ses compléments chaque matin.

Tino et Channing se rassemblèrent autour de la gazinière pour se préparer des assiettes. Felicity, épuisée, offrit à Cooper une longue étreinte silencieuse, l'embrassa sur la joue, puis s'excusa pour aller annoncer la grande nouvelle à Keenan et Letty.

— C'est la seule chose dont elle pouvait parler, dit Channing, souriant malgré la fatigue. Qu'elle allait être leur sœur aussi.

— A-t-elle mangé? demanda Cooper avec inquiétude. Est-ce que Sammy a mangé?

— Elle pourrait avoir besoin de prendre quelque chose. J'ai nourri Sammy sur le chemin du retour, lui dit Tino, regardant avec inquiétude en direction des escaliers. Il a saigné partout sur sa chemise, il est probablement en haut en train de se changer.

— Putain, lâcha succinctement Channing.

Cooper avança avec détermination vers le réfrigérateur.

— Je vais lui monter une boisson saine, dit-il en sortant la glace et préparant un verre géant. Brandon et Taylor ont trouvé une recette, c'est supposé lui donner des vitamines pour aider son sang à absorber le fer.

— C'est une idée *extraordinaire,* déclara Tino, l'air amer.

Cooper leva les yeux juste à temps pour voir Channing serrer tendrement sa nuque.

— Cela a simplement été une longue journée, dit-il. Il tournait sur la réserve quand il est arrivé à l'école, et c'est devenu encore plus long après ça. Ça ira pour lui.

Tino se renfrogna et secoua la tête, s'essuyant les yeux avec le dos de sa main.

— Ce gamin… Channing, notre gamin…

Channing le tira dans ses bras, la tendresse si intime que Cooper fut simplement content de fuir la pièce. Il trouva Sammy torse nu, blotti dans son lit, frissonnant.

— Assieds-toi, dit doucement Cooper en posant le jus sur la table de chevet. Je vais te chercher un sweat.

— Si stupide, marmonna Sammy. Je me sens si bête. J'essayais de tout garder sous contrôle : je suis allé chez le médecin, j'ai un traitement vendredi. Une journée sacrément longue…

Un frisson l'ébranla durement. Cooper attrapa un sweat gris et doux, usé jusqu'à la corde, et le ramena au bord du lit.

— Oui. Ce *fut* une longue journée. Ça arrive quand on essaie de jouer au super héros. Maintenant, donne-moi tes bras, ordonna Cooper en passant le vêtement par-dessus sa tête et l'aidant à l'enfiler. Oh mon vieux, tes mains sont gelées. Là.

Cooper les coinça sous les aisselles de Sammy et lui tendit le jus.

— Qu'est-ce que c'est ? interrogea Sammy avec suspicion.

— C'est une potion toxique conçue pour implanter des pensées extra-terrestres dans ton cerveau, répondit platement Cooper. C'est du jus de légumes. C'est bon.

— En as-*tu* bu ? testa Sammy, les yeux plissés.

— Oui, Sammy. Regarde-moi en boire.

Cooper prit une gorgée, content que Brandon et Taylor aient expérimenté différentes combinaisons et eaux gazeuses jusqu'à ce que ce qui en ressorte soit vraiment délicieux. Cooper sourit faiblement et ramena le verre jusqu'aux lèvres de Sammy, et celui-ci ouvrit la bouche et but comme un grand garçon.

Il lâcha un soupir quand il finit sa gorgée. Son corps sembla se détendre en un grand tremblement, et il tendit les mains.

— Ce n'était pas horrible, admit-il. Je peux boire tout seul.

Cooper attendit que les mains de Sammy soient verrouillées autour du verre et bloqua les siennes par-dessus.

— Je ne vais pas le laisser tomber ! protesta Sammy.

— Je sais, dit doucement Cooper. J'aime simplement tenir tes mains.

Sammy s'arrêta au milieu de sa gorgée et sourit par-dessus le bord du verre. Il prit une autre gorgée, les mains de Cooper sur les siennes.

— C'est remarquable. Pourquoi ne t'allonges-tu pas près de moi sur le lit ? Je vais finir ça, et nous pourrons raconter à l'autre notre très longue journée.

Cooper lâcha lentement ses mains, mais garda le contact visuel.

— D'accord, Sam. Je peux faire ça. Finis simplement le jus.

Sammy lui offrit un sourire rayonnant, puis prit une copieuse rasade.

— Bien sûr. Même les petits enfants peuvent finir leur jus. Je te le jure.

Cooper accepta ses mots et alla de l'autre côté du lit avant de repousser le jeté de lit et de s'allonger de nouveau au-dessus des couvertures. Sammy tint le verre d'une main et ouvrit le bras pour que Cooper puisse s'appuyer contre lui. Cooper bougea, reposant la tête sur le torse étroit de Sammy et écoutant les battements de son cœur pendant un instant de calme.

— Ce n'est pas mauvais, dit Sammy dans le silence. Tu as fait ça toi-même ?

— Taylor et Brandon ont aidé. Selon eux, tu avais l'air d'un mort-vivant aujourd'hui.

— Sympa, grommela Sammy en prenant une autre gorgée. La famille, quelle…

— Bénédiction, l'interrompit Cooper avec force. Ils sont allés faire des courses et ont cherché des recettes qui n'étaient pas nulles. Tu n'as pas idée. Celui-là a un goût décent. Nous avons massacré des légumes parfaitement bons pour en arriver là.

Sammy eut un petit rire et but un peu plus, se détendant.

— Compris. Tu as raison… Brandon et Taylor sont des gens bien, et nous sommes chanceux de les avoir. Ne fais pas attention à moi, soupira-t-il avec découragement. Je suis content que Felicity aille bien. Tino l'emmène à l'école de Keenan demain pour l'inscrire. Je prévois plus de shopping dans son futur. Dans cette école où elle allait, ils pensaient tout savoir des chaussures brillantes. Je te le dis, ils ne savent rien des besoins clinquants de l'école de Keenan. Nous allons nous assurer qu'elle ait des sequins jusqu'aux dents.

Cooper rit également, en pensant qu'autrefois, il aurait accusé quelqu'un comme Sammy de penser uniquement de façon matérielle. Il se demanda combien de bling-bling Sammy aurait sacrifié pour avoir une longue journée sans saignement de nez et se coucher de bonne heure.

— Elle va adorer ça.

— Et toi ? demanda Sammy avec perspicacité. Est-ce que *tu* vas aimer ça ? Elle a été à toi et toi seul pendant très longtemps.

Cooper prit une grande inspiration et choisit ce que Sammy choisissait toujours – la vérité.

— C'est la première fois en deux ans que je ne suis pas terrifié, avoua-t-il avant de révéler : bien sûr, maintenant, je suis terrifié pour *toi,* alors je suppose que c'est un échange.

Sammy émit un bruit de scepticisme.

— Je vais bien, Coop. S'il te plaît… ne t'inquiète pas pour moi.

— Bien sûr que je vais m'inquiéter, insista Cooper. Tu n'as aucune idée de ce que tu m'as donné, Sam Lowell. Rien que ça, ici? Un câlin sur le lit? De la gentillesse? Une conversation? C'est tout ce dont j'ai toujours rêvé. Et tes mains sont froides et ton visage pâle, et je continue de penser, un peu plus chaque jour, que j'ai besoin de savoir que tu es en bonne santé.

— Même si je dois partir? demanda Sammy, comme si cela lui importait.

— En particulier si tu dois partir, lui répondit Cooper. Parce que, si je ressens quelque chose comme ça quand tu pars, j'ai besoin de savoir que tu rentreras.

Sammy laissa échapper un *pfft* frustré.

— Tu veux entendre quelque chose de pathétique? questionna-t-il, la voix tremblant un peu.

— J'écouterai tout ce que tu veux me dire.

Le cœur de Cooper lui faisait mal. Quoi que ce soit, c'était douloureux.

— Je… je ne suis pas sûr de savoir si je serai un jour capable de déménager sans mon fonds fiduciaire. J'en suis tellement gêné… Mon oncle a, genre, multiplié sa fortune par trois, mais je ne pense pas pouvoir le faire. Je pense que Channing a acheté une petite maison au bout de la rue pour que je puisse être à proximité, mais… mais combien d'argent gagne un musicien, vraiment? Combien gagne un enseignant? Toutes ces séries que l'on voit, un millier de personnes vivant dans un appartement, cherchant de la monnaie pour un Taco Bell… Je voulais ça. Ça semblait normal. Mais…

Mais sa santé était fragile. Cooper l'entendit – mais ce n'était pas ce que Sammy disait.

— Mais on ne peut pas mettre un piano à queue dans un appartement avec six autres personnes, conclut Sammy en vidant le reste de son jus en une gorgée.

— Oui, confirma Cooper, sa voix semblant rouillée à ses propres oreilles. La musique est importante. Je comprends.

Sammy posa le verre et se remit contre les coussins, serrant Cooper un peu plus fort.

— Quand j'étais enfant… Quand j'étais enfant, quand je m'asseyais au piano et que je chantais, je pouvais entendre ma mère au piano, en train de chanter avec moi. Channing m'a dit que quand elle était plus jeune, elle voulait aussi être musicienne. Mais leurs parents étaient... je suppose, un genre de perfectionnistes classiques, tu vois ? Alors Channing s'est mis en quatre pour me dire que je pouvais être tout ce que je voulais. Que, tant que ça me rendait heureux, il était heureux de financer mon éducation. Et la musique me rend heureux. Tino a dû le lui rappeler, d'ailleurs, mais c'est pour ça que je passe mon diplôme en musique. Stupide, pas vrai ? conclut-il avec un rire plein d'autodérision.

Cooper voulut toucher plus de lui. Et plus, et plus. Il posa la main sur le torse de Sammy.

— Non. Pas stupide.

— Tu... tu étais tout seul à dix-sept ans, Cooper. Je continue simplement de penser que mes problèmes ressemblent probablement à des conneries pour toi.

Cooper y réfléchit avant de grimacer pour lui-même.

— Quand j'avais dix-sept ans ? Oui. Quand on n'a pas d'argent, on pense que c'est une fin en soi, tu sais ?

— Je vois comment tu pourrais penser ça, grogna Sammy. La vie est assez difficile sans avoir à s'inquiéter de manger, du loyer et de la santé. Je suis parfaitement conscient que, sans la mutuelle super-méga-géniale de Channing, je ne pourrais probablement même pas aller à l'école.

La poitrine de Cooper se serra. Sammy ? Coincé chez lui ? Tout l'éclat qu'il essayait si durement de maintenir, restreint ? Cooper ne pouvait pas l'imaginer. À la place, il dit :

— Oui. J'étais plutôt amer.

Était-ce pour ça qu'il ne s'était pas fait d'amis – pas même au travail ? Avait-il été jaloux ? La colère l'avait-elle poussé ?

— Mais ensuite, Felicity m'a suivi jusqu'à la maison. Et la première fois, j'étais... j'avais si peur. Et si quelqu'un pensait que je l'avais enlevée ? Et si elle avait des ennuis ? Seigneur, et si elle était battue ? Je ne pouvais pas m'occuper d'elle... Enfin, c'était carrément stupide de même penser que je pourrais m'occuper d'elle, pas vrai ?

— Tu étais un bébé, dit doucement Sammy. Tu avais quoi ? Dix-neuf ans ?

— Dix-huit la première fois. Je l'ai ramenée, et j'ai promis d'écrire et de lui rendre visite... et je l'ai fait. Chaque week-end. Je prenais la voiture jusque là-bas le samedi, et elle était simplement... en train de m'attendre sur la pelouse. Personne ne brossait ses cheveux, elle portait de vieux vêtements. Son visage s'illuminait simplement quand j'arrivais. Et je me suis souvenu... je me suis souvenu d'*avoir été* elle. Je me suis souvenu d'avoir été assis sur la pelouse de quelqu'un d'autre avec des vestiges d'un vide-grenier et d'avoir espéré... simplement espéré... que quelqu'un voudrait de moi aussi.

La tête de Sammy était inclinée en arrière, et ses yeux étaient fermés.

— Je voudrais de toi, dit-il, le coin des lèvres relevé.

— Je ne le savais pas, alors.

Cooper frotta sa joue contre le torse de Sammy en pensant *je ne le sais pas maintenant*.

— C'est vrai. Alors qu'as-tu fait la première fois ?

Il ne l'avait dit à personne, pas même à Taylor durant cette soirée hallucinogène à l'hôpital.

— Eh bien, je l'ai emmenée manger une glace, en fait. Puis au parc. J'ai juste... Elle avait marché huit kilomètres à travers la ville. Je ne voulais pas qu'elle pense qu'elle avait fait tout ça et que je ne m'en souciais pas. Et je l'ai ensuite ramenée au foyer, et ils... ils n'avaient même pas remarqué qu'elle était partie.

— Et donc, elle s'est de nouveau enfuie ?

— C'était ma faute, en quelque sorte, grogna Cooper, le cœur serré. J'ai eu la chance de faire des heures supplémentaires. J'ai appelé la famille, mais ils ne se sont même pas embêtés à passer le message. Alors le samedi soir, je suis arrivé dans mon petit appartement pourri, et elle était simplement... assise sur les marches. En pleurs. Sous la pluie, Sammy. Elle avait marché sous la pluie. Et personne n'était là pour elle. Alors je l'ai fait entrer. Je l'ai réchauffée, laissée porter mon vieux jogging, décrivit-il avec un rire amer. J'ai partagé mon burger avec elle. Et nous nous sommes assis pour regarder des films, et je l'ai... simplement serrée contre moi. Comme... comme tu enlaces Letty ou Keenan. C'était génial, confessa-t-il. Une personne se souciait de moi et me laissait m'occuper d'elle. Alors le matin suivant, j'ai appelé pour dire qu'elle était avec moi, et ils... ils ont dit : « Elle est sortie avec des amis. Nous vous appellerons quand elle reviendra. »

— Connards, grogna Sammy.

— Ils n'avaient même pas remarqué... Elle était partie toute la nuit et la majorité de la journée précédente. Alors... simplement... gardée. Un de ses frères adoptifs a sorti ses vêtements en douce. Nous avons fouillé la boîte aux lettres pour certains papiers dont j'avais besoin pour la maintenir à l'école. Et... je l'ai gardée. Parce que personne ne voulait d'elle. Mais *je* voulais d'elle. Comment ne pourrait-on pas vouloir d'une personne qui marcherait huit kilomètres sous la pluie rien que pour regarder la télé sur le canapé?

Il sentit le baiser de Sammy sur ses cheveux.

— Ou qui recueille une petite fille, parce qu'il veut qu'elle sache que quelqu'un l'aime.

— Tu es si gentil, murmura Cooper. Je n'ai jamais pensé qu'il y avait dans ce monde des gens comme ça. Tes oncles... ils se comporteront bien avec elle, tu penses?

— Je ne peux pas imaginer qu'ils foirent, lui dit Sammy, et son rire fut seulement un peu amer. Ils sont super-méga-spectaculairement compétents dans tout ce qu'ils font.

— Tout comme toi.

— Je suis une épave. Je suis... Je ne peux pas passer une longue journée sans m'évanouir. J'avais l'habitude de faire mes devoirs deux fois, parce que je les faisais une fois, mais j'oubliais de les sauvegarder, je perdais les papiers, je rendais le livre à la bibliothèque et... énuméra-t-il, sa voix dérivant de sommeil. Je suis une épave.

— Sammy, je vis dans les quartiers de la gouvernante, et c'est plus grand que mon dernier appartement. Je n'ai même encore rien *fait* pour mériter ça.

— Tu fais plus chaque jour, lui dit Sammy. Tu vas le mériter. Être le manny n'est pas une mince affaire avec trois enfants, pas même quand tu *es* un de ces enfants.

Cooper rit à « manny », mais seulement pendant un instant.

— Tu n'es plus un enfant.

Sammy ne *semblait* pas moins adulte que lui. Son torse semblait bien dessiné, même s'il était étroit. Sa voix grondait profondément contre l'oreille de Cooper.

— J'agis comme un enfant, contredit Sammy en bâillant, mais en gardant la bouche principalement fermée. J'ai une fois perdu mes clés de voiture trois fois dans le même mois.

— Je suis tombé d'un toit en essayant de retenir un climatiseur de deux cent cinquante kilos au milieu d'une tempête.

Laquelle de ces choses semblait la plus stupide?

Sammy ne bougea pas la tête, mais son rire fut une bouffée d'oxygène contre l'oreille de Cooper. Sa voix fut presque trop douce pour être entendue.

— J'ai simplement… tu sais… besoin que tu saches que je suis un Channing 2.0, mais la version défectueuse.

Cooper prit une inspiration et se redressa pour être capable de voir l'expression de Sammy. Était-il sérieux à ce sujet?

Mais, alors même que Cooper l'observait, son visage se détendit complètement et sa respiration devint régulière. Comme un enfant, il s'était endormi.

Cooper repoussa les cheveux blond doré qui étaient tombés devant ses yeux, et Sammy s'appuya contre sa main.

— Tu n'es pas obligé d'être tes oncles, Sam Lowell, murmura Cooper. Tu es une version parfaite de qui Sammy est supposé être.

Il resta là pendant quelques battements de cœur, à simplement regarder Sammy dormir.

COOPER referma la porte de la chambre de Sammy, le verre de jus dans son autre main.

— Je pensais que tu serais de nouveau resté, dit doucement Tino, montant les escaliers à temps pour le rattraper.

— Felicity va avoir besoin d'un câlin de bonne nuit, dit Cooper, avant de se souvenir de l'honnêteté de Sammy et d'ajouter… Et j'ai besoin d'un autre antidouleur. J'ai dépassé le temps depuis le dernier.

— Et cela a été une journée sacrément longue, certifia Tino avec un soupir.

— Je ne peux pas te contredire, acquiesça Cooper d'un ton grave.

Il s'arrêta un instant et se rappela à quel point il s'était senti impuissant et confiné chez lui quand Felicity l'avait appelé.

— Euh, Tino? Est-il possible… je veux dire, je sais que vous avez tous laissé entendre que j'emmènerais et ramènerais les enfants de l'école, et que je m'occuperais d'eux après, et je peux totalement le faire, mais je pense que Brandon a toujours ma voiture.

Ce n'était pas une super voiture – une Chevy Impala 1998 qui faisait un bruit mystérieux depuis qu'il l'avait achetée quatre ans plus tôt.

— Oh mon Dieu, dit Tino en éclatant à moitié de rire. Oui. Je suis désolé. Nous pouvons définitivement récupérer ta voiture auprès de Brandon pour toi. Nous ne voulions pas te clouer à la maison. Tu étais simplement, tu sais…

— Blessé. Mais mes côtes sont presque guéries, et ma clavicule va bien avec un soutien. Le délai pour ma commotion s'arrête demain. Ce soir, c'est la dernière fois où je prends un antidouleur. Et Sammy commence son travail la semaine prochaine. Je vais, en fait, tu sais, gagner enfin ma subsistance.

— Ne sois pas trop excité par ça, grimaça Tino. J'ai fait ton boulot avant, à la fois payé et à titre de parent. C'est beaucoup de travail.

Cooper se mordit la lèvre. Il ne put empêcher de sourire alors qu'il se souvenait de la discussion entre Keenan et Letty et la façon dont sa petite sœur s'intégrait simplement avec eux et faisait d'elle-même une part de leur dynamique.

— Honnêtement? J'aimerais… j'aimerais vraiment me concentrer sur les enfants. Felicity, bien sûr, mais… mais les enfants. J'ai hâte. J'ai simplement besoin d'explications pour pouvoir m'orienter.

Tino monta jusqu'au palier et serra – doucement – sa bonne épaule.

— Bien sûr. Sammy n'a pas de cours vendredi. Je lui demanderai de te faire faire le tour. Et demain, si tu me le rappelles, je te montrerai où nous gardons les clés, expliqua-t-il avant d'hésiter. Je, euh, comprends que ta voiture a des, euh, problèmes. Tu devrais plutôt conduire la grosse Odyssey familiale. Ce n'est pas sexy, mais elle a un super système stéréo et le Bluetooth, ce qui est pratique. Ça te va?

— Parfait.

Oh oui – ça ne pourrait pas être plus parfait. Sammy avait promis qu'il prendrait soin de lui-même. Il était temps de voir ça en action.

LE matin suivant, Tino emmena les enfants à l'école, et Cooper se leva tôt pour préparer le petit déjeuner pour tout le monde.

Tout le monde, excepté Sammy, qui s'était apparemment levé encore plus tôt pour utiliser la salle de répétition de l'université. Cooper vérifia le niveau sur la bonbonne de jus qu'il avait laissée dans le frigo, vit qu'il n'avait pas changé et se renfrogna pendant qu'il cassait les œufs dans la poêle.

— Quel est le problème, Cooper? demanda Felicity, le sortant de son cafard. Tu n'aimes pas ma tenue?

La grand-mère de Sammy, Stacy, était passée ce matin-là avec encore plus de nouveaux vêtements, et elle était assise à la table de la cuisine avec ses petits-enfants, vérifiant les devoirs de Keenan et assurant à Letty qu'un jour, elle aussi connaîtrait la gloire d'emporter du travail *à* l'école et pas simplement *depuis* l'école.

Cooper examina Felicity, de ses chaussures brillantes jusqu'à sa jolie robe noire et ses chaussettes arc-en-ciel, et il sourit, ses yeux brûlant un peu. Elle ne s'était jamais plainte – pas même quand ses pantalons étaient remontés au-dessus de ses chevilles et que son manteau d'hiver était si serré autour de ses épaules qu'elle ne pouvait pas le boutonner. Mais regardez-la maintenant – si heureuse.

— Tu es magnifique, dit-il tendrement. Tous les autres enfants vont penser que tu es extraordinaire.

Bien sûr, Cooper avait pensé ça depuis le début. Il était en train de cuisiner, alors elle lui offrit une étreinte par-derrière, puis sortit la vaisselle du lave-vaisselle et commença à mettre la table.

— Tu vois ce que fait Felicity, Keenan? questionna Grand-mère Stacy d'un air entendu. Je pense que tu es parfaitement capable d'aider.

Keenan, ne voulant pas laisser sa nouvelle sœur donner une mauvaise image de lui, se mit sur l'affaire, et les deux se chamaillèrent de façon compétitive pendant que Cooper brouillait les œufs. Il ouvrait le réfrigérateur pour prendre du fromage quand Stacy l'arrêta.

— On dirait que tu as avalé un insecte, constata-t-elle doucement.

— Il a oublié son jus, grommela Cooper. Je sais qu'il ne l'a pas fait exprès. Simplement je… je ne savais pas qu'il partait régulièrement de si bonne heure.

— Est-il allé chez le médecin? se renseigna Stacy, le front plissé. Il a promis…

— Oui, répondit doucement Cooper, soulagé d'avoir quelqu'un dans la confidence. Hier. Il ne veut pas que ses oncles le sachent.

— Alors? continua Stacy, la voix urgente. Qu'a dit le médecin?

— Il va faire un traitement vendredi, expliqua-t-il en secouant la tête. Je ne sais toujours pas ce que ça signifie, mais qu'il le veuille ou non, je vais avec lui.

— C'est une transfusion sanguine, expliqua Stacy, la voix plate d'inquiétude réprimée. Et il les déteste. Et tes œufs sont en train de brûler, jeune homme. Tu les enlèves du feu, je vais chercher le fromage.

102

Cooper s'occupa des œufs dans la poêle et prit le fromage avec reconnaissance, luttant contre une saute de mauvaise humeur.

— Il comptait y aller seul, grommela-t-il dans sa barbe. Pourquoi irait-il seul ?

— Pour n'inquiéter personne, lui dit doucement Stacy, puis releva la voix spécialement pour la tablée. Et en parlant de ça, est-ce que quelqu'un t'a raconté comment Tino a gagné le cœur de Channing ?

— Je sais, s'exclama Letty, toute excitée.

— Tout le monde le sait, grogna Keenan, semblant s'ennuyer.

— Je ne sais pas, intervint Felicity, regardant de Letty à Stacy, en espérant manifestement être mise au courant. Dites-moi !

Tandis que Cooper revenait vers la table pour commencer à servir les œufs, Stacy lui lança un regard significatif.

— Channing travaillait à San Francisco, essayant de transférer son affaire ici pour que Sammy n'ait pas à être relocalisé, alors il a demandé à Tino d'être la nounou. Tino voulait lui parler, mais Channing se levait à cinq heures tous les matins et rentrait à dix heures chaque soir. Un matin, Channing s'est levé pour quitter la ville, et Tino était debout avant lui, en train de préparer le petit déjeuner. Et c'est ainsi qu'ils ont commencé à tomber amoureux.

— Oui, Maman, dit Tino, qui entrait dans la cuisine tout en nouant sa cravate. C'est ce qui a fonctionné. Du porridge et du café.

— C'était une bonne manœuvre, confirma Channing à la famille en le suivant.

— C'était *ma* manœuvre, dit Stacy avec un regard éloquent vers Cooper. Et je vous l'offre à tous gratuitement.

Cooper rit comme il était supposé le faire – mais il prit aussi des notes.

— C'est très généreux, dit-il, acceptant son clin d'œil d'approbation.

— Profite de ce que la vie te donne, jeune homme. Tu as seulement un certain nombre de chances.

Il hocha la tête et continua à servir les œufs, puis s'assit à côté de Tino, qui expliquait à Felicity qu'elle faisait maintenant officiellement partie de la ronde apparemment sans fin de leçons et équipes sportives auxquelles Keenan et Letty participaient, pendant qu'elle écoutait avec de grands yeux.

Cooper s'excusa pour aller chercher un stylo, mais Channing l'arrêta.

103

— Nous ferons une réunion demain, Coop. Tino a organisé tout l'emploi du temps d'un bout à l'autre. Nous allons devoir partager les responsabilités. Tino rentrera à la maison deux jours par semaine, parce que Keenan et Felicity auront un cours de danse à un endroit pendant que Letty aura un autre cours ailleurs, mais ne t'inquiète pas. Les notes... je te le dis. Elles font tout.

Tout le monde partit peu après, dans un tourbillon de sacs à dos et le tintement de la vaisselle dans l'évier, et Cooper resta dans la cuisine vide, se demandant d'un air perplexe si c'était à ça qu'avait *toujours* ressemblé le fait d'être avec une famille. Il commença à nettoyer et, quand il remit le lait au réfrigérateur, il vit de nouveau le récipient de jus.

Et prévit d'un air sombre de changer l'heure de son réveil.

Élixirs Donneurs de Vie

— **TU** n'es vraiment pas obligé d'être là pour ça, dit Sammy, mal à l'aise. C'est sacrément ennuyant. Tu pourrais aller boire un café... Tiens, c'est moi qui paie.

Il se souvenait de tout ça – la chaise inclinable, l'intraveineuse dans son bras, le sac rouge de sang accroché au support.

Cooper observait autour de lui la salle de traitement, qui contenait surtout des patients du cancer avec la même installation, simplement pas de sang dans le sac.

— Ce n'est pas aussi gai ici que ça pourrait l'être, dit-il en grimaçant. On penserait qu'ils feraient ça dans un solarium, pas vrai? Beaucoup de soleil, des plantes... quelque chose pour rendre ça plus plaisant.

Sammy grogna et essaya de regarder partout, sauf vers le sang qui tombait goutte à goutte dans son corps.

— Je ne sais même pas pourquoi tu es ici, dit-il en essayant de ne pas geindre.

Cooper avait été debout avant lui la veille, se tenant dans la cuisine avec son jogging et tendant avec aplomb à Sammy une tasse de voyage pleine de jus et un muffin au son de blé. Sammy avait tout pris et sourit de façon incertaine, lui offrant un rapide baiser sur la joue en remerciement.

Cooper avait accepté le baiser et dit :

— Prends soin de toi, s'il te plaît. Je te verrai ce soir.

Et ce soir-là, Tino avait parlé à Sammy de la grande journée d'orientation de Coop.

Au matin, cela avait été la folie habituelle avec les enfants, seul Channing avait été là pour aider. Et, bien sûr, le faire manger. Sammy avait essayé de lui dire qu'il n'avait pas besoin de venir avec lui à la clinique, mais Cooper avait souri sèchement, ses yeux réservés comme d'habitude, et lui avait dit que sa visite, seul, chez le médecin était ce qui le poussait l'accompagner.

Sammy aurait vraiment voulu que Cooper ne le voie pas ainsi.

— C'est un lieu terrible, dit-il, incapable de contenir son dégoût. Ça prend seulement une demi-heure. Je peux recommencer à te faire faire le tour de Folsom et Branite Bay dès que nous aurons fini ici.

— Je *te* ferai faire le tour, dit Cooper avec sérieux. Et tu peux simplement décompresser et profiter de la balade. Maintenant, bois ton jus et détends-toi. Je ne vais nulle part.

Oh, Sammy se souvenait de tout ça durant sa dernière année de lycée. Habituellement, Tino venait avec lui, mais parfois, c'était Channing. Dans un sens ou dans l'autre, ils parlaient de sport, musique et films, et Sammy essayait fortement de ne pas pleurer.

Il détestait vraiment cette partie.

Il prit une gorgée de jus et essaya de se calmer.

— Pourquoi détestes-tu autant ce lieu ? demanda doucement Cooper en lui prenant la tasse isotherme et la posant sur le support.

— C'est comme la caractéristique principale de la faiblesse, lui dit Sammy en fermant les yeux. Il me *manque* quelque chose pour être normal. Je déteste ça.

La main de Cooper dans la sienne était chaude et rassurante.

— Tu es complètement normal, Sam, souffla Cooper. Tu as simplement besoin de ça pour aller bien.

Sammy frissonna et serra sa main. Il garda les yeux fermés, cependant, pour ne pas être obligé de voir le tube taché de plaquettes se faufiler dans sa veine.

— Merci d'être venu avec moi.

Il ne pouvait être irrité par les mots. La main de Cooper dans la sienne – c'était tout à cet instant.

— Quand tu veux, Sam. Je le pense vraiment.

Sammy sourit, resserra de nouveau sa prise et les imagina dans une prairie, sans douleur ni incertitude, faisant l'amour sous un ciel d'été clair.

QUAND ils eurent fini, il se sentait extraordinairement bien – c'était toujours le cas. Plus de sang, plus de fer ; plus de fer, plus d'oxygène ; plus d'oxygène, plus d'énergie. Biochimie simple – mais cela lui donnait envie de danser dans les rues.

Ils quittèrent la clinique. Sammy pointa du doigt le centre commercial à ciel ouvert, plutôt coûteux, mais intéressant à traverser. Il avait plu ce matin-là, mais le soleil brûlant à travers les nuages compensait la fraîcheur humide.

— Alors, dit-il avec excitation, le Palladio est juste là. Nous avons quelques heures avant de devoir aller chercher les enfants. Veux-tu aller faire du shopping ? Ou nous pourrions aller déjeuner... Il y a des endroits géniaux dans la Vieille Ville... Laisse-moi t'emmener déjeuner. Ou nous pourrions aller voir un film. Il y a un cinéma ici. Qu'est-ce qui est sorti ? Nous pourrions voir quelque chose de nouveau. Ou parfois ils passent les vieux films, en noir et blanc, durant une séance spéciale. Qu'as-tu envie de faire ensuite ?

— Euh, Target, dit Cooper avec un rire, assez déconcerté. Tes oncles m'ont donné ma première paye, apparemment pour avoir flemmardé dans leur maison en mangeant, et je me suis rendu compte que tous mes vêtements étaient des habits de construction et que mes tennis tombaient en morceaux. Si je dois transporter les enfants, ce serait probablement bien si je n'avais pas l'air d'un sans-abri.

Sammy le regarda comme s'il était tout neuf, assimilant pour la première fois le jean usé et les bottes de travail à bouts renforcés. Oh. Oui. Les problèmes des vrais gens. Il se sentait bête.

— Ce sera donc Target, dit-il, heureux d'aider. Mais allons autre part pour les chaussures. Un endroit où tu peux trouver du vrai cuir. Tes pieds sont essentiels. Tu veux qu'ils soient vraiment à l'aise.

Il hocha la tête, se souvenant que Channing lui disait la même chose.

107

Cooper avait cette expression – celle où ses sourcils et le coin de sa bouche se soulevaient ensemble. L'expression qui indiquait à Sammy qu'il avait dit quelque chose montrant qu'il n'avait aucune idée de ce que c'était de vouloir quelque chose dans la vie.

— Parfois, nous voulons simplement qu'ils soient couverts.

— Oui, souffla Sammy d'irritation, et parfois les gens veulent plus que ça pour toi. Maintenant, monte dans la voiture, je vais t'emmener à Target.

Cooper lui offrit un sourire en coin et leva les clés. Il avait pris le volant ce matin, suivant la navigation de Sammy, et il avait désormais une connaissance confortable du voisinage, incluant les règles de ramassage et de dépose. Sammy lui avait dit qu'il avait un don naturel. Il avait fallu à Sammy des *mois* pour arrêter d'aller à la mauvaise entrée pour la dépose du matin.

Mais maintenant, il apparaissait que Cooper était aux commandes.

— Target, dit Cooper, l'air content de lui-même.

— Famous Footwear est juste à côté, lui rétorqua Sammy, se sentant également content de lui-même. Et considère que c'est un juste retour des choses pour mon jus matinal hier.

Le sourire de Cooper se tordit, et ce qui émergea fut l'expression sombre et légèrement diabolique d'un homme très déterminé.

— J'aime la façon dont tu penses que ce n'était qu'hier, dit-il. Comme c'est… naïf.

Ils approchèrent de l'Odyssey, d'une jolie couleur verte au lieu de l'argenté comme les trois-quarts des autres véhicules sur la route.

— Maintenant, monte. Je peux voir Target d'ici.

— Attends, déclara Sammy en ouvrant la portière. Pourquoi aurais-tu besoin de te lever aussi tôt ?

Cooper leva les yeux au ciel et grimpa dans la voiture.

— Seigneur, tu es bête. C'est la stupide légende de *ta* famille. *Tu* vas comprendre.

Sammy le regarda bouche bée, se souvenant uniquement de monter dans la voiture après que Cooper eut mis le contact.

ILS allèrent déjeuner après Target – ce fut Sammy qui paya. Il choisit un pub dans la Vieille Ville de Folsom, un lieu avec des frites allemandes exceptionnelles et des bratwursts cuites dans la bière.

— C'est moi qui invite, supplia-t-il, surpris quand Cooper accepta.

— Mais tu dois tout manger, dit-il fermement. Je ne vais pas te laisser payer pour tout ton repas quand tu ne fais que repousser ce qu'il y a dans ton assiette et avoir l'air mignon. Tu as *besoin* de manger.

Sammy hocha joyeusement la tête. Si offrir le repas à Cooper était sa carotte au bout du bâton, il escaladerait n'importe quelle montagne, même une faite de nourriture.

Ils bavardèrent avec animation pendant le déjeuner, et Sammy exploita la connaissance sans fin de Cooper sur les vieux films. Rock Hudson, Doris Day, Jack Lemmon, Shirley MacLaine – Cooper avait vu chaque film connu de l'Homme.

— Les chaînes du câble basique étaient mon seul divertissement une fois que j'ai habité seul, s'excusa-t-il. Qu'est-ce que *tu* aimes faire ?

— Jouer de la musique, regarder de la musique, aller voir des comédies musicales, mais ces dernières pourraient être dans tes cordes, répondit Sammy avec un clin d'œil.

— Je n'ai jamais vu une comédie musicale en direct, mais je connais toutes les paroles de *Oklahoma !*

— Oh ! s'exclama Sammy avec un sourire heureux. Je vais devoir t'emmener à l'université ! Dans trois semaines, ils jouent *Pirates de Penzance,* c'est un classique de Gilbert et Sullivan. Tu vas adorer. Je peux t'emmener à la séance du samedi soir, tu pourras voir le campus. Ce sera génial !

— Pourquoi celle du samedi soir en particulier ? questionna Cooper.

Sammy aurait pu se maudire. Essayez de garder un foutu secret…

— J'ai un groupe d'étude le vendredi soir, qui commence la semaine prochaine. C'est plutôt tard, parce que, euh, nous avons tous du travail. Quoi qu'il en soit, samedi fonctionnera mieux.

Sammy hocha la tête, espérant que Cooper ne pourrait pas voir ses conneries.

Le détecteur à conneries de celui-ci semblait être aussi affûté que celui de Channing et Tino, mais le garçon était nouveau. Il pourrait être capable de *sentir* la pile, mais il ne pouvait pas encore la *voir.*

— Un groupe d'étude ? demanda-t-il.

Il coupa sa bratwurst et prit une bouchée, parce que cela semblait distraire Cooper.

— Oui, c'est un genre de critique de représentation, embellit Sammy. Quoi qu'il en soit, je veux que tu voies le campus.

— Pourquoi? interrogea Cooper avec suspicion. Qu'y a-t-il de si génial à propos d'un campus universitaire?

Sammy le regarda, bouche bée.

— Parce que... parce que l'*apprentissage* se poursuit ici. Et parce que tu pourrais y *aller* un jour. Ne veux-tu pas que Felicity te voie recevoir ton diplôme universitaire? Est-ce que ça ne lui donnera pas l'impression qu'*elle* peut y aller?

Les yeux noisette de Cooper ne pourraient pas être plus plissés.

— Qu'est-ce qui te fait penser que je peux obtenir un diplôme? Je t'ai dit que mes notes n'avaient rien de spécial, Sam...

— Mais c'était au lycée! Tu ne pensais pas avoir une chance, alors tu n'as jamais visé plus haut. L'université de Folsom est *juste en bas* de cette rue, Cooper. C'est à huit kilomètres, tout au plus. Penses-y. Tu pourrais déposer les enfants, aller en cours, les récupérer, faire tes devoirs avec eux. Tu pourrais faire quelque chose de complètement différent de ta vie...

— Mais... mais l'argent! s'exclama-t-il, honnêtement surpris.

— Eh bien, tu es nourri et logé chez nous, et tu n'es plus obligé de dépenser tout ton argent pour Felicity, elle est à Channing et Tino maintenant. Pourquoi ne pas dépenser un peu d'argent pour ton éducation afin que, quand Letty n'aura plus besoin d'une nounou, tu puisses faire ce que tu veux?

Cooper resta assis là, les yeux écarquillés, un morceau géant de bratwurst au bout de sa fourchette.

— Cooper? Coop? Tu vas bien? Nous devons être à l'école dans une demi-heure. Nous devons payer l'addition et aller chercher la voiture.

— L'université? demanda Cooper de façon hébétée. L'université? Qu'est-ce que je pourrais être?

Et Sammy le vit – le vaste ciel qui éblouissait tellement Cooper qu'il pouvait à peine former des mots.

— Tout ce que tu veux, Cooper, lui répondit-il avec un sourire et en frôlant doucement son genou sous la table. Mais tu peux encore y réfléchir un peu. Attends que ton cerveau puisse trouver des mots, d'accord?

— Quoi?

Sammy adora dire ça – oh, il adora vraiment.

— Mange, Cooper. Mange.

Cooper leva alors les yeux au ciel et mit la saucisse dans sa bouche, prouvant à Sammy qu'il s'en remettrait vraiment. Ils se concentrèrent sur leur nourriture avant de payer l'addition et de partir finir leur journée, mais Sammy ressentait comme une lueur dans sa poitrine, l'opposé de ce qu'il avait ressenti quand Coop avait été en colère et qu'il n'avait pas pu respirer.

C'était de la fierté. S'il ne ressortait rien d'autre de ce moment, de cette relation, il aurait offert à Cooper une chose à laquelle rêver. L'idée le stupéfia. C'était comme la chose la plus importante qu'il ait jamais fait.

CE soir-là, après le dîner et le nettoyage, Sammy se glissa dehors dans le patio près de la piscine pour regarder le ciel. La pleine lune contre ces nuages de pluie qui filaient à toute vitesse promettait d'être magnifique, et il pourrait regarder le jeu d'ombre et de lumière, l'aperçu joueur des étoiles étincelantes, pendant des heures.

Cooper le trouva debout là juste au moment où il commençait à frissonner.

— Que fais-tu là dehors ? Keenan voulait que tu viennes jouer une chanson pour tout le monde avant de regarder la télé.

Sammy sourit, mais ne détourna pas les yeux.

— Viens ici, murmura-t-il en tenant la main pour saisir celle de Cooper.

Celui-ci avança de bon gré, et cela rendit Sammy heureux aussi. Il tira Coop devant lui, alignant son dos avec son propre torse, puis enroula les bras autour des épaules de Cooper pour qu'il puisse incliner sa tête et regarder la lune.

— Tu vois ça ? chuchota-t-il à l'oreille de Cooper.

— C'est beau, répondit-il en hochant la tête.

— Tu vois comme elle est grosse ?

— Oui, souffla-t-il avec un autre hochement.

Sammy inspira la chaleur, l'odeur de cuisine et le vague reste de bois de santal que Cooper semblait toujours emporter avec lui.

— Je veux ça pour toi, lui dit-il. Je veux tout ça dans la paume de tes mains.

Cooper se retourna alors vers lui, chaud et flexible, et mit ses mains en coupe, les posant sur les joues de Sammy.

— D'accord, murmura-t-il. D'accord, moi aussi.

Puis il tira Sammy vers lui pour l'embrasser.

Oh, sa bouche était si bonne. Cooper prit l'initiative, explorant, ouvrant, poussant sa langue à l'intérieur. Sammy le laissa faire, tint

111

légèrement ses hanches, s'arqua contre lui, appuyant leur entrejambe l'une contre l'autre, puis enroulant les bras autour de la taille de Cooper et le tirant plus près de *partout.*

Le baiser s'approfondit, devint urgent, le souffle de Sammy sortant rapidement d'une manière qui n'avait rien à voir avec le fait d'être malade et tout à voir avec le fait de se sentir *extraordinaire. Oh!* Il était dans les bras de Sammy et il le voulait, tout de lui, défauts et tout. Sammy lui rendit son baiser, prit sa réponse avide comme une supplique pour plus, et continua à se frotter contre lui jusqu'à ce qu'ils reculent tous les deux et halètent, tremblant, front contre front sous le ciel.

— Nous devons rentrer, souffla Cooper.

— Bien sûr.

Et Sammy l'embrassa de nouveau.

Cooper poussa contre lui, le corps tendu comme une corde de piano, et Sammy voulut plus. Il tira sur la chemise de Cooper, pour mieux poser les paumes sur la peau lisse de son dos, et la réponse de Cooper les ébranla tous les deux. Dès que Sammy passa les mains de ses hanches à son cou, Cooper grogna et appuya plus fort, écrasant son érection évidente contre la cuisse de Sammy. Ce dernier ressentit son insistance et poussa avec sa cuisse, son corps vibrant de possibilités inconnues. Le sang ruait sous sa peau, et son corps picotait de santé et de désir.

— Chut… murmura-t-il à Cooper.

Il prit une de ses mains agitées et l'enfonça sous son propre sweat-shirt. Il frissonna quand Cooper malaxa son torse, son ventre, ses épaules, le tout nouveau frisson de la nudité tirant de petits cris de plaisir de sa gorge.

Cooper recula du baiser, se frottant toujours, et enfouit son visage contre la gorge de Sammy, son corps convulsant, une chaleur humide s'étalant à son contact contre la cuisse de Sammy.

— Non… geignit-il, ruant toujours, tremblant sous la jouissance.

Sammy le regarda avec émerveillement, le serrant fort pour calmer les tremblements.

— Waouh. Un baiser? Un baiser a fait ça?

— Je suis tellement gêné.

Sammy continua à le toucher, balançant avec sa propre excitation retombante.

— Je ne sais pas pourquoi, dit-il d'une voix rauque. C'était incroyable.

— S'il te plaît, dis-moi que tu as déjà fait ça avant, supplia Cooper, la voix étouffée contre la peau de Sammy.

— Coop, c'est le plus loin que j'ai jamais été. J'ai touché ton dos, c'est toute mon expérience.

— Tu plaisantes, s'insurgea Cooper en reculant brutalement. Tu as dit… que tu avais embrassé d'autres personnes…

— J'ai touché les seins de ma cavalière au bal de promo, se rappela Sammy d'un ton neutre. C'était important. Je prévoyais de faire plus, mais…

Il détourna le regard. Le premier saignement de nez s'était produit la semaine suivante. Il se tourna vers Cooper et sourit vaillamment, essayant d'éliminer l'expression de panique sur son visage.

— J'ai été malade. Ou plus malade. Je… j'ai embrassé un peu. De la peau nue, c'est un gros truc pour moi.

Cooper se frotta le visage.

— Être simplement touché était si bon, confia-t-il, et Sammy lui tendit les bras.

— Eh bien, viens ici. Ce n'est pas obligé de se terminer là.

Oh! Cooper se sentait si bien, se précipitant de nouveau dans ses bras. Chauds et forts. Sammy pouvait l'étreindre pour toujours.

— Tu as été beaucoup enlacé, marmonna Cooper. Je…

— Je t'enlacerai pour toutes ces fois, murmura-t-il à l'oreille de Cooper en le serrant plus fort. Je compenserai pour toutes les éteintes que tu n'as jamais eues.

Cooper le serra si fort qu'il ne put plus respirer, puis le relâcha.

— Tu dois aller jouer du piano, dit-il, comme s'il se souvenait soudain de son propre nom, avant de grimacer. Et je dois aller…

— Froid et collant? demanda Sammy.

Parce que oui, il était vierge, mais il avait aussi nettoyé ses propres draps quelques fois.

— Beurk.

Sammy rit et tendit la main, frôlant du bout des doigts la pommette de Cooper.

— Nous, euh… nous pouvons, tu sais. Y aller doucement. Vraiment doucement.

Le sourire de Cooper n'avait aucun de ses boucliers habituels. Aveuglant et plein d'espoir, Sammy posa la main sur sa poitrine pour protéger son cœur.

— D'accord, chuchota-t-il. Doucement.

Sammy lui rendit son sourire, se sentant maladroit, puis baissa la tête et retourna à l'intérieur. Il s'arrêta dans la cuisine pour essuyer la faible tache à l'extérieur de son jean, puis arriva à la salle de musique, où Keenan attendait impatiemment.

— Sammy! Tu dois jouer ma chanson pour Felicity! Et puis la chanson de Letty! Et puis…

Il regarda Sammy d'un air suppliant, et celui-ci sut où tout cela allait.

— Puis les Choses du Monde de Felicity? demanda-t-il.

— Je… commença Felicity, l'air triste, lançant un regard mécontent à Keenan et Letty. Je ne sais pas d'où je viens. Je n'ai aucune chose du monde.

— Eh bien, je peux y réfléchir, répondit Sammy avec un clin d'œil. Laisse-moi une ou deux semaines, et nous aurons « les Choses du Monde de Felicity », d'accord?

Elle lui lança un regard de pure adoration, et un petit coin de sa conscience lui souffla qu'il était un bon exemple. Il le claqua sur le nez et commença à jouer, de façon théâtrale, pour sa famille afin de les faire rire. À environ la moitié des «Choses du Monde de Letty», Cooper entra en portant un pantalon de jogging, usé mais propre. Sammy maintint sa concentration sur sa musique et continua à jouer, sa nuque brûlante.

Un jour, songea-t-il. Un jour, Cooper entrerait dans la pièce, serrerait son épaule et s'assiérait à côté de lui sur le tabouret pour le regarder jouer. Un jour, ils feraient partie de la famille comme Brandon et Taylor.

Un jour, Cooper serait prêt pour être plus qu'un baiser dans le noir.

TROIS semaines plus tard, Sammy espérait ne serait-ce qu'un baiser sur le pas de la porte, mais Cooper n'était pas coopératif.

— Finis ton jus, dit ce dernier, l'air renfrogné.

— Coop, grimaça Sammy, je me sens vraiment bien, et j'ai pris mes compléments ce matin. Est-ce que je peux simplement…

— Sauter le petit déjeuner, aller courir entre les cours toute la journée, aller enseigner, puis aller à ton « groupe d'étude »?

Cooper lui lança un regard encore plus noir, indiquant qu'il suspectait une embrouille sur l'engagement du vendredi soir de Sammy. Enfin, il avait le droit d'être suspicieux, mais Sammy se sentait déjà assez mal de lui avoir demandé de garder secret son rendez-vous chez le médecin.

— Je…

Quoi ? N'allais pas sauter le petit déjeuner ? C'était un mensonge, et Sammy le savait. Il y avait déjà un gros mensonge entre eux alors qu'il n'avait pas vraiment du tout voulu qu'il soit là.

— Très bien, concéda-t-il gracieusement en prenant une grande inspiration. Je suis désolé... là. Je vais le boire et prendre...

— Un bagel au saumon fumé et au fromage frais, dit Cooper, comme si c'était la fin logique de la phrase.

— Je ne peux pas manger ça avant d'aller courir ! s'exclama-t-il avec un rire.

Parce qu'il arrivait habituellement tôt à l'école, faisait quelques tours de piste au stade, puis se douchait, s'habillait et allait aux salles de répétition avec ses partenaires de l'ensemble, afin de travailler leurs morceaux de représentations pour leurs cours suivants.

Cooper tendit la petite gamelle isotherme, qui contenait aussi une barre protéinée et deux pommes.

— Il sera conservé pour plus tard. Et bien sûr, tu peux simplement le jeter. Souviens-toi cependant que tu vas probablement oublier de le faire, et c'est du *saumon* fumé, Sammy. Ça empestera ta voiture.

Sammy le regarda avec une admiration réticente.

— C'est sournois. C'est *vraiment* sournois, bien joué, Cooper. J'approuve !

L'air renfrogné de Cooper s'éclaircit très légèrement.

— Tu es difficile et têtu, Sam Lowell. Je finirai par comprendre comment te garder *et* te garder en bonne santé.

Sammy l'embrassa, durement et rapidement, satisfait de son expression abasourdie.

— Je ne suis pas si difficile à comprendre, Coop. Économise ton pouvoir cérébral pour ta propre éducation.

Il y avait fait allusion au cours des dernières semaines, et de plus en plus, Coop avait sur le visage une expression pensive à la place d'un air paniqué et vide. Cooper y réfléchissait. Lentement mais sûrement, il arrivait à accepter que ceci pourrait être son rêve.

Tout aussi lentement mais sûrement, il arrivait à avoir besoin de plus de contacts quand ils s'embrassaient. Dans ce cas-ci, Cooper le fit reculer contre le plan de travail et *l'*embrassa, excepté que c'était un baiser lent et taquin, et quand Sammy le poursuivit pour obtenir plus, Cooper attrapa le verre de jus négligé sur le plan de travail et le mit dans sa main.

— Bel essai. Maintenant, bois ça avant d'aller courir, et n'oublie pas de m'appeler après ton cours et après ton… activité

Il se renfrogna, et l'expression «innocente» de Sammy, qui avait fonctionné sur ses oncles, ressembla là à une trahison.

Sammy décida de lui faire confiance – juste un peu. Il prit une gorgée. Cela commençait vraiment à lui plaire.

— Comment sais-tu? demanda-t-il. Comment es-tu si sûr que ce n'est pas un groupe d'étude?

— Tu admets que ça n'en est pas un? s'étonna Cooper.

Sammy regarda autour de lui, comme si Tino et Channing avaient tendance à apparaître complètement habillés dans la cuisine.

— J'ai été stupide, dit-il doucement en maintenant le contact visuel. Je t'ai dit de ne pas leur parler des rendez-vous chez le médecin et je n'ai jamais pensé à la position merdique dans laquelle je pourrais t'avoir mis. Je ne voulais pas te mettre dans cette position. Je ne le veux toujours pas. Alors appelons ça un groupe d'étude pour l'instant… et tout ce que *tu* as besoin de savoir est que ce n'est *pas* un rendez-vous galant, d'accord?

— Crois-le ou non, Sam, affirma Cooper en rougissant, j'ai toujours eu confiance que tu ne me ferais pas ça.

Oh, c'était agréable. Sammy porterait ce grand sourire pour le reste de la journée.

— Bien. Parce que… commença-t-il avant de baisser le verre de jus et de voler un autre baiser donneur de vie… j'aime vraiment t'embrasser. C'est assez incroyable.

Cooper lâcha un «mmh-mmh» réticent, et Sammy s'attarda pour un enchevêtrement de langues supplémentaire, avant de se repousser du plan de travail et de vider son jus.

— Sammy! s'écria Cooper avec exaspération.

Ce dernier se tourna vers lui, le prenant au sérieux.

— Réfléchis simplement si tu veux savoir quelque chose que je ne veux pas que mes oncles sachent. Les secrets, c'est nul, Coop. Je préférerais que tu n'aies pas celui-ci sur la conscience, d'accord?

Un baiser de plus – *oh Seigneur, ça ne serait jamais suffisant* – et il sortit par la porte en trottinant pour commencer sa journée.

BIEN plus tard, alors qu'il était assis sur un tabouret de piano dans une cafétéria, avec des carreaux craquelés et des murs en stuc écaillé, il fit tinter quelques notes du piano désaccordé sur l'estrade, et essaya d'intéresser l'élève hostile de quatrième à côté de lui. C'était plus difficile que ça ne devrait l'être, parce qu'en dépit du fait qu'il *avait* mangé le bagel, ce n'était pas tout à fait suffisant pour le soutenir jusque là.

— Écoute, Nolan, dit-il en essayant de tenir le coup, je ne veux pas y donner trop d'importance, mais tu as *choisi* l'option musique. Tu n'étais pas obligé. Tu aurais pu jouer avec les Legos dans le coin là-bas, ou tu aurais pu être dehors en train de jouer au base-ball. Tu t'es inscrit pour ce cours, tu pourrais tout aussi bien en obtenir quelque chose.

— Oui, mais je pensais, vous savez, de la *musique,* se renfrogna le garçon.

Nolan Clark avait des cheveux blonds très frisés presque à plat contre son crâne, avec des dessins complexes rasés dans les boucles, qui montraient le marron pâle de son cuir chevelu. Ses yeux étaient étonnamment vert clair sur sa peau sombre, mais son grognement adolescent n'était pas du tout une surprise.

Sammy avait vu Nolan deux fois au cours des trois dernières semaines, et les deux fois, il avait eu la sensation qu'il n'y avait rien qu'il pourrait faire pour impressionner le garçon.

Jusqu'ici, il avait aimé enseigner. La quatrième était une période misérable pour la plupart des enfants ; il le savait. Des boutons aux règles en passant par les pannes de réveil – la quatrième avait tout. Mais les enfants qui étaient venus jusqu'à son piano pour apprendre de simples gammes – puis de simples chansons – avaient été excités. Certains terriblement timides, et d'autres remplis de bravade douloureuse pour couvrir la timidité, mais la plupart d'entre eux avaient été plus qu'enthousiastes. Le piano s'était dressé, large et insondable, dans la cafétéria de leur école depuis des années. Mais là – là, c'était une opportunité pour déverrouiller ses mystères et, Sammy l'avait appris en les regardant jouer dessus quand il était entré, pour impressionner leurs amis.

Il faisait de son mieux pour leur offrir un bon moyen d'impressionner leurs amis.

Mais même un enfant talentueux ne pouvait apprendre « Bumble Boogie » en trois semaines avec deux leçons par semaine, et Nolan était trop énervé pour être talentueux.

— Alors, dit Sammy en s'accrochant d'un air grave à sa patience. Tu me dis ce que *tu* appelles de la musique, et je verrai si je ne peux pas rendre ça plus agréable pour toi.

117

— Kodak black, répliqua Nolan d'un ton de défi. Migos. Vous en avez entendu parler ?

Sammy essaya de ne pas grimacer. Il n'était pas un grand fan de l'auto-tune, peu importait à quel point c'était utilisé de manière artistique… mais…

— Rihanna ? questionna-t-il avec espoir ? Marian Hill ?

— Pouvez-vous faire celle de la publicité ? répliqua Nolan, les yeux plissés.

Oh Dieu merci, un terrain d'entente !

—Absolument.

Parce que, franchement, qui ne s'entraînerait pas sur cette chanson ?

Sammy positionna ses doigts sur les touches, conscient qu'un enfant durant sa seconde leçon n'allait pas pouvoir faire les riffs complexes de jazz impliqués.

— Sais-tu la chanter ? interrogea-t-il, espérant que ce gamin avait un peu de jeu en lui.

— Mettez-moi à l'épreuve.

Ils se débrouillèrent. Nolan aimait abuser des riffs R&B, mais beaucoup d'enfants le faisaient, confondant le swing avec le style. Sammy chanta la partie « trompette » et laissa Nolan jouer avec le thème de « Down ». Ensemble, ils jouèrent avec la musique, avec le piano et avec les mots, jusqu'à ce que la chanson arrive à son terme capricieux, et Nolan applaudit, se levant du tabouret et s'inclinant, clairement ravi.

Une fille de l'autre côté de la cafétéria – une qui avait déjà eu ses quinze minutes et travaillé comme une forcenée – lança :

— Tu veux m'impressionner ? Apprends comment faire une foutue gamme.

Nolan se rassit, réprimandé, et regarda Sammy par dessous ses cils sombres.

— Euh, alors, une gamme ?

Dieu bénisse les hormones. Sammy le fit commencer par une gamme en Do majeur avec un accord de base, et ils travaillèrent dessus jusqu'à la fin de la séance.

Quand Nolan eut fini, Sammy ramassa ses différentes partitions et jeta un regard autour de lui dans la cafétéria presque vide.

— Tes parents viennent te chercher, Nolan ? demanda-t-il avec un sourire.

— Je suppose qu'ils vont venir, rétorqua-t-il avec un haussement d'épaules. C'est la seule manière dont je peux partir.

— Eh bien, je vais attendre avec toi.

C'était une offre difficile à faire, même si c'était responsable. Les mains de Sammy tremblaient. Il se demanda s'il pourrait prendre une barre protéinée dans sa voiture pendant qu'ils attendaient.

— Non, marmonna Nolan. Désolé, M. Lowell… Ma mère est là !

Nolan bondit de l'estrade, laissant Sammy le suivre en prenant les escaliers et ayant l'impression d'avoir cinquante ans et pas vingt et un. Le garçon et sa mère étaient partis le temps que Sammy arrive dehors.

Ce qui signifiait qu'il était le seul à avoir une bonne vue sur sa voiture, alors qu'elle était seule dans le coin éloigné du parking.

– Oh *putain* ! lâcha-t-il, se moquant de qui pouvait l'entendre. Mon oncle Channing va me *tuer* !

Dedans

PRÉPARER le dîner n'était pas officiellement dans la description du poste de Cooper, mais bon. Il aimait manger, et les enfants étaient habituellement morts de faim avant que Channing et Tino rentrent à la maison. La gouvernante faisait les courses et préparait le plat principal, alors il y avait toujours quelque chose au réfrigérateur attendant d'être réchauffé, et si c'était complexe, il y avait aussi des instructions.

Pour Cooper, il était facile de transporter tout le monde d'une leçon à l'autre, de superviser les devoirs, puis de les laisser jouer pendant une rare heure de liberté pendant qu'il démarrait le dîner

Ce n'était pas grand-chose pour *lui,* mais les oncles de Sammy agissaient comme s'il avait inventé la nourriture, alors il pensait qu'il devait être génial dans son nouveau travail.

Quant aux enfants ? Eh bien, Keenan défiait l'autorité, et Letty était une enfant difficile, mais charmante. C'était une bonne chose que Cooper soit guéri de toutes ses blessures durant cette première semaine, parce que lui courir après en montant et descendant les escaliers et essayer d'empêcher

120

ses jouets de se glisser dans le salon et de tous les mutiler était un travail à temps plein.

Et Felicity n'était pas parfaite. Elle testait les limites de façon subtile – ne se lavait pas les mains, jouait avec ses cheveux à table, oubliait délibérément ses chaussons pour les leçons de danse.

Mais Cooper la connaissait depuis cinq ans et il savait que, vraiment, tout ce dont elle avait besoin était un rappel de la raison pour laquelle ce qu'elle faisait était mauvais pour *elle* et pas vraiment pour la personne qu'elle testait, et elle se rappelait qu'elle appréciait les limites et fonctionnait parfaitement bien avec elles.

Alors, ce n'était pas une promenade de santé, mais *c'était* très amusant. Peut-être parce qu'il aimait Felicity – elle avait été le centre de son monde durant les deux dernières années – mais il trouvait que passer avec elle du temps qui n'était pas une question de vie ou de mort, qui n'était pas rempli d'inquiétude pour la nourriture, les vêtements ou, Seigneur, qu'on leur coupe le câble – cela rendait leur temps ensemble bien *meilleur.*

Et parce que la vie de Felicity tournait autour de sa nouvelle famille, il découvrait qu'il en arrivait à s'attacher également à eux. Le jeudi soir, quand leur emploi du temps extra-scolaire était particulièrement exigeant, il finissait souvent par porter Letty pour rentrer tandis qu'elle dormait sur son épaule. Observer Keenan la réveiller, si doucement, respectueux du fait que les petits enfants étaient grognons quand leur sieste était rudement interrompue, toute cette douceur lui serrait la poitrine.

Des frères et sœurs – il connaissait cette relation. Il était fier de faire partie des leurs.

Alors il respectait la décision de Sammy de ne rien faire pour mettre en danger sa nouvelle situation.

En quelque sorte.

Il allait se coucher chaque soir avec le souvenir de la bouche de Sammy sur la sienne pendant leur baiser du matin et, parfois, s'ils étaient silencieux, de furtifs baisers de bonne nuit couverts par le noir. Il s'était remémoré chaque toucher des mains gracieuses de Sammy sur sa peau et avait envie de plus. Sammy, son ange, lui donnait toutes les chances d'explorer, de goûter, de devenir suffisamment audacieux pour s'aventurer plus loin. Une morsure à la fois, une rencontre de lèvres, un frottement de langue, le glissement délicieux des paumes de Sammy sur son dos, ses côtes, son torse…

Cooper allait se coucher le soir sensible et plein d'envie, et se réveillait chaque matin dur, coulant et tendu de désir.

Il voulait Sam Lowell, avait *envie* de lui, et l'envie commençait à l'emporter sur chaque besoin – nourriture, abri, sécurité. Cooper ne pouvait plus respirer, ne pouvait plus *réfléchir* quand les mains de Sammy dérivaient sur sa peau ou quand les bras de Sammy le serraient fort et berçaient leurs deux corps. Sammy faisait attention de ne jamais se frotter contre lui, mais Cooper le savait – Sammy était en érection jusqu'à exploser quand ils se touchaient.

Mais il était patient. Si patient. Ne voulant jamais pousser Cooper au-delà de sa zone de confort, voulant lui donner toutes les occasions dont il aurait besoin pour reculer, ou dire non, ou décider de ne pas risquer sa nouvelle situation pour une promesse de paradis sur les lèvres de Sammy.

Cooper voulait exiger le paradis. Oh Seigneur, il pourrait mourir s'il ne l'obtenait pas.

Et il savait que s'il ne voulait pas se contenter de moins, il devait faire confiance à Sammy – et faire confiance à Tino et Channing – pour garder un secret et espérer que ce soit suffisant pour montrer qu'il aimait aussi Sammy.

Se préoccupait de Sammy.

L'appréciait. L'appréciait beaucoup.

Le voulait. C'était ça. Coop le voulait.

Et il avait compris que, s'il ne prononçait jamais un de ces mots tout haut, il n'aurait pas à admettre qu'il était la seule personne qu'il bernait.

— Où est Sammy ? demanda Tino, et Channing leva les yeux au ciel.

— Encore le groupe d'étude ? questionna-t-il en regardant Cooper pour une confirmation. Ce n'était pas ça ?

— C'est ce qu'il m'a dit, répondit platement Cooper. Quelque chose à propos de représentations.

— Des représentations ? interrogea Tino, les sourcils froncés, comme si le mot signifiait quelque chose pour lui. Quel genre de représentations ?

Cooper haussa les épaules, soudain reconnaissant pour la protection de Sammy. Il n'avait rien dit, et maintenant Cooper n'avait pas à répondre.

— Des représentations scolaires, je suppose ?

— Il ne te l'a pas dit ? s'étonna Channing d'un air dubitatif. Je trouve ça difficile à croire.

— Eh bien, je n'étais pas vraiment heureux à ce sujet, répliqua Cooper avec sincérité. Mais c'est tout ce que je sais, je le jure.

— Channing, arrête, dit brusquement Tino. Même si Sammy lui en a parlé, ce n'est pas le travail de Cooper de jouer les intermédiaires.

— Pardon? s'offusqua Channing, ses larges épaules surplombant soudain tout le monde à table.

— Channing Robbins-Lowell, tonna Tino, si tu ne peux pas voir pourquoi nous ne devrions pas tester la loyauté de Cooper sur ce sujet, alors peut-être que tu devrais *me* laisser diriger l'entreprise et *tu* peux diriger le foyer, parce que *tu* perds manifestement la main.

Le menton de Channing retomba sous une douleur évidente.

— Retire ça!

— Eh bien, lâche-lui les baskets! Si Sammy avait des ennuis, Cooper nous le dirait. Mais si Sammy fait des choses d'adultes, comme il le ferait s'il était parti pour les cours comme tous ses amis, si tu te souviens bien, et que Cooper le sait, nous devrions simplement rester en dehors de leurs affaires.

Cooper observa Channing, fasciné, tandis qu'il avait cette dispute avec lui-même, et ensuite, quand il réalisa ce que Tino faisait, quelle liberté il essayait d'offrir à Cooper et Sammy, la dispute dans la tête de Channing Lowell devint trop douloureuse.

Cooper ne pouvait pas s'imaginer laisser Felicity partir comme Channing tentait de le faire avec Sammy.

Une vibration dans la poche de Cooper détourna son attention, et il s'excusa en se levant de table, se demandant qui essayait de le contacter *maintenant.* Il traversa la cuisine, le couloir, entra dans sa chambre et referma la porte, s'appuyant dessus alors qu'il répondait.

— Tu es le garçon le plus chanceux du monde entier, dit-il tout de suite. Tes oncles sont si sages envers toi, et quant à Tino, tu lui dois le meilleur cadeau de Noël jamais vu, parce qu'il vient de prendre ta défense pour ton droit à avoir des secrets. Alors quoi que tu fasses, j'espère que ça en vaut le coup.

— Eh bien, dit Sammy, la voix nasillarde comme elle l'était quand il n'avait pas mangé. À cet instant, je suis assis sur les marches du collège, en train de regarder la remorqueuse emporter ma voiture chez le garagiste de Channing.

Oh bon sang.

— Qu'est-il arrivé à ta voiture?

— Elle a un manque surprenant de pneus, expliqua Sammy, semblant perdu. Je n'ai manifestement pas mangé et j'ai besoin d'être à mon autre boulot dans une heure. Peut-être que je devrais essayer Uber ?

Il donnait l'impression de se renfrogner, comme si quelque chose venait de lui traverser l'esprit.

Le cœur de Cooper battait si fort qu'il pensait qu'il allait traverser ses côtes.

— Tu vas rester là où tu es et m'envoyer l'adresse, je serai là dans une demi-heure avec un dîner. Oh mon Dieu, Sammy... qu'est-il arrivé à tes pneus ?

— Ils se sont envolés.

— Je n'ai pas de réponse à ça. Je serai là dès que possible. Ne bouge pas, d'accord ?

— Marché conclu. Il gèle ici, au fait, mais Sammy ne bouge pas. À plus tard !

Sammy raccrocha, et Cooper se frappa de façon répétée le front contre son poing serré. D'accord, Sammy – de toutes les fois où il avait testé le concept de confiance, celle-ci était la plus grosse. Cooper espérait que cela en valait la peine.

Il attrapa sa veste et sortit pour aller dans la cuisine, enfonçant son téléphone dans sa poche.

— Cooper ?

Channing entra, portant des assiettes, et Cooper réalisa qu'il allait devoir dire *quelque chose*.

— Sammy a des ennuis de voiture, admit-il.

Parce que oui, si Sammy avait fait remorquer la voiture par le garagiste de Channing, ce dernier saurait au moins ça.

— Je ne suis pas sûr de ce qui est arrivé, continua-t-il, quelque chose à propos des pneus. Quoi qu'il en soit, il est à l'école sans moyen de transport et complètement timbré, alors je vais aller le chercher et l'emmener où il doit aller ensuite.

Les yeux de Channing furent soudain exorbités. En fait, ils devinrent plus gros et sortirent presque de leurs orbites. Cooper n'avait jamais vu ça arriver à un être humain auparavant. Et une veine commença à palpiter sur sa tempe également.

— Tino ! aboya-t-il.

Cooper prit une grande inspiration et commença à découper en rondelles le reste de pain de viande pour qu'il puisse en faire un sandwich.

— Je suis plutôt pressé là, s'excusa-t-il. Sammy a dit qu'il faisait froid.

– *Tino !*

— J'arrive, j'arrive…

Tino entra dans la cuisine et saisit immédiatement l'expression de Channing et la préparation de nourriture déterminée de Cooper.

— Je ne vais pas aimer ça, n'est-ce pas ?

— Où l'emmènes-tu ? demanda Channing, décidant apparemment de mettre Tino au courant plus tard.

Cooper regarda son patron et eut un sourire de vainqueur.

— Je n'en ai aucune idée. Il ne m'a toujours rien dit. Mais il a besoin de moi, alors j'y vais.

Si c'était possible, les yeux de Channing grossirent encore, et Tino toussota dans sa main.

— Ils vont sortir de sa tête ! pouffa-t-il de rire. Oh mon Dieu ! Qu'est-ce que Sammy a fait ?

Et cela énerva Cooper.

— Rien, dit-il sèchement, ne se souciant pas que les deux autres aient l'air surpris. Il a des ennuis de voiture et a appelé un ami pour venir le chercher. Il a faim, alors il a demandé si je pouvais amener quelque chose. Je ne suis pas doué pour avoir des amis, mais je comprends que c'est ainsi que ça fonctionne. Il ferait pareil pour moi.

Il mit le sandwich au pain de viande dans un sac en plastique et commença à fouiller dans les placards pour trouver une tasse de voyage pour le jus.

— Et Channing, euh, M. Lowell, corrigea-t-il. Vous êtes plus avisé que ça. C'est un homme bien. Pas un enfant, c'est un adulte. Et il ne voulait rien de plus au monde que de prendre soin de sa famille et de vous rendre fier. Alors laissez-le peut-être être un adulte à part entière. Tino avait raison, vous savez. Il a gagné le droit de ne pas tout vous dire, parce que tout ce que j'ai vu de lui a été bon, responsable et honnête.

Il trouva la tasse de voyage et referma le placard en le claquant avec une force inutile. Oh Seigneur. Il allait se faire virer.

— Waouh, Cooper, souffla Tino, semblant impressionné. Je pense que c'est la plus longue tirade que nous t'ayons jamais entendu dire.

125

— Je ne voulais pas être irrespectueux, marmonna Cooper, posant la tasse sur le plan de travail et allant cherchant le jus.

— Tu ne l'as pas vu, éclata Channing, sa voix craquant. Tu ne l'as pas vu quand il était au plus mal. Ses cheveux tombaient, tu le savais ? Ses lèvres étaient gercées, la peau autour de ses doigts craquait et saignait. Et il continuait simplement de nous dire qu'il allait bien. Qu'il irait bien. Pouvait-il rester debout une heure de plus pour jouer avec les enfants ? Et eux… à la minute où Tino et moi avons été ensemble, il a commencé à prévoir d'avoir un frère et une sœur. C'était tout ce qu'il voulait, mais nous avons dû attendre qu'il ait dix ans. Parce que c'étaient deux chiffres ensemble. Et nous n'avons jamais compris pourquoi c'était important, mais c'était comme s'il attendait pour pouvoir être le meilleur frère au monde. Il… il perd son téléphone trois fois par an. Et… et que ferions-nous sans lui ?

— Chut… l'apaisa Tino.

Il était bien plus petit que son mari, alors il dut tendre les bras pour encadrer le visage de Channing avec ses mains.

— Chéri… chéri… Cooper a raison. Il grandit et il essaie d'être responsable. Réfléchis. Il ne nous a pas appelés, n'est-ce pas ? Il a appelé son ami. Il a appelé Cooper, parce qu'il lui fait confiance. *Nous* lui faisons confiance. Chaque jour. Avec nos enfants. Nous allons devoir laisser Sammy prendre cette décision, d'accord ?

— Martin…

Cooper n'avait jamais vu un homme adulte, pas un de la stature et de la force de Channing, avoir l'air aussi impuissant.

— Cooper nous appellera si ça dégénère. N'est-ce pas, Cooper ? demanda-t-il en le regardant d'un air entendu.

Enfin, c'était une demande équitable. Cooper lança la tasse de voyage et le sandwich dans un sac isotherme, avec un sachet de chips et une pomme verte. Il leur sourit à tous les deux.

— Euh, oui. Bien sûr. Je le promets.

— Bien, déclara Tino en regardant sévèrement Channing. Et quant au mystérieux groupe d'étude, forçons-nous à être heureux et prétendre qu'ils vont danser à la place. Qu'est-ce que tu en dis ?

Channing déglutit difficilement et détourna les yeux.

— Je souhaiterais qu'il sorte danser.

— Eh bien, peut-être que c'est ce qu'ils feront, dit Tino, la voix douce.

Cooper saisit le sac isotherme et commença à se diriger vers le garage, refermant sa veste alors qu'il avançait.

— Ils danseront pendant que Cooper prend une voiture dans le garage, mais pas la merde que Brandon a ramenée ici ! avertit Tino, élevant la voix pour la première fois dans cette conversation.

— Il ne peut pas prendre mon cabriolet ! s'exclama Channing, outré.

— Vous voulez que je prenne le mini-van ? demanda Cooper, perplexe.

— Vous êtes tous les deux cinglés, déplora Tino en secouant la tête. Prends ma berline, Cooper. Et oui, je me moque que ce soit une Volvo. Je m'en moque même si elle est volée. Active les alarmes, et si cette voiture vous abandonne aussi, appelle-nous.

— Euh… merci, répondit Cooper avec un hochement de tête vaillant. Et je, euh, dois vraiment y aller.

L'idée de Sammy assis sur les marches de l'école à se geler les fesses ne présageait rien de bon pour la capacité de Cooper à respecter les limitations de vitesse dans la Volvo super agréable de Tino.

Cooper s'en fichait complètement.

L'ÉCOLE de Sammy était loin de Madison, ce qui signifiait que Cooper prit l'autoroute au lieu des petites rues, et Dieu merci, parce que celles-ci auraient pu le rendre fou. Quand Cooper regarda l'adresse, son téléphone lui indiqua qu'il lui faudrait quarante-cinq minutes pour y arriver. Cooper y parvint en vingt-cinq, et il pensa qu'il avait besoin de faire un don à une église ou autre chose, parce qu'il aurait vraiment dû avoir une amende ou être jeté en prison.

Mais le temps qu'il arrive à l'école, Sammy frissonnait, et ses lèvres étaient presque bleues, et il put à peine se redresser pour descendre les marches jusqu'à la voiture.

Cooper avait mis le chauffage au maximum, et à la minute où Sammy s'assit, il lui mit le jus dans les mains.

— Je suis un idiot, grommela-t-il. J'aurais dû te faire prendre un Uber jusqu'au café le plus proche.

— J'y ai pensé, confia Sammy, les dents tremblantes. Mais j'ai essayé d'en chercher un. Les Ubers ne viennent pas dans ce quartier. C'est bizarre.

Cooper regarda autour de lui l'école décrépite et les clôtures grillagées devant les maisons entourant celle-ci. Cela ressemblait à toutes les institutions où Cooper était allé, ce qui lui disait qu'un type comme Sammy n'avait rien à faire ici, mais Cooper n'allait pas le mentionner, pas du tout.

— Ça semble accueillant, dit-il à la place. Fini avec le jus ?

Sammy lui rendit consciencieusement la tasse de voyage et mit sa ceinture, pendant que Cooper sortait le sandwich. Sammy mordit dedans avec émerveillement, et une partie de ses frissons disparut, pendant que Cooper se cramponnait sombrement à sa patience. Finalement, Sammy termina le sandwich et entama la pomme, et Coop sentit qu'ils pourraient peut-être avoir une conversation.

— D'accord, avant que je t'emmène dans le lieu secret où tu as prévu d'aller, tu dois savoir que j'ai dit à Channing que je venais te chercher. Alors il sait pour les problèmes de voiture, et il sait que tu sors ensuite, mais Tino et moi avons réussi à le convaincre qu'il n'a pas à microgérer ta vie, alors tu nous en dois une.

Sammy lui sourit béatement et avala une bouchée de pomme.

— Tino a droit à un cadeau supplémentaire pour Noël. Qu'est-ce que *tu* veux ?

Eh bien, il était bon de savoir que son taux de fer et de sucre était revenu à la normale.

— Je veux savoir où nous allons.

— Ne veux-tu pas un baiser d'abord ?

Il jeta le trognon dans le sac du sandwich et le remit dans le sac isotherme, en lui lançant un regard faussement timide sous ses cils.

— Non, parce que tu m'as foutù la trouille !

Sammy l'embrassa quand même, et bien qu'il ait encore le goût de son dîner, Cooper se cramponna à lui. Il rendit chaque baiser, enfouissant les mains dans les revers du manteau en laine de Sammy et le forçant à reculer contre l'appui-tête avec détermination. Sammy grogna et tendit la main pour détacher la ceinture, et ce fut à ce moment-là que Cooper recula.

— Nous n'allons pas nous peloter dans la voiture de Tino, affirma-t-il d'un ton catégorique.

— Pourquoi n'as-tu pas pris ta voiture ?

— Parce que la mienne aurait pu ne pas survivre au trajet, grimaça Cooper, et si elle avait survécu, elle aurait pu ne pas survivre au voisinage. Et nous pourrions toujours ne pas y survivre. Sérieusement, je vais te conduire, mais où allons-nous ?

Il avait vu un vagabond abîmé par les intempéries à l'entrée du parking, fouillant dans la poubelle.

Sammy soupira et s'installa de nouveau contre son siège.

— Très bien. Retourne vers l'autoroute. Nous allons vers Marysville Boulevard.

— Del Paso? demanda Cooper sous la surprise. Oh mon Dieu, c'est comme si tu essayais de marquer ta voiture pour qu'elle meure.

Sammy inspira de l'air entre ses dents serrées.

— Tu n'as même pas encore vu le lieu où nous allons, dit-il.

Cela ne semblait pas prometteur.

— Mange les chips, Sammy, l'incita Cooper. Je pourrais obtenir un baiser de plus avant que nous soyons kidnappés et vendus contre de la nourriture. J'aimerais que ton prochain baiser ait un autre goût que le pain de viande.

— Mince alors, Cooper, tu te soucies vraiment de moi.

Le rire rauque de Sammy résonna à travers la voiture. Cooper s'arrêta sur le bord de la route et le regarda directement dans les yeux pour s'assurer qu'il comprenne bien.

— Sammy, je n'ai jamais été attaché à quelqu'un comme je suis attaché à toi.

— Je t'aime aussi, Cooper, répondit Sammy, son sourire si éclatant qu'il brûlait. Mais tu dois te dépêcher. Je suis en retard.

Sammy l'aimait? *Oh mon Dieu!* Sammy l'aimait. Cooper garda le frisson de cette annonce jusqu'au bâtiment où ils atterrirent après être sortis de l'autoroute.

— Tu viens de dire que tu m'aimais, souffla-t-il.

Il regardait la structure carrée en briques posée en plein milieu d'un parking bondé. Les véhicules entourant le bouge – parce que c'était la seule chose que ça pouvait être – étaient un assortiment hétéroclite de moyens de transport à peine légaux. Des camions usés se disputaient la place avec des motos customisées super brillantes, et des voitures de métalleux étaient garées les unes sur les autres à côté de grosses voitures customisées aux suspensions coupées et aux volants truqués.

Où que soit cet endroit, il avait une réputation suffisamment grande pour attirer *tout le monde*, excepté les gens qui conduisaient des mini-vans, des SUV et des Volvo.

— Où diable sommes-nous? couina Cooper.

— Chez Dodgy, lui dit Sammy en tendant la main vers ses pieds, où se trouvait son porte-partitions. Je me produis ici.

— Parce que la Bouche de l'Enfer était complète ? demanda Cooper, même pas sûr de savoir comment mesurer son niveau de panique.

— Ce n'est en fait pas un mauvais endroit une fois qu'on est sur scène, dit Sammy avec sérieux. Une fois qu'on joue, c'est génial. Tout le monde aime vraiment la bonne musique, et je peux expérimenter avec les formes et jouer des riffs de jazz très osés que mon professeur n'approuve *pas du tout*.

Oh ! Il semblait si heureux !

— Sammy, ça ne ressemble simplement pas au genre d'endroit, tu sais, où toi et moi ne devrions traîner.

— Oh… ça me rappelle. Ne mentionne pas que tu es gay ou que nous sommes ensemble, d'accord ?

Tant. D'explosions. Cérébrales.

— Ensemble ?

Il répéta ça faiblement, ignorant très à propos la partie où Sammy et lui se faisaient botter les fesses sur le béton pour être entrés dans le terrain de chasse sacré des homophobes ou autre.

— Eh bien, oui, continua Sammy, un air sérieux entourant ses épaules comme son chaud manteau de laine. Bien sûr que nous sommes ensemble. Je ne veux embrasser personne d'autre. Et toi ?

Cooper repensa avec mélancolie à ses mots braves envers Channing et Tino.

— Jamais, dit-il avant de déglutir et de se souvenir de son instinct de survie très développé. Nous allons mourir ici. Sammy, j'ai travaillé dans le bâtiment pendant *trois ans*. Je ne sais pas si je peux *être* moins gay, et je suis trop gay pour cet endroit.

Sammy lui lança un coup d'œil distrait alors qu'il descendait de la voiture.

— Nan… Ça va aller pour toi. Je vais te présenter à Dodgy. Il va s'assurer que personne ne te dérange.

Cooper n'était pas rassuré, mais cela ne l'empêcha pas de suivre Sammy hors de la voiture.

Le côté du bar était apparemment la zone fumeurs, et un nuage de fumée bleue s'élevait dans la froideur de cette fin de mars. Se dirigeant vers la porte arrière, Sammy salua de la main en passant certaines personnes qui enfonçaient de la nicotine dans leurs poumons.

Il toqua deux fois, et un type tout aussi grand que lui, mais avec des canons à la place des biceps et une grille de locomotive en guise de torse, ouvrit la porte.

— Sammy ? grogna-t-il. Tu es presque en retard !

— Désolé, Elmo… Problème de voiture.

Sammy avança dans un couloir plein d'équipements de scène, de câbles et de ce qui semblait être une pile géante de vieilles enceintes. Au bout du couloir, la lumière avait une mystérieuse couleur orange à écraser le cerveau, et quelques guitares hawaïennes hurlaient comme des chats électrifiés.

Oui, c'était un bouge avec de la musique en direct. Cooper ne s'était pas trompé ; ils allaient tous les deux mourir.

— Quel genre d'ennuis de voiture ? Parce que Dodgy est furieux.

Sammy regarda Cooper avec une grimace douloureuse, et celui-ci se couvrit les yeux avec les mains.

— Tous mes pneus ont été volés. Et quelque chose de peu flatteur a été gravé sur mon capot, ajouta-t-il pour faire bonne mesure.

— Peu flatteur ? demanda Cooper, ne voulant pas vraiment savoir.

Au ton de sa voix quand il répondit, Cooper sut que c'était le genre de choses qui les feraient tués dans un lieu comme celui-ci.

— Je préférerais ne pas le répéter ici, dit Sammy. Quoi qu'il en soit, Elmo, voici mon ami Cooper, qui a conduit depuis Granite Bay pour m'apporter à dîner et m'emmener ici. Y a-t-il un moyen pour que nous puissions l'asseoir, tu sais, en coulisse, ou autre part…

De nouveau, cette grimace, et Elmo regarda Cooper de la tête aux pieds, le scepticisme visible du carré de son menton aux plis de son nez retroussé.

— Tu as amené ton petit ami chez Dodgy ? demanda Elmo, juste pour s'en assurer.

— Chut ! siffla Sammy en agitant les bras de détresse. Nous voulons qu'il *vive* !

— Alors pourquoi l'as-tu amené ici ? On dirait qu'il va s'envoler avec une brise !

— Il a travaillé dans le bâtiment pendant trois ans, dit Sammy.

Il hocha la tête comme si cela aiderait Cooper à faire soudain un mètre quatre-vingt-quinze avec un torse de la taille d'une grange.

Le cou d'Elmo était vraiment épais, mais cela ne l'empêcha pas de le faire pivoter sous une incrédulité évidente.

131

— Comme quoi ? Pinceau ?

À l'arrière-plan, les chats arrêtèrent de hurler, et Sammy jeta un regard noir à Elmo d'une façon qui aurait rendu Channing fier.

— Trouve-lui simplement un bon siège. Je veux qu'il me voie sur scène !

— Bien sûr que tu veux, railla Elmo en levant ses petits yeux au ciel. Eh bien, monte sur scène. Pinceau, tu viens avec moi. Je vais demander à Baby de s'asseoir avec toi. Personne ne t'emmerdera si Baby est là.

Le visage de Sammy s'ouvrit avec un grand sourire.

— Baby ? C'est génial ! Coop, tu vas l'adorer, reste simplement près d'elle, d'accord ?

Puis il partit en trottinant derrière un décor pour monter sur scène, laissant Cooper à la merci d'Elmo et de Baby.

Elmo se fraya un passage dans le couloir, évitant les équipements alors qu'il avançait. Finalement, il pénétra dans la zone principale du public, et Cooper eut l'impression d'apercevoir une fosse devant la scène et des tables surélevées sur une plate-forme derrière la fosse. Une femme se dressait au-dessus de tout ça, adossée au mur et surveillant les gens dans la fosse d'un air sévère depuis une hauteur prodigieuse. Elle dépassait Elmo de dix ou quinze centimètres, et sa poitrine était tout aussi large. Et tout aussi dure.

— Baby ! siffla Elmo.

— Quoi, bordel ? rétorqua-t-elle en lui lançant un regard noir. Sammy est presque sur scène. Je t'ai dit que je voulais ma pause pour écouter sa prestation !

— Oui, eh bien… ce type aussi. Voici… l'ami de Sammy. Et il est…

Baby baissa sur Cooper des yeux alarmés. Elle était stupéfiante d'une belle manière – mâchoire carrée, lèvres pleines, des yeux sensuels. Même avec ses cheveux blonds tirés sévèrement en arrière loin de son visage, Coop pouvait voir l'attrait.

— Un appât. Oui, il va mettre du sang dans l'eau. D'accord, je vais le prendre avec moi, dit-elle avec un sourire pour Cooper, ayant presque l'air d'une petite fille. N'importe quoi pour Sammy.

Là-dessus, elle attrapa la main de Coop et le tira sur une rampe latérale, vers les tables bondées surplombant la fosse. À l'arrière, surélevée sur une autre plate-forme, se tenait une table solitaire entourée par une corde de velours sale. Elle était occupée par un seul homme, mince, environ de la taille de Cooper, portant un gigantesque chapeau, une cravate de cow-boy, et un costume à larges revers avec un col effiloché et une chemise blanche très empesée.

— Baby ? Ce type te pose des problèmes ?

Des yeux vifs épinglèrent Cooper contre le mur, et il se demanda avec désespoir où étaient les toilettes.

— Non, Dodgy, c'est un ami de Sammy. Je lui ai dit que nous allions le mettre là où personne ne l'emmerderait.

— Bon sang, j'ai dit à ce gamin qu'il devait faire attention à qui venait le voir. Ce n'est *pas* ce genre d'endroit !

— Il amène des clients, fut la douce réponse. Je pense que tu as besoin d'engager un videur supplémentaire pour essayer de le garder ici. Ou du moins, pour ne pas laisser les clients manger ses amis.

— Celui-ci ? questionna Dodgy en montrant les dents à Cooper. Je pourrais le briser en deux, d'un coup.

Cooper lui rendit plaisamment son sourire.

— Je suis plus coriace que j'en ai l'air, dit-il vaillamment.

À ce moment-là, du mouvement sur la scène attira leur attention.

Les chats hurleurs avaient été démontés, et la scène fut vidée de tout, sauf du piano à queue – probablement l'équipement le plus coûteux de tout le bar. Les lumières colorées avaient été éteintes au profit d'un projecteur dirigé sur le piano, et Sammy se tenait là, en bras de chemise et pull sans manches, posant ses partitions tout en souriant avec coquetterie au public.

— Vous profitez tous bien de la nuit ? demanda-t-il, sa voix amplifiée par le micro sur son revers.

La foule *rugit,* et Sammy inclina la tête en arrière en riant. Il leur lança de nouveau un sourire, décontracté, n'essayant pas d'être coriace, rien à voir ici, les gens, rien que du pur Sammy à cent pour cent.

— Bien. Parce que je ne sais pas pour vous, mais je suis ici pour la musique, pas vrai ?

Cette acclamation fut tout aussi forte, mais elle mourut rapidement, respectueusement, et la foule attendit dans un silence haletant.

Les premières notes semblèrent familières, une vieille chanson d'amour des années quatre-vingt avec un piano tourbillonnant, et Cooper plissa le front. Qu'est-ce que c'était ? Voyons… qu'est-ce que c'était ?

– « Love Song », dit joyeusement Baby. Il a commencé avec celle-ci la semaine dernière. Sa version est si bonne.

Oh oui. Un garçon de Sacramento, un groupe de Sacramento – Telsa. Cooper était probablement né en écoutant cette chanson.

— Il est si bon, souffla-t-il, comme le reste du bar, complètement captivé par la silhouette jouant du piano rock and roll.

— Vous pourriez tout aussi bien vous asseoir tous les deux, soupira Dodgy de façon théâtrale. Baby, assure-toi qu'il ne soit pas cassé en deux et boulotté. J'aimerais que ce gamin continue de jouer jusqu'en juin, comme il l'a promis, parce que bon sang…

— Oui, approuva Baby, les yeux sur Sammy.

— Simplement, bon sang.

Les mots de Dodgy – Cooper n'en avait pas. Toute son attention était prise par Sammy sur scène. Sa voix était retentissante et douce, mais Cooper le savait déjà, il l'avait déjà entendu chanter pour sa famille avant. Ce qu'il n'avait pas vu était le charisme extraordinaire de Sammy, la façon dont il flirtait avec le public tout en se perdant dans la musique.

Il n'avait pas vu comment Sammy – qui avait tellement semblé appartenir à sa famille – pouvait monter sur scène sous un projecteur et être soudain possédé par le monde.

« Love Song » se termina, le public chantant les derniers « I know », tandis que Sammy faisait un riff jazz sur les notes mourantes du piano, et la foule explosa de joie.

— Avez-vous apprécié ? demanda Sammy en riant malgré la sueur qui coulait sur son visage sous la chaleur des projecteurs. Celle-là était *lente*… Quelqu'un ici veut aller *vite* ?

Bien sûr qu'ils voulaient, et Sammy, ne se souciant apparemment pas de savoir si c'était le vingt et unième siècle ou le douzième, se lança dans une des préférées de Liberace, « Bumble Boogie ». Pendant une seconde, Cooper se demanda si Sammy avait mal calculé, parce que la foule ne réagit *pas du tout*. Puis il se rendit compte que les gens dans la fosse étaient à moitié accroupis, les corps tremblants, tandis qu'ils retenaient leur souffle pour voir si Sammy pouvait aller au bout de cette chanson au rythme incroyablement rapide sans la louper.

C'était Sammy. Bien sûr qu'il pouvait.

La chanson se termina, et Cooper prit sa première grande inspiration depuis qu'elle avait commencé. Et Sammy se lança dans une version piano d'une chanson de Linkin Park, avec la foule dans le creux de sa main.

Il joua pendant une heure, et Cooper ne put se rappeler avoir cligné des yeux ou respiré durant toute la représentation. Sammy ne semblait pas se soucier si ce qu'il jouait était approprié pour le public ou non – il joua « Faint » avec le même aplomb que « What a Wonderful World », et « Lovers

in Japan » de Coldplay semblait lui être aussi cher que « Shut Up and Drive »
de Rihanna.

Comme Sammy l'avait dit, il était question de la musique, et mince,
comme il aimait sa musique.

Il termina avec « Wonderful World », puis se tourna vers la foule
comme s'il leur révélait un secret.Il regarda autour de lui, comme si c'était
simplement lui et trois cents personnes échangeant des confidences.

— Alors, euh, vous avez tous été géniaux, commença-t-il, souriant
au grognement collectif de déception. Et je veux vraiment jouer une
chanson de plus. Mais c'est, euh… C'est une de mes créations, confessa-
t-il doucement. Alors, vous savez. Si vous détestez, faites-le-moi savoir, je
la laisserai tomber comme une patate et je jouerai quelque chose que vous
appréciez plus pour le final. Mais si vous l'aimez ? Eh bien, faites-le-moi
savoir aussi, d'accord ?

Ils l'auraient probablement laissé jouer « Twinkle Twinkle Little Star »
à ce moment-là, mais il accueillit quand même leurs applaudissements et
sifflets.

— C'est une chanson pour… eh bien, quelqu'un de spécial.

Et ensuite ? Ensuite, il se lança dans la chanson qu'il avait écrite
cette nuit-là, presque un mois auparavant, quand Cooper l'avait entendu
composer.

C'était purement instrumental, et bien que le piano lui donne un air
classique, la vitesse, le son et le rythme la caractérisaient comme du rock and
roll. Cooper écouta avec un émerveillement mêlé d'admiration, entendant
le fignolage et le travail qui avaient été ajoutés pour transformer ses notes
au hasard, écrites avec désespoir quand Sammy était à peine conscient, en
un morceau de concert qui coupa le souffle de Cooper.

Et la chanson… Oh waouh. Elle *était* vraiment pour Cooper. Il était
la personne spéciale. Sammy pourrait tout aussi bien l'avoir appelée « les
Choses du Monde de Cooper. »

Celui-ci ne se rendit pas compte que ses mains tremblaient jusqu'à ce
qu'il les passe sur son visage à la fin de la chanson. Sammy termina, laissant
les notes finales s'attarder dans le bar bondé, puis il baissa les mains, se
tournant vers le public pour voir s'ils allaient bien.

Le public allait *super bien*, et Sammy se leva pour saluer.

Cooper le vit vaciller, posant une main sur le piano pour se stabiliser,
et son cœur cala.

— Nous devons aller le voir, dit-il doucement en se levant. Il a besoin d'eau et peut-être d'autre chose à manger. Regardez-le, il est trempé.

Enfin, jouer n'était pas facile. Cooper savait qu'*il* se serait évanoui au début de la représentation et pas à la fin.

Baby se leva avec lui, et il se tourna vers Dodgy, dont le regard âpre aux yeux vifs s'était adouci et éloigné à chaque chanson.

— Merci, euh, M. Dodgy, de m'avoir laissé m'asseoir ici pour écouter, dit-il poliment. Je vais ramener Sammy à la maison maintenant.

Dodgy le regarda avec surprise.

— Fais donc ça, jeune homme, dit-il, toute censure disparue de sa voix. Tu prends bien soin de lui. J'aimerais vraiment le revoir ici.

Tandis qu'ils avançaient vers la scène, ils virent les jambes de Sammy céder en bas des escaliers. Baby et Elmo le portèrent presque dehors pendant que Cooper courait chercher la voiture – heureusement pas maltraitée.

— Hé, lança-t-il avec un sourire pour Baby quand Coop amena la voiture. Je te connais ! Baby, as-tu rencontré mon ami Cooper ? J'aime ce type !

— Oui, et nous avons entendu la chanson qui le prouve ! lui dit-elle, pince-sans-rire. Bouge, Elmo, je vais l'installer. Qu'est-ce que tu as pris, gamin ?

— Il est déshydraté, expliqua brièvement Cooper, ne voulant pas qu'ils pensent du mal de Sammy. Je lui ai apporté à manger, mais il a probablement sauté le déjeuner, et il suait beaucoup sur scène. Son système est assez délicat. Il a besoin de bien manger et de s'hydrater, ou il devient vraiment cinglé rapidement.

Baby grimaça alors qu'elle attachait fermement Sammy.

— Oh, mon ange. Eh bien, tu laisses ton mec prendre soin de toi pour que tu puisses venir jouer pour nous la semaine prochaine, d'accord, Sammy ?

Elle ébouriffa ses cheveux et posa son porte-partitions à ses pieds, avant de reculer pour claquer la portière. Elmo et elle les saluèrent de la main, et Cooper fit faire demi-tour à la Volvo et la sortit du parking. Dans sa poche, son téléphone commença à vibrer.

Il ignora les règles de circulation et le sortit, parce que, comme il l'avait pensé, c'était Tino, et Cooper ne voulait pas lui faire peur.

— Vous allez bien, tous les deux ? demanda Tino, semblant inquiet. J'ai pris des risques pour vous deux… Si vous avez merdé, Channing ne me reparlera jamais.

Cooper jeta un coup d'œil à Sammy, qui était appuyé contre la fenêtre, les yeux fermés, pendant qu'il bougeait les doigts devant lui et fredonnait, revivant probablement la représentation. *Oh, Sammy.*

— Non, Tino. Nous allons bien, mais j'ai besoin de m'arrêter pour avoir plus à manger. Tu…

Il s'arrêta, repensa au bouge, à la foule rude, au désordre en coulisses, et à la façon dont Sammy s'était effondré à la fin. Puis il pensa à combien Sammy avait été heureux, comme il avait été doué pour déchaîner la foule, comme sa prestation avait été incroyable. *Oh mince.* C'était à *Cooper* de prendre une décision ?

Mais il devait faire ce qui était le mieux pour Sammy, pas vrai ?

— Tu n'as pas besoin de t'inquiéter, couina-t-il, priant que tout aille bien. Sammy va bien. Je, euh, pense que nous pourrions avoir besoin de faire réparer ma voiture et de le laisser la prendre pour le travail, cependant. Je ne pense pas que sa petite Portage soit vraiment à sa place au collège.

— Euh, qu'est-ce qui te fait dire ça ? demanda Tino, et Cooper put l'entendre grimacer au téléphone.

— Tu devrais demander au garagiste de Channing dans la matinée, lui répondit honnêtement Cooper. Mais, euh, à part ça, euh… Il va bien, Tino. Il ne fait rien d'illégal ou de mauvais pour sa santé. Simplement… il va bien.

— Rien d'illégal ou de mauvais pour sa santé ? répéta Tino.

— Non.

Le fait de ne pas manger était mauvais pour sa santé, mais Cooper était pratiquement sûr que la représentation était géniale pour son amour-propre.

— Comment était-il, gamin ? questionna Tino en baissant la voix à un niveau de « conspiration ».

— Incroyable, dit Cooper, son cœur créant une flaque à ses pieds. Tu as… tu n'en as aucune idée.

— Je l'ai entendu jouer quand il avait sept ans, Cooper. J'en ai une petite idée, contra Tino avec humour – oh, celui-ci était une bénédiction. A-t-il joué quelque chose de spécial ?

Cooper ne put presque pas le dire – mais oh, il voulait aussi le partager.

— Il a joué une chanson pour moi, murmura-t-il. Rien que pour moi.

— Eh bien, concéda Tino, la voix lourde et rauque, tu es spécial pour lui, Cooper. Tu deviens spécial pour pratiquement nous tous.

— Merci, monsieur.

— Nourris-le, et assure-toi de prévenir l'un de nous quand vous rentrez, d'accord?

— Absolument, confirma Cooper en hochant la tête même si Tino ne pouvait pas le voir.

— Et Cooper?

— Oui?

— Ce n'est pas grave si c'est à Channing que tu le dis, je jure qu'il ne te mordra pas.

Bien sûr qu'il ne mordrait pas.

— Merci. Je dois y aller.

Il conduisait, mais la conversation était aussi vraiment gênante, alors il raccrocha.

— Qui était-ce? demanda Sammy, semblant fatigué, mais un peu plus calme.

— Tino. Il voulait simplement s'assurer que tu allais bien.

— Sacrément dingo, admit Sammy, fatigué. Mais heureux. Tu as aimé?

— Tu étais incroyable, Sammy, lui dit Cooper avec ferveur avant de baisser la tête. Et ma chanson… C'*était* ma chanson, pas vrai?

Sammy pelotonna sa longue silhouette sur le côté pour qu'il puisse regarder Cooper.

— Oui. Tu es si paisible, Cooper. Si centré. Avant d'être malade, je voulais tout faire. Jouer au soccer. Au football. Être dans le club de théâtre. Jouer du piano. La famille. Puis je ne pouvais plus rien faire. Et je continuais simplement de penser, « Si je pouvais faire *une* chose, qu'est-ce que ce serait? »

— Réponse facile, dit Cooper.

Il repensa à sa brillance sous le projecteur – et à son dévouement envers sa famille.

— Oh oui. Mais tu vois, quand je t'ai rencontré, tu avais un but. Et je pense que tu pouvais l'étendre, mais tu savais exactement de quoi tu devais t'inquiéter.

—Felicity ?

C'était la seule chose à laquelle Cooper pouvait penser.

— Oui. La famille. Et je vais en cours avec des gens, et ils se demandent tous quelle est ma matière principale, quand ma vraie vie va commencer et qui je suis? Et je souhaiterais pouvoir tout leur dire. Ça se résume à une ou deux choses, des choses simples, et s'ils peuvent avoir ces choses, ça n'a pas d'importance combien d'argent ils gagnent, ils ont tout ce dont ils ont besoin.

— Ça semble vraiment équilibré, admit Cooper avec un frisson, étant donné que nous vivons tous les deux avec tes oncles et qu'aucun de nous n'a de vrai travail.

— *Tu* as un vrai travail, contra Sammy, la sous-estime de soi difficile à entendre dans sa voix. Je suis dans la population active depuis aussi longtemps que tu me connais.

— Six semaines, pouffa Cooper.

— Mmh. Depuis combien de temps on s'embrasse ?

— Trois semaines, répondit doucement Cooper.

Cela lui apparaissait seulement maintenant qu'il avait été fou de joie durant ces trois semaines.

— Je veux ma famille, dit rêveusement Sammy. Et je veux ma musique. Et je veux probablement enseigner, parce que j'aime ça. Simplement, j'aime ça. Ça ressemble au mélange de famille et musique. Et je te veux, toi.

— Chez In-N-Out [1], grommela Cooper en sortant de l'autoroute.

Maintenant qu'il n'essayait pas de passer le mur du son, il aimait vraiment cette voiture.

— C'est ce que tu veux faire de ta vie ? demanda Sammy, ne semblant pas blessé, juste confus.

Cooper ne put s'empêcher de rire. Il était simplement si adorable.

— Non. Je veux Felicity dans ma vie. Et je… Je sais que ce n'est pas supposé être un travail de mec… enfin, je n'ai jamais eu de père en famille d'accueil qui était bon à ça. Mais *j'aime* m'occuper d'enfants. Et ce serait génial si je pouvais donner quelque chose que je n'ai jamais eu. Alors peut-être que je veux enseigner aussi. Comme toi.

— Vraiment ? interrogea Sammy.

Sammy s'arrêta à un feu, In-N-Out était un porteur d'espoir de glucides et de protéines depuis l'autre côté de l'intersection.

Cooper sentait la légitimité de tout ça dans sa poitrine. Et aussi, parce que les yeux de Sammy étaient lumineux dans le noir et que Cooper pouvait toujours entendre les accents de sa chanson, résonnant dans sa tête.

— Oui, dit-il. Et je te veux.

— Oui, murmura Sammy, de la satisfaction dans sa bouffée d'air et son sourire. C'est un excellent endroit où commencer.

---

1 In-N-Out Burger, chaîne de restauration rapide.

Sammy ne parla pas beaucoup après ça – en particulier après que Cooper lui eut pris un hamburger et un milk-shake pour faire bonne mesure. Cooper prit lui-même un milk-shake pour lui tenir compagnie, et ensemble, ils retournèrent dans un silence sympathique jusqu'à Granite Bay.

Mais intérieurement, le corps de Cooper vibrait.

Je te veux.

Dit de manière si innocente, avec tellement de bonne volonté. Mais Cooper avait goûté les baisers de Sammy depuis presque un mois désormais. Il avait senti les mains de Sammy sur sa peau, son dos, son torse, ses épaules, sa gorge. Il avait senti les contours de l'érection de Sammy, tandis que celui-ci essayait avec insistance de ne pas ruer contre Cooper et de ne pas jouir, se frottant complètement habillé contre lui dans le couloir de sa maison familiale.

Sammy le *voulait.* Et Cooper avait pris les choses doucement. Ils étaient jeunes, ils étaient stupides – Cooper ne voulait pas quitter son travail et il ne voulait certainement pas reprendre sa vie en main avec un cœur brisé.

Mais Sammy avait risqué son cœur sans aucun scrupule. Tino disait qu'il avait eu le cœur brisé une ou deux fois – il connaissait les dangers – mais quand même, il avait eu confiance et avait sauté. Sammy savait, il savait que le monde n'offrait pas de garanties. Il savait qu'il n'y avait pas toujours quelqu'un pour vous rattraper quand vous sautiez.

Mais Sammy était brave de cette façon, et ses récompenses pour sa bravoure ?

Eh bien, jouer pour une maison remplie de personnes qui pensaient qu'il avait changé leurs vies. C'en était une. Et savoir ce qu'il voulait dans le monde – même si ce n'était probablement pas ce que ses oncles voulaient. C'en était une autre.

Et avoir la patience d'attendre un mec qui était tombé d'un bâtiment et avait recommencé sa vie.

Il n'y avait de récompense que si le type que Sammy attendait avait assez de courage pour sauter aussi.

Cooper voulait avoir autant de courage.

Il sortit de l'autoroute à Hazel et se dirigea vers Granite Bay, vérifiant comment allait Sammy de temps en temps aux feux. Les yeux de Sammy étaient fermés, son expression paisible, alors même qu'il sirotait son milk-shake par intermittence.

— Quoi? demanda-t-il après un de ces regards, ses yeux toujours fermés. À quoi penses-tu?

— Je pense que je veux que tu restes avec moi ce soir, même si tu dors au-dessus des couvertures. Je ne veux pas que tu retournes dans ta chambre. Je veux que tu sois à moi ce soir.

Le sourire de Sammy s'agrandit en un large sourire complet, et il posa son milk-shake pour regarder Cooper par dessous ses cils blonds.

— Est-ce dans le sens traditionnel du roman de poche de l'homme des cavernes, ou...

Cooper le fit taire d'un doigt sur les lèvres.

— C'est comme tu veux que ce soit, Sam. Je ne veux simplement pas que tu disparaisses de nouveau dans les entrailles de la maison. Je... J'aime en quelque sorte mes quartiers. Ils ressemblent à un appartement vraiment agréable. Si c'est supposé être un appartement, alors je veux que tu restes comme invité.

Sammy sourit contre son doigt, et Cooper ramena les yeux sur la route.

— D'accord, Cooper. Je serais honoré d'être ton invité ce soir. Mais je pourrais remonter dans ma chambre chercher mon pantalon de jogging et un sous-vêtement, si ça te va?

— Oui, lui répondit Cooper, de la paix et de l'excitation s'opposant dans son ventre. Ça, tu peux le faire.

Ils entrèrent par le garage, et Cooper se tourna pour aller dans sa chambre. Il fut stoppé par la main de Sammy sur son épaule, l'attirant dans un baiser dans le noir. Il ferma les yeux et laissa le baiser le submerger, le goût désormais familier de Sammy le réconfortant et le stimulant en même temps. Avant que Sammy recule et repose le front contre celui de Cooper, ils respiraient tous les deux rapidement, et Cooper avait l'impression que son corps allait s'envoler.

— Sammy... miaula-t-il.

Ce n'était pas de l'envie – c'était du besoin, Cooper le ressentait et il supplierait s'il le devait.

— Je vais aller prendre une douche, souffla Sammy. Rapide. Je ne veux pas dormir au-dessus des couvertures, Coop. Je veux dormir *sous* les couvertures et je veux être propre. Pouvons-nous faire ça?

Cooper hocha la tête, pensant à sa petite cabine de douche, et il n'était pas sûr qu'elle puisse contenir son cœur gonflant.

— Je te veux, dit-il la voix à vif. Simplement... toi. Je. Te. Veux.

Le petit rire fatigué de Sammy lui dit que peut-être, il pourrait attendre assez longtemps pour se doucher et rendre tout ça bon.

— Je reviens dans dix minutes, murmura-t-il à l'oreille de Cooper. Je te le promets.

Cooper tordit la bouche avec ironie.

— À moins que tu t'endormes sous la douche.

— Je m'arrête au frigo pour prendre du jus ! Disons quinze minutes ! rétorqua Sammy, les yeux comiquement écarquillés.

Puis, avec un rapide baiser dur sur la bouche, il fut parti, trottinant à travers la maison sombre avec son porte-partitions battant contre sa hanche.

Pour l'Éternité et Quelques Courtes Semaines

SAMMY dut tester son équilibre en sortant de la voiture pour s'assurer qu'il était paré, mais une fois qu'il put mettre un pied devant l'autre ?

Rien n'allait l'empêcher d'embrasser de nouveau Cooper.

Il avait entendu – bien sûr qu'il avait entendu. Cooper tenant tête à Tino. Lui disant qu'il était un homme bien. Sammy ne s'était jamais attendu à avoir un champion ; il avait toujours tellement voulu défendre tous les autres. Grand frère – c'était son travail, n'est-ce pas ?

Mais les baisers de Cooper n'étaient pas du tout fraternels.

Sammy atteignit sa chambre à travers la maison sombre, entra rapidement et se déshabilla prestement pour prendre une douche, essayant de ne pas réfléchir au fait d'être nu devant Cooper, de toucher la peau nue de tout le corps de celui-ci.

Il ne lui restait qu'un peu d'énergie – il voulait la garder pour ce qui restait de la nuit.

Après s'être essuyé et habillé d'un pantalon de pyjama et d'un t-shirt, il s'arrêta un instant près du tiroir de sa table d'appoint.

Quand il avait eu dix-sept ans, juste avant son premier bal de promo, une petite boîte de préservatifs était apparue là. L'écriture de Tino avait semblé brûler sur le reçu, avec : « Nous te faisons confiance. Sois prudent et sois gentil. » La boîte n'avait jamais été ouverte.

L'année suivante, après avoir passé la majorité de son temps à la maison ou à l'hôpital, malade et en train de récupérer, une nouvelle boîte était apparue, celle-ci avec : « Essayons de nouveau », griffonné sur un post-it. Cette boîte était allée à la poubelle sans avoir été touchée.

L'année d'après, sa première à l'université, il avait confié à ses oncles qu'il rejoignait un jeune homme pour prendre un café. Cette fois, pour le Grand Rituel d'Expiration des Préservatifs, le mot disait : « Nous sommes avec toi, Sammy ! », et il était retenu par une petite bouteille de lubrifiant comme presse-papiers. Cette relation s'était terminée avec seulement quelques baisers – et une autre boîte avait mordu la poussière.

Pour ses vingt ans, le mot disait : « Ça arrivera », et la bouteille de lubrifiant avait été d'une taille très optimiste.

En mai dernier, il avait eu vingt et un ans, et le mot sur sa table de chevet avait dit : « Un. Jour. » La bouteille de lubrifiant avait semblé très coûteuse, d'une taille plus modeste.

Ce fut cette bouteille que Sammy attrapa à cet instant. Il regarda la boîte de préservatifs et se mordit la lèvre. Non. Pas avec Cooper. Deux feuilles blanches, Cooper et Sammy. Cela n'arrivait pas souvent – une chose rare et assez magique.

Conscient que Cooper l'attendait, il attrapa le lubrifiant et s'aventura hors de sa chambre, uniquement pour foncer dans Tino. Ses mains se levèrent, et il batailla avec la bouteille, la rattrapant à peine avant qu'elle atterrisse sur le sol avec un bruit sourd.

Et il fut là, tenant une aide sexuelle et fixant son oncle avec des yeux gigantesques.

Ceux de Tino n'étaient pas plus petits.

— Euh, Sammy ?

— Oui, monsieur ?

Oh mon Dieu. Il n'avait pas appelé Tino « monsieur » depuis qu'il s'était évanoui au soccer après avoir délibérément jeté son petit déjeuner à la poubelle.

— Est-ce que, euh, il ne te manque pas quelque chose, là ?

Sammy baissa les yeux sur la bouteille, essayant de trouver ce qui manquait avec le lubrif – oh. Il sourit, parce que c'était magique, pas vrai ?

— Oh non. Nous sommes tous les deux vierges. Nous n'avons pas vraiment besoin de préservatifs.

Tino leva la main jusqu'à son torse et resta bouche bée, Sammy se tourna et descendit les escaliers, priant d'avoir laissé son oncle – et ce moment hautement gênant – derrière lui.

TINO resta dans les escaliers pendant un moment, la main contre son torse et regardant le garçon qu'il aimait comme un fils détaler le long des marches vers son futur. Son cœur fit mal, que ce soit de plénitude ou de nostalgie, il ne pouvait le dire.

Avec un soupir, il fit demi-tour dans le couloir, puisqu'il avait été devant la porte de la chambre de Sammy pour voir s'il était rentré.

Il retourna jusqu'à son côté du lit quand le message de Cooper brilla sur l'écran de son téléphone, là où il était branché au chargeur, et il rit.

— Quoi?

Channing dormait torse nu, et il portait ses lunettes quand il lisait au lit. Il n'aurait pas pu être plus adorable.

Tino secoua la tête, pas sûr de savoir s'il pouvait exprimer la douleur de voir Sammy descendre ces escaliers en courant, heureux comme un enfant à Noël.

— Les enfants sont rentrés, marmonna-t-il en se glissant à côté de son mari.

Channing enleva ses lunettes et les posa sur la table d'appoint à côté de sa Kindle. Sa bouche – sa bouche ridiculement douce – était affaissée aux coins.

— Martin, que se passe-t-il? Tu as l'air… triste. Chéri, qu'est-ce qui ne va pas?

— Sammy va bien. Il va simplement…

Simplement perdre sa virginité avec une autre personne vierge, et ils sont tous les deux douloureusement innocents et sans défense, et ils vont simplement se tenir la main et partir sous la pluie.

— Il grandit, c'est tout, dit-il quand il put dépasser la boule dans sa gorge.

— Oui.

Il fut reconnaissant quand Channing n'essaya pas de le faire changer d'humeur. Il hocha la tête et se réinstalla au lit, ouvrant les bras pour que

145

Tino puisse se blottir contre son torse. Ce dernier le fit, caressant les poils qui avaient poussé là durant les derniers treize – presque quatorze – ans.

— Cooper est gentil, dit faiblement Tino.

Cooper était plus que gentil. Cooper avait pris la défense de Sammy d'une manière extrêmement courageuse. Tino et Channing étaient quasiment dans une position de pouvoir injuste – non pas qu'ils en abuseraient un jour, mais quand même. Cela devait avoir été difficile de s'exprimer contre les deux hommes qui avaient accueilli sa sœur adoptive et lui avaient offert un travail qui leur permettrait de grandir dans la même maison.

Mais Cooper l'avait fait, et il l'avait fait pour Sammy.

— Cooper est… un travail en cours, dit pensivement Channing. Il y a de bons matériaux là, mais je pense… je pense qu'il commence juste à voir que le monde n'est pas obligé de tourner autour de la survie basique. Il peut avoir des choses dans sa vie qui ne sont qu'à lui.

Le rire de Tino parut un peu hystérique et hautement inapproprié.

— Tu pourrais avoir raison, gloussa-t-il, conscient que les larmes se rassemblaient aux coins de ses yeux.

Channing recula et le regarda fixement.

— C'est quoi ce bordel ?

— Sammy, dit simplement Tino, sentant ardemment la perte de son contrôle. Sammy est maintenant exclusivement à Cooper. Il vient juste de descendre en courant avec une bouteille de lubrifiant pour conclure l'affaire.

Oh, ce n'était pas souvent qu'il voyait la bouche de son mari tomber ouverte sous un choc total.

Bien sûr, le choc de Channing était habituellement suivi par une action immédiate.

— Et puis quoi encore !

Channing balança les jambes hors du lit et rejeta les couvertures au moment même où Tino se jetait sur ses genoux dans un effort pour le garder au lit.

— Où penses-tu être en train d'aller ? cingla Tino. Quel est exactement ton plan ici ?

— Sammy. N'as-tu pas dit qu'il allait… allait…

Channing fit des gestes en l'air qui, étant donné ce qui se passait dans *cette chambre,* étaient à la fois alarmants et comiques.

— Je ne sais pas ce que tu penses faire là avec tes mains, Channing, mais si tu essayais en fait ça sur moi, nous serions tous les deux à l'hôpital.

Channing, heureusement, arrêta d'essayer de parler avec les mains.

— Mais *Tino*... c'est *notre* Sammy...

— Le vierge le plus âgé du monde, lui rappela sévèrement Tino. Ne me l'as-tu pas dit? En mai dernier, quand j'ai réapprovisionné les capotes dans sa chambre? Tu étais du genre; «Doux Jésus, j'espère que ces trucs vont servir un peu, Tino. Je ne veux pas m'en mêler, mais il n'est pas si moche. On penserait qu'il aurait eu une relation à cette heure-ci», et moi je disais : «Ne te mêle pas de sa vie, Oncle Channing, parce que chaque enfant fait les choses à son propre rythme, tu te souviens?» et tu répliquais, genre; «Oui, mais je m'inquiète quand même que tu n'aies pas eu d'amants avant moi et tu pourrais avoir fait une abominable erreur quand tu es tombé amoureux d'un magnifique milliardaire avec un enfant en bas âge»...

— Je n'ai jamais dit ça, contra sèchement Channing.

Il repoussa Tino sur le côté et se glissa de nouveau dans le lit pour bouder avec les bras croisés sur son torse magnifique.

— Non, mais il y avait des sous-titres, lui dit Tino en retenant à peine son sourire. Admets-le.

Channing leva les yeux au ciel, puis ouvrit de nouveau les bras.

— Tu étais très jeune, dit-il avec dignité.

— Tout comme eux, répondit doucement Tino. Ils sont jeunes et ils ne connaissent rien, et à moins que ma mère ne m'ait rien appris, ils sont vraiment amoureux.

— Argh! s'exclama Channing en se frottant le visage avec les mains. C'est ce dernier truc qui me dérange.

— Oui, grommela Tino, sentant la mélancolie revenir. Moi aussi.

Channing le rapprocha, à peine à un souffle de lui, assez proche pour se souvenir de ce qu'ils *aimaient* faire au lit quand tout le monde était endormi.

— Nous nous en sommes bien sortis, souffla-t-il dans le silence.

— Je suis encore amoureux de toi, lui dit solennellement Tino

— Jusqu'à ce que je meure, répondit Channing en fermant les yeux, tout aussi solennel. Je serai *toujours* amoureux de toi.

Tino sourit – puis tira la langue et lécha le mamelon de Channing, qui était excessivement proche.

— Hmm, tu sais, peut-être que nous devrions ne pas nous soucier de Sammy. Du moins, euh, pas pendant les quinze prochaines minutes.

— Quinze minutes? s'offusqua Channing. Nous avons plus de marge d'action que ça en nous!

Tino se redressa sur les bras, jusqu'à ce que leurs lèvres se touchent presque.

— Prouve-le, vieil homme, murmura-t-il, juste avant que la bouche de Channing ne prenne la sienne.

Nouveau, pensa-t-il, alors que les lèvres, les mains et le corps de Channing se mettaient au travail. *Chaque toucher est toujours complètement nouveau.*

Peut-être que *ceci* était la sagesse qu'il aurait dû donner à Sammy, sur la façon dont il pouvait savoir que l'amour était réel.

Mais, peut-être que c'était quelque chose que Sammy avait besoin de découvrir tout seul.

LE coup de Sammy sur la porte de Cooper résonna de façon forte et obscène, et il grimaça, essayant de ne pas lui dire de se taire comme un petit enfant. Cooper devait avoir été en train de l'attendre, parce que la porte s'ouvrit immédiatement, et Cooper sauta dans ses bras, l'appuyant en arrière pour refermer la porte avant que le doute puisse même prendre forme.

Ah, sa bouche était si bonne ! Sammy inhala ses baisers, ayant besoin de plus, et plus, et plus. Il enroula les bras autour de la taille de Cooper et le serra, souhaitant être plus fort, souhaitant pouvoir être le type sur lequel Cooper grimperait comme sur un poteau téléphonique et qu'il laisserait simplement le ravir.

Mais Sammy n'était pas ce type. Le mieux qu'il pouvait faire était de prendre les commandes, embrasser le long de la mâchoire de Cooper, mordiller son oreille, tirer gentiment sur le lobe. Cooper gémit, inclinant la tête sur le côté, et Sammy continua à l'embrasser, goûtant un peu de savon, mais surtout l'épice de la peau de Cooper.

Avec un mouvement maladroit, Sammy s'écarta, jeta le lubrifiant sur le lit et froissa le haut de Cooper en le relevant. *Oh, regardez ! Des petits mamelons bruns – friandises !*

Sammy prit la taille de Cooper entre ses mains et se pencha pour en sucer un, frissonnant sous la joie de goûter si intimement la peau d'un autre homme.

— Qu'est-ce que c'était ? demanda Cooper en se tournant pour qu'il puisse voir.

— Quelque chose dont nous pourrions ne pas avoir besoin, lui répondit Sammy en bougeant vers l'autre mamelon pour le prendre dans sa bouche.

— Ah! Ah Seigneur! Pourquoi n'en aurions-nous... Oh mince, Sammy! Pourquoi n'aurions-nous argh...

Les mains de Cooper se resserrèrent dans les cheveux de Sammy, et il rua quelques fois, fortement, durement et pas du tout de façon contrôlée.

Oh bon sang, Sammy voulait plus! Il continua à sucer, mais il occupa ses mains sur le corps mince mais plutôt bien défini de Cooper. Pantalon de pyjama, sous-vêtements, Sammy les repoussa tous les deux et malaxa le petit derrière étroit de Cooper.

Celui-ci gémit, écartant un peu les jambes, probablement pour s'équilibrer, et Sammy se mit à genoux, arrêté par la main de Cooper dans ses cheveux. Il cligna durement des paupières comme s'il essayait de se souvenir pourquoi, oh pourquoi, il l'avait empêché de continuer.

— Tu marques facilement, dit-il sèchement. Faisons ça sur le lit.

— Maintenant! supplia Sammy en passant son t-shirt par-dessus sa tête.

Pendant ce temps, Cooper finit d'enlever son pantalon à coups de pied. Il attrapa la bouteille de lubrifiant et retira les couvertures, puis se tourna pour regarder Sammy.

— Oui, bien sûr. Pourquoi? demanda-t-il.

Sammy s'arrêta, les pouces sous la ceinture de son pantalon de pyjama et son sous-vêtement.

— Pourquoi quoi? retourna-t-il en rougissant timidement.

Mince, alors. Il était si pâle. Et il *marquait* facilement. Il avait probablement des bleus partout sur les cuisses venant de sa représentation de ce soir.

— Pourquoi n'utiliserions-nous pas le lubrifiant?

Cooper regardait la bouteille comme si le simple fait de l'avoir dans les mains lui donnait chaud.

Sammy enveloppa son érection douloureusement dure à travers ses vêtements et gémit.

— Cooper, je ne vais pas tenir si longtemps, et toi?

C'était une bonne chose que Cooper soit assis sur le lit – *nu* –, parce que Sammy vit ses yeux papillonner un peu. Il prit plusieurs profondes inspirations et dit :

— Pas une fois que tu seras nu… Maintenant, *déshabille-toi*.

Sammy put sentir son rougissement monter de son ventre jusqu'à son torse et même jusqu'à ses oreilles.

— Je suis… euh, tu sais. Pas vraiment bronzé, marmonna-t-il. Et, euh… pas hyper musclé. Et…

Cooper se mit devant lui avant que Sammy réalise même qu'il était descendu du lit.

— Hé, murmura Cooper en caressant ses joues avec des pouces doux. Je… je pense que tu es magnifique, Sam Lowell. Je veux simplement te toucher. Comme tu veux me toucher. Ce n'est pas si mal, n'est-ce pas ?

— Non, chuchota Sam.

Il baissa son pantalon au-delà de ses genoux et, alors qu'il l'écartait de ses pieds, il ferma les yeux et prit la bouche de Cooper, balayant l'intérieur avec détermination et s'équilibrant avec des mains douces sur les épaules nues de Cooper.

Et il se rendit compte qu'ils étaient *tous les deux* nus, jusqu'aux orteils.

Il se rapprocha, son érection se remplissant de plus belle, et Cooper se frotta contre lui, tout aussi demandeur nu qu'il l'avait été habillé.

— Le lit, supplia doucement Sammy.

Cooper recula, s'arrêtant pour s'asseoir sur le lit, rampant comme un crabe jusqu'à ce qu'il soit en plein milieu, sa tête reposant sur les coussins et les jambes légèrement écartées pour un meilleur accès.

Oh, regardez-le ! Sa peau avait un ton plus sombre que celle de Sammy, et son érection… waouh. Sammy avait essayé très fort de ne pas faire de ces choses le summum d'une expérience avec un autre homme, mais l'érection de Cooper était, eh bien, impressionnante.

Sammy rampa sur le lit, penchant la tête pour embrasser l'intérieur du genou de Cooper, puis l'autre genou, puis remonter des doux baisers sur l'intérieur des cuisses jusqu'à ce que Cooper écarte les genoux et supplie.

— Sammy, je meurs là… Simplement… Je vais la caresser, et tu peux m'embrasser et… *oui !*

Parce que Sammy le voulait. Il voulait la goûter et la sucer ; il voulait qu'elle remplisse sa bouche et sa gorge. Il enroula prudemment les lèvres autour du sommet, abrita ses dents et la tira profondément dans sa bouche.

De la peau douce, douce et de la chair dure, dure. Argh, c'était délicieux, et la main de Sammy trembla alors qu'il la levait pour serrer fort.

Cooper gémit, rejetant la tête contre les coussins et s'abandonnant aux soins de Sammy.

Celui jura de bien le servir.

Il utilisa sa main et sa bouche en coordination, parce que la physique de base dictait que cette chose n'allait pas tenir dans le fond de sa gorge, et que sa main pouvait faire ce que sa bouche ne pouvait pas – du moins pas encore. Il testa, maladroitement au début, bougeant sa tête et sa main ensemble, mais très vite, poussé par les grognements sans gêne et suppliants de Cooper, il maîtrisa sa coordination.

Cooper l'aida – il resserra les doigts dans les cheveux de Sammy et poussa les hanches, vraiment lentement, jusqu'à ce que Sammy comprenne bien son timing.

Il rua plus fort, une fois, deux fois. La troisième fois, Sammy réussit à l'avaler jusqu'au fond de sa gorge, et Cooper enfonça sa main dans sa propre bouche pour étouffer un cri quand il jouit.

Sammy était prêt pour ça, prêt à avaler, prêt à continuer à sucer jusqu'à ce que Cooper soit asséché.

Ce qu'il n'avait pas anticipé, qu'il n'aurait pas pu savoir, était que sa propre érection, sensible, douloureuse et enfoncée dans les draps sous son corps, serait stimulée jusqu'au point de rupture, tout comme celle de Cooper.

Ce dernier emmêla *durement* les doigts d'une main dans les cheveux de Sammy, et celui-ci gémit et rua, au moment où Cooper se déversait dans sa bouche.

Le temps que Cooper se soit suffisamment remis pour repousser Sammy, celui-ci était allongé sur sa propre flaque refroidissante et collante.

— Hm, grogna-t-il en enfouissant la tête contre la cuisse de Cooper.

— Quoi? demanda-t-il en tirant un peu plus. Viens ici, Sammy, et serre-moi.

Il semblait perdu, et Sammy se sentait un peu pareil lui-même. Il se décala et enroula les bras autour des épaules de Cooper. Ils frissonnèrent ensemble pendant quelques secondes, et Sammy attrapa la couverture et la tira sur eux deux.

— Mais…

Cooper se tourna contre le torse de Sammy et accepta ses murmures, son réconfort, sa tendresse. Après quelques instants, durant lesquels le cœur de Sammy se stabilisa en un faible grondement à ses oreilles, Cooper réussit enfin à articuler une phrase complète.

— Mais, Sammy… et toi ?

— Cooper… lâcha-t-il en riant à moitié, tu, euh, as joui dans ma bouche.

Cooper se cacha le visage.

— C'était… c'était *vraiment* sexy ! Je n'avais pas idée que c'était aussi sexy !

Cooper lui jeta un coup d'œil et observa prudemment son visage avec ces yeux étrangement asymétriques.

— Sexy comment ? questionna-t-il, comme s'il additionnait deux et deux.

— *Tellement* sexy, admit Sammy en se cachant à son tour le visage, sacrément gêné.

Cooper embrassa le sommet de sa tête, sa tempe, et enfin, quand Sammy releva la tête, ses lèvres.

— C'était incroyable, lui avoua Cooper, les yeux écarquillés. C'était… C'était *incroyable.*

Sammy se frotta contre lui, toujours mou mais pensant à durcir de nouveau. Il rit avec fatigue, et déclara en bâillant :

— Eh bien, oui. Mais tu sais… épuisant.

— Alors reste ici, murmura Cooper en bâillant également. Reste. Je vais éteindre la lumière, et si, tu sais, au milieu de la nuit…

— Nous voulons refaire quelque chose comme ça… ? taquina Sammy.

— Oui, répondit Cooper en levant les sourcils de manière suggestive et souriant de façon malicieuse. Je ne pense pas que c'était une occasion unique. Nous pourrions même utiliser le lubrifiant un jour.

Sammy laissa échapper un rire, rauque et endormi, et Cooper tendit la main pour éteindre la lumière.

— Veux-tu… demanda Sammy, arrêté par un bâillement, alors il dut recommencer. Veux-tu que j'aille chercher un gant de toilette ?

— Le premier debout pour aller pisser, lui dit Cooper avec logique.

Puis Sammy sentit le bout de doigts tremblants sur son visage, qui n'avaient rien à voir avec la logique.

— Je t'aime, Sam Lowell, dit-il doucement.

— Je t'aime aussi, Cooper Hoskins.

— Bonne nuit.

152

— Bonne nuit.

Sammy passa le nez sur sa tempe et s'endormit presque immédiatement.

IL se réveilla dans le noir, sachant aussitôt que l'autre corps au lit avec lui était celui de Cooper et qu'il embrassait son cou.

— Mmm…

Sammy allait demander l'heure, mais les lèvres de Cooper le chatouillaient, attrayantes, et il décida que si la maison était encore sombre, il n'avait pas à s'inquiéter des chiffres. Il tourna la tête et la baissa, espérant que Cooper lèverait le visage pour un baiser, mais, à sa grande surprise, Cooper se décala sur le lit, sa peau nue glissant délicieusement contre celle de Sammy.

Il prenait un chemin évident, mais Sammy n'avait jamais *été* sur ce chemin, alors chaque baiser était des feux d'artifice et des accords parfaits. Il arriva au mamelon de Sammy avec une légère morsure, et Sammy gémit doucement, pétrissant comme un chat les cheveux sombres et bouclés de Cooper.

—Mmf ?

Cooper ponctua la question avec une aspiration forte et le sifflement de sa langue.

— Oui, c'est bon ! répondit Sammy avec un rire avant de haleter, parce que Cooper utilisa de nouveau ses dents. Si bon…

Cooper gloussa, le son étouffé contre le torse de Sammy, puis il bougea vers l'autre mamelon. Sammy roula sur le dos, se sentant vulnérable, alors même qu'il arquait le torse contre la bouche de Cooper.

Celui-ci continua à le tourmenter, à laper, puis il commença à toucher.

Sa main, délicate et taquine, étalée contre la longueur du sexe de Sammy, fut suffisante pour amener un cri d'excitation. Les hanches de Sammy ruèrent vers le haut, et il resta là pendant un instant, tremblant.

— Doucement, murmura Cooper. Du calme.

Sammy geignit, mais abaissa les hanches, appuyant ses fesses contre les draps avec toute sa volonté.

— Mieux. Maintenant, je vais te caresser, mais je veux, tu sais, te sucer aussi. Alors dis-moi si tu es proche, d'accord ?

L'arrogance dans la voix de Cooper – qui n'était jamais arrogant! Mais là dans le noir, il semblait avoir le contrôle de la situation d'une manière que Sammy n'avait jamais maîtrisée.

Sammy hocha la tête, puis se rappela qu'ils faisaient l'amour dans le noir.

— Oui, souffla-t-il. D'accord.

Cooper continua cette caresse coordonnée, sa bouche sur les mamelons de Sammy, sa main sur l'érection de celui-ci, ne serrant même pas, touchant simplement, doigts, paume, bout des doigts, jusqu'à ce que les taquineries laissent Sammy à bout de souffle.

— Tu vas jouir? demanda Cooper, presque de façon clinique.

— Non, mais je vais me prendre en main si tu ne te dépêches pas!

Cooper rit, et le son fut comme son sperme dans la bouche de Sammy – sexy, cochon et impressionnant.

Ce fut encore meilleur quand Cooper attrapa son sexe.

Sammy grogna, fort et sans honte, et Cooper garda sa main là où elle était, mais se jeta en avant pour capturer la bouche de Sammy avec la sienne.

Oh, c'était tout aussi bon que jouer avec les mamelons. Sammy ouvrit la bouche et les cuisses, sans défense, fondant sur les draps tandis que Cooper prenait le contrôle, pillait sa bouche, et pompait son érection en même temps.

Il n'y avait pas de contrôle dans cette situation, pas d'essai pour s'assurer que tout le monde était heureux. Cooper était aux commandes. Sammy se laissa simplement satisfaire, gémissant quand c'était bon, se concentrant sur le fait de garder les jambes écartées et la langue de Cooper dans sa bouche.

Ce dernier continua à le caresser et s'écarta du baiser, haletant.

— Oh, Sammy, tu es extraordinaire.

Sammy essaya de ne pas geindre.

— Je vais jouir, supplia-t-il. Seigneur, Coop, je suis... je vais...

Ses mains s'agitèrent dans tous les sens alors qu'il s'abandonnait aux caresses de Cooper, et celui-ci le lâcha pour attraper ses mains.

— Du calme, murmura-t-il, apaisant Sammy comme il semblait s'occuper de toutes les situations, doucement, avec une force silencieuse. D'accord, Sammy, je vais te sucer maintenant. Je veux que tu mettes les mains au-dessus de ta tête, d'accord? Noue simplement tes doigts ensemble... c'est ça. Garde les hanches à plat pour moi, d'accord?

— Oui, souffla Sammy, se sentant plus exposé que jamais dans sa vie. Je peux faire ça.

Cooper passa le plat de sa main sur la cuisse de Sammy, sur son os iliaque et son ventre, puis sur son torse.

— Bien. Maintenant, accroche-toi, d'accord ?

— Oui.

Sammy ferma alors les yeux et autorisa Cooper à prendre entièrement le contrôle.

Ah ! Oh, sa bouche ! Exquise ! Il suça doucement, puis explora avec sa langue. Sammy essaya de lui donner des indices – des *ooh* et *ahh* quand il sentait le plat de la langue de Cooper sur son frenulum, de petits grognements et cris quand Coop taquinait sa fente. *Ah !* Il lutta contre l'envie de ruer, contre le besoin de bouger les mains ou de saisir Cooper par les cheveux. Tout son corps tremblait, mais c'était son travail de rester immobile, et bon sang, Sammy pouvait le faire !

Et alors Cooper – de façon très délibérée, très prudente – frôla le gland de son sexe avec les dents.

Sammy lâcha un petit sanglot et rua fort pendant que Cooper se cramponnait et caressait le membre de Sammy tout en suçant le sommet.

Il dénoua ses mains et enfonça un poing dans sa bouche, étouffant un cri de jouissance tout en gardant les mains loin de Cooper.

Celui-ci continua à sucer, avalant, stimulant, jusqu'à ce que Sammy lâche un petit gémissement et roule sur le côté.

Cooper reposa la tête sur la cuisse de Sammy et le caressa, de la pente de sa hanche jusqu'à son genou.

— Waouh, murmura Sammy, si plein d'émerveillement qu'il ne pouvait pas trouver d'autres mots.

— Waouh ? répéta Cooper, la voix remplie d'espoir.

— Waouh. Sérieusement. C'était waouh. Était-ce waouh quand je te l'ai fait ? Parce que c'était sacrément waouh comme tu viens de me le faire. Je n'avais aucune idée que quelque chose pouvait être aussi waouh. Enfin, je pensais que le sexe serait plutôt génial, mais ça, à l'instant, c'était fait de wa…

Parce que Cooper s'était redressé pour capturer la bouche de Sammy. Ce dernier se goûta, terreux, amer et sexy, et retomba dans le baiser, perdu dans les tourbillons de la langue de Cooper et le glissement soyeux de leurs corps nus partageant le même espace.

Le baiser se calma, et Sammy sentit de nouveau l'attrait du sommeil.

— Cooper ? Tu veux que je… Oh.

Il tendit la main entre leur corps et sentit le membre de Coop, à moitié mou et coulant.

— « Oh », dit-il, lâcha Cooper avec un rire. Oui, j'ai joui aussi. Doux Jésus, Sammy, ça explose le cerveau d'un mec quand il suce ta queue, tu le sais ?

— Je n'en savais rien, dit Sammy avec une dignité endormie. Je crois avoir mentionné que c'était une première pour moi aussi.

— Eh bien, c'est le cas, lui expliqua Cooper en se blottissant contre lui, poussant le visage contre son cou.

— Cooper, devrais-je mettre le réveil, au cas où les enfants nous réveillent ?

— Non, marmonna Cooper. Non. Je veux le dire au monde entier. Je ne me contenterais pas de le cacher aux enfants.

— D'accord. Laissons les questions gênantes commencer.

Le petit rire endormi de Cooper fut la dernière chose qu'il entendit avant le lever du jour.

IL s'avéra que personne ne posa la moindre question. Sammy passa la porte pour aller courir à son heure habituellement précoce, mais cette fois, puisque Cooper n'avait pas d'obligations pour les enfants le samedi matin, Sammy l'emmena avec lui.

Ensemble, ils soufflèrent à travers le calme de la banlieue jusqu'à ce qu'ils atteignent un parc en son centre, tournèrent autour pendant un kilomètre, puis rentrèrent. Ils arrivèrent à la maison, transpirants et plaisamment à bout de souffle – et affamés.

— Assieds-toi, ordonna Cooper. Je vais te chercher du jus et des restes d'hier soir.

— Pas de pancakes ? taquina Sammy. Après la nuit dernière ?

— Pain de viande, dit Cooper avec urgence. Et jus de légumes. J'ai oublié de t'en donner ce matin. Si tu ne t'en souviens pas, j'ai besoin d'être ton renfort.

— Je jure que je suis responsable de ma propre santé, Coop, se renfrogna Sammy. Tu ne devrais pas être obligé de faire ça.

Cooper le tapa gentiment à l'arrière de la tête.

156

— Je *veux* le faire, idiot ! Et je sais que tu peux le faire, Sammy, mais ce n'est simplement pas… tu sais. Dans tes compétences. Le temps n'existe pas pour toi, mais je te *ferai* prendre le temps de manger.

— J'essayerai de ne pas trop te déranger, promit Sammy, soucieux.

Il aimait Cooper, mais il ne voulait pas être traité comme un bébé par lui. Ce serait vraiment nul si Cooper se souciait de lui uniquement parce qu'il était un enfant parmi les autres.

— Hé, appela Cooper en se drapant sur les épaules de Sammy. Je suis tombé amoureux de toi parce que tu étais mon ange. Prendre soin de toi, c'est comme, un avantage. C'est une chose que je peux faire pour toi pour te rembourser de tout ce que tu fais pour moi.

Sammy se mordit la lèvre et essaya de retenir son sourire timide.

— Je suis ton ange ? demanda-t-il avec mélancolie.

— Le seul ange que j'ai jamais eu, le rassura Cooper en embrassant sa tempe.

Oh, c'était vrai – Sammy *était* le premier de Cooper – et pas simplement son premier amant. Ils pourraient prendre soin de l'autre.

Le grondement d'une gorge qu'on éclaircissait les fit s'écarter brusquement de l'autre sous la surprise, et Sammy se tourna pour être accueilli par l'amusement sombre de Channing.

— Oh non, les incita celui-ci avec un geste, continuez à vous bécoter dans la cuisine. C'est confortable pour nous tous.

— Ne sois pas un connard, grommela Tino. Mais soyez sages, les gars, les enfants arrivent, alors à moins que vous ayez pour projet de disséquer votre vie se… euh, amoureuse, je diminuerais un peu tout ça. Non, Cooper, nous n'allons pas manger du pain de viande pour le petit déjeuner, et tu n'as pas besoin de cuisiner. Assieds-toi et prends un café. Je vais faire des pancakes aux myrtilles. Antioxydants, fer, ne t'inquiète pas, nous ne laisserons pas Sammy mourir de faim.

Cooper s'assit promptement à côté de Sammy, et ils partagèrent pendant un instant un sourire malicieux de conspirateurs pris sur le fait. Channing se versa une tasse de café et s'assit à côté de Cooper – pour d'autant mieux épingler Sammy avec un regard cinglant.

— Alors, Samford. La voiture.

Sammy enfouit son visage dans ses mains.

— Oui.

— Mon garagiste m'a appelé ce matin. Aimerais-tu m'expliquer ?

— Je n'ai pas de mots, grommela Sammy.

Il revivait l'horreur de sortir de son cours et de découvrir sa voiture sur des parpaings, sans roues, et vandalisée en prime.

— Cela s'est passé sur le parking de l'école ? demanda Channing, le regard passant sur Cooper.

— Oui, répondit Sammy en hochant ardemment la tête. Je suis sorti de la cafétéria et elle était là. J'étais la dernière personne dehors aussi, à part le concierge.

— D'accord, as-tu appelé la police ?

Euh...

— Non ?

— As-tu appelé ton chef ? grimaça Channing.

— Non plus ?

Sammy connaissait le son de la respiration de Channing entrant et sortant par son nez, durement, comme si la pression de l'air l'empêcherait de parler.

— Je pense que nous devrions faire ça ce matin, pas toi ? demanda-t-il prudemment, et Sammy hocha la tête.

— Oh oui, c'est vraiment une bonne idée !

Inspirer, expirer.

— Génial. Maintenant, concernant ta voiture garée à l'école...

— Je pense qu'il devrait prendre ma voiture, intervint Cooper, vraiment très vite, comme s'il essayait de ne pas perdre courage.

— Pardon ? questionna Channing, les yeux écarquillés.

— Eh bien, elle a besoin de certains trucs : freins, pneus, bobines, bougies d'allumage, collecteur d'échappement, un truc bizarre qu'ils font pour vérifier les fuites d'huile, de l'huile...

— Nous comprenons l'idée, dit Tino, la bouche tordue en une forme impossible. Maintenant, dis à Channing *pourquoi* tu penses qu'il devrait la prendre pour aller travailler.

Cooper cligna des paupières comme si la réponse était trop simple pour même l'exprimer.

— Parce qu'elle ressemble à une merde et que personne ne voudrait la vandaliser. J'ai garé ma première voiture dans un voisinage bien plus pourri que là où Sammy travaille, et personne ne l'a touchée !

Channing se mit une main sur la bouche, inspira et expira par le nez. Puis recommença.

— Je pense que ça ressemble à une bonne idée, dit joyeusement Tino. Pas toi, Sammy ?

158

Celui-ci hocha la tête et sourit de façon encourageante à Cooper.

— C'est vraiment créatif, dit-il, tout plein d'admiration.

— Cooper? demanda Channing, sa voix étranglée et faible. Qu'est-il arrivé exactement à ta première voiture?

— Eh bien, répondit-il en se mordant la lèvre, je dois vérifier mon courrier transféré. Il devrait y avoir une lettre venant d'elle.

Sammy sourit à Tino et Channing, qui semblaient être fascinés.

— Pourquoi la voiture t'écrirait-elle une lettre? interrogea-t-il, excité de la réponse.

— Eh bien, elle est morte en quelque sorte. C'était juste après que j'ai eu mon travail dans l'entreprise de Brandon, en fait, et la voiture est morte à une station-service, et je ne pouvais pas la réparer, et Brandon ne pouvait pas la réparer. C'était une Volvo 1974, vous voyez? Je veux dire, elle était vieille. Et la transmission a lâché et…

— Oh Seigneur, grommela Tino. Ça vaut plus que la voiture.

— N'est-ce pas? reprit Cooper avec un hochement de tête envers Tino, comme s'il avait trouvait un autre allié. Alors, je ne l'ai pas fait remorquer, et je n'avais pas l'argent pour la réparer, et je l'ai en quelque sorte laissée là, et je me suis fait véhiculé par Brandon jusqu'à ma seconde paie, et que je puisse acheter celle que j'ai actuellement.

— Tu l'as simplement laissée? demanda Channing, bougeant la bouche comme s'il y avait bien plus à dire.

— Eh bien, oui. Brandon a dit qu'ils la remorqueraient éventuellement, et ils l'ont fait, et nous avons eu une lettre de la voiture disant qu'elle avait été remorquée, puis vendue à quelqu'un d'autre pour payer le remorquage. Et j'ai pensé : «Enfin, c'est bien. Peut-être qu'*ils* peuvent se permettre de payer une transmission.» Mais ensuite, la voiture a écrit une autre lettre, disant qu'elle était morte sur le bord de la route et que je devrais venir la chercher, et j'étais, genre : «Pas moyen, coco – tu es rentrée avec cette autre famille. Tu leur appartiens!», et j'ai ensuite eu une autre lettre disant qu'elle avait été vendue pour contrebalancer le remorquage. Et c'était étrange. C'était comme si je n'avais pas possédé la voiture pendant trois ans, mais je continuais d'avoir des lettres venant du DMV [2] me racontant comment elle allait. C'était plutôt gentil, en fait. Comme si la voiture n'était pas rancunière.

---

2 Département des Véhicules Motorisés, chargé de l'enregistrement des véhicules et des permis de conduire.

Sammy rit, ravi. Il n'avait aucune idée que Cooper était capable d'être aussi fantaisiste, et il adorait ça.

— C'est génial ! Je me demande où elle ira ensuite.

— Eh bien, le dernier avis venait du Nouveau Mexique, elle roule sa bosse.

Channing fit un bruit très étrange, et Sammy se tourna vers lui.

— Oncle Channing, tu vas bien ? On dirait que tu es en train de tomber malade.

Channing se frotta les yeux avec la paume de sa main.

— Oui, Sammy. J'ai mal à la tête. Je vais aller chercher un antidouleur. Je reviens tout de suite.

Il s'éloigna en titubant, et Sammy regarda Tino.

— Oh non... tu penses que ça ira pour lui pour le petit déjeuner ? Les enfants devraient être debout d'une seconde à l'autre !

— Je vais préparer le petit déjeuner, dit faiblement Tino. Si je vous laisse y toucher tous les deux, vous mangerez du pain de viande au Nouveau Mexique.

Sammy gloussa et Cooper sourit, son expression ravie disant à Sammy tout ce qu'il avait besoin de savoir sur le travail que Cooper avait fourni pour rendre cette histoire amusante.

— Si nous amenons la voiture au garagiste aujourd'hui, penses-tu qu'elle sera prête pour lundi ? questionna Sammy, parce que *c'était* une très bonne idée.

Tino sortit des œufs et des myrtilles du réfrigérateur et se tourna pour le regarder, son expression devenant de manière inattendue plus sobre.

— Oui. Bien sûr. Simplement, j'ai besoin de parler d'abord à ton oncle.

— À propos de quoi ? interrogea Sammy, relevant la nuance de Tino.

Celui-ci soupira et posa la nourriture sur le plan de travail, puis alla vers le placard pour chercher le mélange à pancake.

— Toutes des choses te concernant Sammy, en gros. Y compris... s'interrompit-il en les regardant tous les deux pensivement. As-tu eu des nouvelles de ces tournées d'été ?

Beurk.

— Euh, non. Nous ne saurons pas avant début avril.

Tino le regarda avec assurance.

— Alors. Prévois-tu d'y aller ?

— Eh bien, je pensais plutôt...

— Oui, intervint soudain Cooper, le surprenant. Oui, il va y aller.

— Cooper ! s'exclama Sammy avec un rire.

Il était déchiré entre le soulagement que Cooper semble comprendre et le désarroi, parce que... parce que deux mois !

Cooper se mordit la lèvre et regarda Tino, puis revint sur Sammy, ses remarquables yeux larges et calmes.

— Non, le contredit Cooper en secouant la tête. Ne... Ne dis pas non, parce que... tu mérites d'y aller, Sam. Tu mérites de te produire et de montrer la musique aux enfants, et de voir ce que c'est de jouer dans des lieux différents chaque soir. Tu... tu l'as dit toi-même. Tu n'as pas besoin de moi comme gardien... et si toi et moi allons être « toi et moi », cela a besoin d'être assez fort pour durer deux mois.

Sammy haussa les épaules et détourna les yeux.

— Il n'y a même aucune garantie que je passe les auditions, dit-il en essayant de décider s'il voulait réussir ou échouer.

— Oh s'il te plaît, grommela Cooper en regardant partout sauf vers Sammy. La seule manière dont tu pourrais échouer serait de foirer exprès.

— Je ne ferais jamais ça !

Tino lâcha à moitié un rire.

— Non, tu ne le ferais pas, Sammerson. Parce que la chose que tu aimes le plus au monde est la musique.

— Et la famille, ajouta Cooper en plissant les lèvres et donnant l'impression qu'il essayait de ne pas pleurer.

— Et Cooper, lui rappela Sammy, la voix palpitant de la nuit précédente.

— Oui. Et Cooper.

Celui-ci sourit, et bien que ses yeux soient brillants, son sourire était solide.

À ce moment-là, les enfants arrivèrent en trombe dans la pièce, menés par Felicity, qui étreignit d'abord Sammy pour lui dire bonjour, puis Cooper. Letty entra en trottinant avant d'insister sur le fait qu'elle allait s'asseoir sur les genoux de Sammy, et Keenan était sur ses talons, se plaignant qu'elle avait enlevé son pantalon de pyjama au milieu de la nuit et était dans la cuisine avec son haut de pyjama, son sous-vêtement et rien d'autre.

Sammy la garda quand même sur ses genoux et questionna les enfants sur leur vendredi, et le bavardage écrasant les maintint, Cooper et lui, occupés pour le reste de la matinée. Channing revint furtivement juste avant qu'il soit l'heure de mettre la table, donc Sammy et Cooper *eurent* une matinée tranquille.

Entre les pancakes aux myrtilles, les saucisses de dinde et Cooper lui souriant par-dessus la table avec un secret qu'eux seuls connaissaient, il avait l'impression que le monde était à ses pieds. Il avait uniquement besoin d'attraper la main de Cooper pour le revendiquer.

Comment Planifier un Futur

— OÙ est Sammy ? demanda Channing.

Cooper déposait la dernière assiette dans le lave-vaisselle. Les pancakes aux myrtilles avaient été géniaux pour le petit déjeuner, et Sammy s'était porté volontaire pour le nettoyage, ce qui était bien.

Ce qui était moins bien, c'étaient les cernes sous les yeux de Sammy et les cent douze fois où il avait bâillé pendant qu'ils nettoyaient.

— Il est dans ma chambre, en train de faire une sieste, répondit doucement Cooper. Aviez-vous besoin de lui ?

— Non... Ça va, en fait, dit Channing en secouant la tête. Je voulais te parler.

Oh bon sang.

— Est-ce le moment où je suis viré ? demanda Cooper, son cœur lourd et creux.

Oh, il aurait dû savoir qu'il ne fallait pas faire confiance, mais Tino avait semblé si gentil, et Sammy l'aimait tellement et...

163

— Quoi? Non! s'exclama Channing avec un air renfrogné. Non. Je ne vais pas te virer. Et d'une, Tino me tuerait, et de deux, il a raison.

— Qui a raison?

— Tino, soupira Channing. Je n'aurais pas dû te mettre dans cette position hier soir. C'était simplement...

— Sammy, proposa Cooper en haussant les épaules. Il est comme un super héros avec des tennis en kryptonite.

Channing rit pour de vrai cette fois.

— Très approprié, dit-il. Mais non... Je pense que l'idée avec la voiture est bonne. Si ça ne te dérange pas, quand tu auras fini ici, tu peux me suivre chez le garagiste, et ensuite nous pourrons parler sur le chemin du retour.

Cooper grimaça. *Mon Dieu.* Il se souvenait vaguement des travailleurs sociaux qui voulaient « parler » de certaines choses. Ils n'avaient pas du tout été intéressés par lui, cependant. Ils avaient surtout voulu s'assurer qu'il n'était pas battu ou prostitué pour le loyer.

— Bien sûr, accepta-t-il en essayant de contenir son anxiété dans une coquille de noix.

Cette fois, Channing dut plaquer une main sur sa propre bouche pour empêcher son rire d'éclater.

— Oh mon Dieu! *Cooper!* Essaie de paraître moins angoissé ou tu vas m'offenser! Tu finis ici et je vais aller prévenir Tino. Oh... Et nous nous arrêterons à Target sur le chemin de retour, alors vérifie dans tes affaires et vois si tu as besoin de quelque chose.

COOPER essaya de prendre son propre panier, mais Channing insista pour prendre un chariot.

— Nous avons commandé un vélo pour Felicity, expliqua-t-il, alors qu'ils atteignaient le rayon jouets et vélos. Mais nous avons oublié les protections et un casque. Le vélo devrait être là, eh bien, maintenant, en fait, mais je voulais qu'elle ait tout ce qu'il faut pour rouler avec.

— Mais pourquoi? demanda Cooper en prenant une inspiration tendue. Pourquoi lui prendre un vélo *maintenant*?

— Parce que nous voulions aller faire une balade en vélo au parc dimanche, répondit Channing en haussant les épaules.

Cooper s'agita dans tous les sens, étonné par l'énormité de la différence entre ce que la vie de Felicity et la sienne avaient été, et ce qu'elles étaient maintenant.

— Mais… mais… Mais comment va-t-elle faire la différence entre son anniversaire, Noël et n'importe quel autre jour ?

— Eh bien, elle aura une fête pour son anniversaire, lui dit Channing, et crois-moi, tu remarqueras que c'est Noël chez nous.

— Vous devez comprendre, dit-il après un moment en secouant la tête. J'ai eu un vélo une fois. Il y avait eu des dons à mon école. Nous avons *tous* eu des vélos, des protections et un casque. Je ne sais pas pourquoi. Un politicien se sentait mal, parce que la plupart d'entre nous n'avaient pas de petit déjeuner, alors il nous a donné à tous des vélos. Mais vous voyez, ma famille d'accueil n'avait aucun endroit où mettre un vélo, alors je suis rentré, et j'ai eu un vélo durant une semaine avant Noël, et soudain, ils l'ont vendu et m'ont donné des habits pour Noël à la place. Vous me dites que vous offrez un vélo à ma sœur, alors je dois me demander ce que vous en retirez.

Channing le regarda en silence, laissant Cooper déblatérer.

— Finis cette pensée, dit-il calmement.

— D'accord, grogna Cooper, alors je sais que vous n'êtes pas comme ça. Je veux dire, je le sais dans ma tête. Et je suppose que je le sais dans mon cœur, parce que Sammy continue de me rappeler en étant simplement lui que les gens sont convenables. Mais… mais je ne peux m'empêcher de m'attendre au pire.

— Pas de problème, concéda Channing avec un léger sourire. Je comprends pourquoi il te faut un moment pour ne plus avoir peur. Et je comprends totalement pourquoi Sammy te donne l'impression d'être en sécurité quand ce n'est pas le cas avec le reste d'entre nous.

— Oui, murmura-t-il, son visage chauffant. C'est le truc du super héros.

— Avec les tennis en kryptonite, je comprends.

— Il est tout, lui répondit franchement Cooper. Il est… il est la raison pour laquelle je n'ai pas eu de vélo quand j'avais onze ans, pour que je puisse avoir un Sammy maintenant.

Le sourire de Channing fut plus que gentil.

— Je ne suis pas inquiet à propos de tes intentions, Cooper. Je ne suis même pas inquiet que tu prennes soin de lui, tu fais un très bon travail.

— Alors pourquoi m'avez-vous emmené acheter des sous-vêtements chez Target, monsieur?

Channing jeta un coup d'œil au chariot et rit.

— Par habitude, déjà. Les enfants ont besoin de sous-vêtements. Ta taille et celle de Sammy sont en soldes. Mais surtout pour te parler. Nous t'apprécions en tant que manny, gamin. Tu es bon à ce travail, les enfants t'apprécient. Mais la plupart des gens qui font ce travail ont quelque chose à faire entre le début et la fin de l'école. Nous avons une gouvernante pour nettoyer et faire la lessive, et la vaisselle du petit déjeuner ne prend pas si longtemps. Je ne suis pas sûr que quelqu'un t'ait parlé, tu sais, d'autres choses que tu pourrais faire de ton temps.

Oh. Oh – si c'était un test, Cooper avait déjà étudié.

— Sammy et moi en avons discuté. Enfin, il aime enseigner, genre, il adore vraiment ça. Et je... j'aime les enfants aussi. Alors je pensais, vous savez. Je pourrais être professeur d'école primaire. C'est un travail respectable, pas vrai?

— Bien sûr que ça l'est, confirma Channing avec un soupir.

— Pourquoi ça ne semble pas être un travail respectable quand vous le dites? questionna Cooper avec suspicion.

Channing sourit un peu tristement.

— Cooper, je me demandais simplement si Sammy et toi... Peu importe. Je veux juste que vous sachiez que ce n'est pas grave si vous vivez avec nous aussi longtemps que vous en avez besoin. Enfin, vivre avec nous a du sens, ça fait partie intégrante de tout le truc de nounou. Simplement, même si Sammy et toi sortez ensemble...

Il s'arrêta, comme s'il y avait quelque chose qu'il avait peur de dire mais ne pouvait pas dire. Finalement, il termina avec:

— Ne t'inquiète pas de déménager, la maison est suffisamment grande et la nourriture est gratuite. As-tu besoin de t-shirts? J'aime bien celui-ci, le Marvel. Qu'est-ce que tu fais, du M?

Cooper baissa les yeux sur sa silhouette mince et haussa les épaules.

— À moins que je fasse de la musculation.

Soudain, l'inhabituelle distraction de Channing se dissipa comme des nuages de tempête.

— De la musculation?

— Oui, monsieur. Je veux dire, trois ans dans la construction, et j'ai toujours un corps de petit rat.

— Eh bien, nous avons une salle d'entraînement dans le cabanon de la piscine, avec tout un tas de machines et d'haltères. Nous pouvons t'inscrire pour l'école le mois prochain, mais entre-temps, je pense que, demain, je te montrerai la salle de musculation et te ferai démarrer un régime d'entraînement. Qu'est-ce que tu en penses ?

Cooper se rappela d'Elmo et Baby, et comment leur cou avait été presque aussi large que leurs épaules.

— Je pense que c'est une des choses les plus gentilles que quelqu'un ait offert de faire pour moi, monsieur, euh, Channing.

Celui-ci attrapa le t-shirt Marvel puis le jeta dans le chariot. Il alla ensuite en prendre le même en L.

— Pour Sammy, grogna-t-il.

— Sammy adorera, l'encouragea Cooper.

Sammy avait l'air bien en rouge. Il y eut un instant de silence.

— Cooper ?

— Oui ?

— Tu sais… pour la santé de Sammy.

— Oui, monsieur ?

— Ça pourrait… Ça pourrait ne jamais aller mieux. Le genre d'anémie qu'il a, d'habitude il faut une greffe de moelle osseuse pour guérir. Je ne suis pas compatible, et ils ont cherché une correspondance dans la base de données des donneurs, mais jusqu'ici, pas de chance. Il pourrait être dépendant des compléments et de la médication pour le reste de sa vie.

— Je n'en avais aucune idée, avoua Cooper en déglutissant.

— Avec la sévérité de l'anémie, je dis simplement… Nous prévoyons que nos enfants grandissent et partent de la maison. Et nous *possédons* une maison, à environ cinq cents mètres, que nous espérons louer à Sammy. Je sais qu'il prévoit d'avoir un travail et une carrière, et il a son propre argent, alors il n'est pas… obligé de rester à la maison ou quoi que ce soit.

Cooper ravala sa salive. Il savait pour la maison et avait deviné pour l'argent, mais entendre où cela menait pourrait faire mal.

— Je, euh, j'en suis conscient, monsieur.

— C'est simplement, soupira Channing, il pourrait ne pas être prêt à être complètement seul de si tôt. Il pourrait avoir besoin de sa famille pendant encore très longtemps. J'espère que tu es prêt pour ça. Tu as été seul pendant longtemps. Simplement… Tu as besoin de savoir.

Cooper déglutit. Un super héros avec des tennis en kryptonite. Oui.

— Eh bien, monsieur… tout ce dont Sammy a besoin, n'est-ce pas ?

167

— Oui. Jeans ?

— Je, euh, j'ai acheté deux…

— Ce n'est pas assez. Nous allons prendre une taille de plus aussi, si tu te muscles.

Cooper comprenait. Les jeans n'étaient pas pour Cooper, à proprement parler. Ils étaient pour Channing, et Sammy, et grandir et apprendre à changer ce qu'on pensait sur le fait de grandir.

— Bien sûr. Merci, monsieur.

— N'en parlons pas.

Alors Cooper n'en parla pas.

IL n'en parla pas – mais il le garda à l'esprit pendant les semaines suivantes.

Sammy dormit dans la chambre de Cooper la plupart des nuits, bien qu'il utilisait son propre bureau pour faire ses devoirs. Plus d'une fois, Cooper avança en haut des escaliers pour voir s'il descendait et le découvrit endormi à son bureau – et une fois, bavant sur son ordinateur. Ce furent les nuits où Cooper dormit dans la chambre de Sammy à la place.

Leurs ébats amoureux grandirent.

Grandirent en longueur, en créativité, en qualité. Il y eut des moments – tellement – où Cooper se surprit, gémissant sous les mains et la bouche de Sammy, à se demander comment il n'avait pu ignorer que son corps pouvait être aussi heureux.

Remerciant Dieu que son corps soit si vivant.

Il flânait dans la salle de musique quand Sammy répétait et il se tenait simplement là, fasciné, parce que son super héros transformait le son en sensation rien qu'avec quelques caresses de ses doigts. Sammy tournait la tête, surprenait Cooper en train de le regarder et souriait timidement à chaque fois, et Cooper luttait contre les larmes, parce que…

Parce que Sammy l'aimait. Et comment était-ce arrivé en quelques mois ? C'était un miracle.

Mais même les miracles rencontraient des défis. Quelques semaines après leur première nuit ensemble, Tino et Channing rentrèrent à la maison et consultèrent le courrier – et emmenèrent tout le monde dîner pour fêter la place de Sammy dans le groupe de tournée.

Sammy s'assit timidement à la place d'honneur et fit un grand sourire rassurant à Cooper. Et celui-ci essaya de se rappeler ses mots braves. Sammy se produisait chaque vendredi soir, et Cooper avait trouvé un moyen – avec l'aide de Brandon et Taylor – pour l'emmener à son travail au collège, puis le conduire chez Dodgy, rien que pour le voir jouer.

Il était incroyable, chaque soir.

Deux mois de tournée – même si c'était pour plus longtemps que ça, puisque Sammy avait deux ans d'études de plus pour passer son master. Cooper pouvait vivre avec ça, pouvait vivre avec le fait de partager Sammy avec le monde, si ça signifiait que chaque soir, avant qu'ils s'endorment, Sammy murmurait «je t'aime, tu sais?» dans le calme de leur satisfaction faiblissante.

C'était le Sammy de *Cooper*. Lui seul avait cette partie de son cœur.

Malgré tout, la nuit avant que Sammy soit supposé partir, après sa fête de départ avec toute la famille élargie et une calme discussion intense avec Tino et Channing – probablement à propos de sa santé, qui avait été considérablement surveillée et négociée, tandis qu'il se préparait pour la tournée – le cœur de Cooper battit plus vite et fort quand il entendit le coup de Sammy sur la porte de son appartement.

Sammy frappait toujours.

Cooper déglutit, se souvenant des mots de Channing ce jour-là à Target. Il lui apparut, même alors qu'il ouvrait la porte, que si Sammy et lui voulaient un lieu adulte, un endroit à eux, ils pourraient devoir le forger avec les matériaux qu'ils avaient en main. Il n'y aurait pas d'appartement exigu et délabré – et pourquoi en auraient-ils besoin?

Ils avaient un appartement parfaitement bien ici. Felicity avait sa propre chambre à l'étage, et Cooper avait une pièce supplémentaire en bas qui servirait de bureau. Durant les quatre mois et demi depuis qu'il avait atterri dans le foyer Robbins-Lowell, il n'avait même pas accroché un poster dans ces pièces.

S'il en prenait possession, peut-être qu'il pourrait en faire quelque chose pour lui *et* Sammy.

Mais toutes les pensées sur la pièce s'envolèrent quand il vit Sammy, se tenant là, la bouteille de lubrifiant toujours inutilisée tenue timidement dans sa main, un sourire plein d'espoir sur son visage.

Cooper gloussa, se sentant comme un adolescent coquin pour la première fois depuis que Sammy et lui avaient amené leur relation à ce niveau.

— Tu te sens optimiste?

Sammy se mordit la lèvre, mais son sourire ne diminua jamais.

— J'essaie de te lier à moi avec du sexe, pour que, tu sais, tu ne t'éloignes pas pendant que je serai parti.

Cooper tendit le bras et le tira dans la chambre, refermant la porte derrière lui.

— J'étais justement en train de réfléchir à prendre racine ici, confia-t-il. À décorer. Te faire emménager…

Sammy rit et commença à embrasser son cou.

— Tout ce que tu veux, Cooper. Je suis à toi.

—Ooh ! Bien sûr.

Cooper inclina la tête sur le côté, parce que ce mordillement l'excitait vraiment. Il inspira, mettant de côté les projets, plans et idées pour grandir. Sammy l'*embrassait*, sur le cou, sur la clavicule, jusqu'à l'autre oreille. Et ses mains étaient… oh, partout. Les longs doigts de Sammy jouaient sur le corps de Cooper comme sur le meilleur piano, et celui-ci frissonnait et chantait à chaque contact.

Leurs vêtements disparurent, parce que, qu'est-ce qu'étaient des vêtements quand Sammy était là, disant *au revoir* avec son corps, disant *je t'aime* avec chaque baiser ?

L'instant d'après, ils furent allongés sur le lit, et Sammy chercha à tâtons le lubrifiant et le brandit, un sourcil levé.

Cooper y lut la question – et il avait déjà décidé.

— Toi au-dessus, dit-il doucement.

Il n'ajouta rien sur le fait de marquer ou de faire mal – il savait simplement que s'il laissait Sammy partir couvert de bleus à cause de quelque chose qu'*il* avait fait, il serait abattu durant toute son absence.

Sammy rit d'un air malicieux.

— Tu me fais confiance ?

Il posa la question, mais il était déjà en train de déposer des baisers sur le corps de Cooper, bougeant entre ses jambes écartées. Son souffle à la jonction de ses parties les plus sensibles fit rouler les yeux de Cooper vers l'arrière de sa tête.

— Oui, répondit-il d'une voix rauque. Je te fais confiance.

Avec son corps. Avec son cœur. Son ange ne le laisserait pas tomber.

La bouche de Sammy sur son corps était devenue familière – mais jamais banale, jamais dépassée. Ses doigts, sondant, étirant – ces choses-là étaient nouvelles, et combinées avec sa bouche, sa langue, Cooper saisit les draps dans ses poings et laissa son corps s'envoler. Dans ce lieu, il n'y avait ni départ ni peur, il n'y avait pas d'inquiétude sur le futur ou de lutte pour être indépendant, il n'y avait que Sammy et les choses miraculeuses qu'il faisait au corps de Cooper.

— Ah! Oh waouh! Sammy! s'exclama-t-il en s'arquant sur le lit, à un souffle de l'orgasme. Sammy, maintenant, d'accord?

Son corps avait besoin – *besoin* – de plus que les doigts et la langue de Sammy. Cooper n'avait jamais imaginé ça, n'avait jamais imaginé que cet acte serait *nécessaire pour respirer*.

Le corps de Sammy couvrit le sien, et Cooper se cramponna à ses épaules sans réfléchir, suppliant avec des soupirs sanglotants. Mais Sammy fut patient. Il se positionna... parfaitement... et poussa, juste assez.

Cooper se figea, alors que son corps s'étirait pour accueillir son amant.

— Oh, souffla-t-il après quelques instants. Plus.

Sammy, les yeux concentrés sur son visage, poussa plus loin, et un peu plus loin, et alors que Cooper pensait qu'il allait être déchiré en deux...

Glissa et s'enfonça jusqu'à la garde.

Ils fixèrent tous les deux l'autre, surpris.

— Bon? demanda Sammy, de la sueur se formant sur son front.

— Génial, murmura Cooper. Toi?

— Oui. Euh... tenta-t-il avant de prendre une grande inspiration. Euh, je peux bouger? Dis-moi. J'aimerais bouger. Parce que, tu sais, ça serre. Ce serait génial de...

— Seigneur, Sammy, bouge!

Sammy recula, mais pas jusqu'au bout, puis se renfonça, et Cooper fondit, mou, désespérément excité.

— Plus, supplia-t-il. Sammy, fais ce truc... le... le truc du va-et-vient... le...

Le rire de Sammy fut plus profond, devint puissant, comme ses poussées dans le corps de Cooper.

— La baise? taquina-t-il.

– *Oui!*

Oh, Sammy était doué pour ça. Il bougea vite et fort, ses cuisses claquant le derrière de Cooper, le son bruyant dans la petite chambre.

Cooper ne put contenir ses cris, ne voulut pas les contenir, et il enfonça les doigts dans les biceps de Sammy dans un effort pour se cramponner.

Un déferlement ondula en lui, un précurseur de l'orgasme, et il se resserra sur l'invasion de Sammy, le serrant fort, alors qu'il se préparait à exploser. Sammy cria au-dessus de lui, poussa plus fort, presque à la

171

limite de la douleur, et le corps de Cooper explosa, de la lumière pure, un sommet fou de sensations et de plaisir. Il arqua le dos et cria, jouissant sans toucher son sexe, saturé de joie corporelle, alors que Sammy jouissait aussi, inondant son corps.

Il n'eut pas conscience qu'il pleurait jusqu'à ce que Sammy embrasse les larmes tombant du coin de ses yeux.

— Cooper ? demanda-t-il, bougeant encore sous le plaisir, tremblant toujours de ce qu'ils avaient fait.

— Je vais bien, Sammy.

Il était en lui, une partie de sa peau, une partie de son âme. Il prit une inspiration, et ce qui sortit ensuite fut la seule chose qu'il s'était juré de ne pas dire.

— Simplement... Tu me manques déjà.

Il pleura. Comme un enfant, quand il n'avait pas pleuré quand il était petit, pas même quand sa mère était partie. Qui le réconforterait ? Qui s'en soucierait ?

Mais Sammy était là, embrassant ses larmes, faisant des promesses en lesquelles Cooper croyait – *devait* croire. Sammy l'aimait.

Et Cooper l'aimait en retour avec tout son cœur et toute son âme.

Il devrait simplement avoir la foi.

IL ne vit pas les bleus avant le matin suivant, sur les bras de Sammy, sur ses cuisses. Il les retraça avec désarroi, les doigts tremblants tandis qu'ils se douchaient ensemble, frissonnant parce qu'il faisait froid à 4 h du matin, même en juin.

— Oh waouh, lâcha Sammy avec un rire. Je ne les ai même pas sentis.

Il embrassa le front de Cooper, fermant les yeux face au jet. Cooper se renfrogna.

— Sammy, c'est... C'est horrible ! Regarde-toi !

— Oui. On dirait que j'ai tiré un coup, rétorqua-t-il avec un sourire irrépressible. Je devrai simplement dire à mon camarade de chambre que j'ai un petit ami, alors bas les pattes !

— Tu l'as déjà fait, grommela Cooper.

Il avait rencontré certains amis de Sammy pour la tournée. Quinlan, le trompettiste, était un bâtard dragueur, mais Sammy ne le prenait pas au sérieux, alors Cooper ne le voyait pas comme une menace.

— Eh bien, tu vois ? Pas d'inquiétudes, alors, apaisa Sammy en l'embrassant rapidement sur la bouche. À part être en retard, parce que les enfants viennent me dire au revoir aussi. Donne-moi le gel douche, d'accord ?

Cooper obéit, mais il ressentait la responsabilité des marques jusque dans son ventre. Pour le meilleur ou le pire, Sammy portait l'amour de Cooper sous sa peau. Pendant que Sammy révolutionnerait le monde, Cooper aurait besoin de se reprendre en main pour donner à Sammy une chose qui valait la peine de rentrer à la maison.

Les enfants furent silencieux durant le trajet jusqu'à l'université, où le bus attendait, et Letty pleura doucement sur le torse de Sammy quand il la souleva pour l'étreindre.

— Hé, susurra-t-il. Ça ira pour toi. Cooper et Felicity te tiendront compagnie, je ne te manquerai même pas.

— Bien sûr que tu vas me manquer ! hurla-t-elle. Tu es *Sammy* !

Il la serra plus fort pendant que Tino et Channing chargeaient ses valises dans le bus. Finalement, Tino vint la prendre, acceptant l'étreinte d'un enfant qui avait probablement été plus grand que lui au lycée. Keenan vint ensuite, avec un câlin et un check, et Felicity, qui était devenue « City Chick » dans le vocabulaire de Sammy, pleura aussi un peu contre son torse.

Puis Channing, qui l'engloutit avec ce torse massif et ces larges épaules, s'appuyant front contre front avec le garçon qui lui ressemblait de plus en plus chaque jour, comme Cooper pouvait le voir.

— Appelle quand tu peux, rappela-t-il.

— Je te le promets.

— Arrête-toi pour te reposer et mange bien.

— Je te le promets, répéta Sammy.

Mais pas comme si c'était sans importance pour lui ou qu'il faisait juste plaisir à Channing, ce qui mit un peu de baume au cœur de Cooper.

— Et… continua Channing en se mordant la lèvre et jetant un coup d'œil à Cooper. Fais-le savoir à *quelqu'un* si tu ne te sens pas bien, d'accord ? Simplement… Dis-le à quelqu'un, Sammy. Nous te faisons confiance.

Sammy sourit et le serra de nouveau, puis ce fut le tour de Cooper.

Les yeux de Sammy étaient désormais brillants, et il avait l'air un peu hanté. Cooper voulait revenir à ce moment dans ses bras, quand lui était en train de pleurer et que Sammy faisait de son mieux pour que tout aille bien, mais c'était au tour de Cooper de payer.

— Envoie-moi un message chaque jour, ordonna-t-il fermement, et Sammy hocha la tête. Et sache que je t'aime. Alors prends soin de ce qui est à moi.

Et Cooper l'embrassa, de façon flagrante, avec la langue, devant sa famille, ce qu'ils n'avaient jamais fait avant. Sammy grogna et répondit, ne remontant même pas pour prendre de l'air quand le conducteur – un homme éreinté dans la quarantaine, qui avait l'air débordé par tous les jeunes membres de l'orchestre – appela tout le monde à commencer de monter dans le bus.

— Va, l'incita Cooper en reprenant de l'air. Nous t'attendrons.

Il poussa légèrement Sammy, et celui-ci s'écarta de quelques pas, puis se retourna, porte-partitions sur l'épaule, et se dirigea vers le bus. Il s'arrêta avant de se mettre dans la file et se tourna pour les saluer de la main.

— Je vous aime tous, n'oubliez pas que je vis ici, d'accord ?

— Comme si ! rétorquèrent Tino et Channing en tandem.

Et même Letty arrêta ses reniflements silencieux contre le torse de Tino pour se retourner et agiter la main.

Ils attendirent jusqu'à ce que le bus s'éloigne pour retourner à la voiture et prendre le chemin de retour vers la maison. Cooper regardait fixement par la fenêtre le ciel qui s'éclaircissait, se sentant perdu et en deuil, jusqu'à ce que Tino parle avec irritation.

— Personne n'est mort. Channing, trouve un IHOP[3]. Je meurs de faim.

— Je vis pour vous servir, mon seigneur, répliqua sèchement Channing. D'autres ordres ?

— Oui. Nous irons faire du vélo dans le parc après le petit déjeuner. Et nous passerons le reste de la journée dans la piscine. Cooper, toi aussi.

Cooper le regard bouche bée depuis le siège arrière du mini-van.

— Pardon ?

— Tu m'as entendu. Je me moque que ce soit ton jour de congé. On ne prend pas de congé de la famille. IHOP, balade à vélo, journée familiale. Marché conclu ?

Cooper sourit, même s'il avait été inclus dans les journées familiales pratiquement depuis qu'il avait emménagé après l'accident. Sammy lui avait même offert un vélo en avril, alors il n'avait pas d'excuses.

---

3   Chaîne de crêperie états-unienne, spécialisée dans le petit déjeuner.

— Marché conclu, dit-il doucement en enroulant un bras autour de Letty qui pleurnichait et embrassant son front. Ne t'inquiète pas, petit ange. Il reviendra.

— Et s'il m'oublie ? demanda-t-elle.

— Je lui enverrai une photo de toi chaque jour pour qu'il ne t'oublie pas. Mais tu ne peux pas pleurer, ça le rendra triste.

— D'accord, hoqueta-t-elle. Attends peut-être après des pancakes à la banane, d'accord ?

— Ça marche, lui dit-il solennellement.

Une heure plus tard, il envoya un message à Sammy avec les trois enfants, de la crème chantilly sur le nez, riant à gorge déployée au milieu de IHOP.

Sammy renvoya une photo de la désolation estivale de I-5 avec la légende : « Je préfère ta photo. »

Et Cooper eut un peu plus d'espoir.

Soin et Entretien

— **NICA** a eu son bébé? demanda Sammy avec mélancolie. Et je n'étais pas là?

Il se recroquevilla un peu plus sur le lit, souhaitant à cet instant pouvoir être à la maison, fêtant la libération de Nica après avoir dû garder le lit et un nouveau cousin.

— Oui, répondit Cooper en revenant vers lui sur le téléphone. Tout le monde était déçu. Ils ont dit que tu avais habituellement droit au premier gros caca de chaque bébé. C'est une sorte de tradition.

Sammy rit, se souvenant de la demi-douzaine de t-shirts foutus et la sensation inévitable chaque fois qu'il tenait un nouveau-né.

— Oui. C'est vraiment une tradition. Désolé d'avoir manqué ça.

Il bâilla, encourageant son corps mou à récupérer. Il ne s'en était pas trop mal sorti – pas génial. L'accès à de la bonne nourriture était limité sur la route, et chaque fois qu'il achetait un sac de pommes vertes, c'était une cible légitime pour le reste de la compagnie. Le bus était tombé en panne la veille, juste avant le dîner, et ils étaient arrivés à l'hôtel à peine avant

176

l'aube. Rien n'était ouvert pour manger, alors il avait fait ce que le reste du bus avait fait – pillé les distributeurs et fait avec une barre chocolatée et du Gatorade. Quinlan, Bobbie et Chrissy étaient partis déjeuner avant même qu'il soit sorti du lit, et ils étaient supposés revenir bientôt avec quelque chose à manger.

— Comment vas-tu ? questionna soudain Cooper. Je n'arrête pas de parler de la famille… Tu n'as pas l'air si bien.

— Longue nuit, répondit-il en grimaçant. Bus tombé en panne, nourriture pourrie. Avec de la chance, mes amis vont me ramener quelque chose.

S'ils s'en souvenaient. Il ne leur en tiendrait pas rigueur – ils avaient été fatigués et un peu ailleurs quand ils étaient partis. Prendre soin de Sammy ne devrait pas être sur leur liste de choses à faire.

— Oui, mais en général, grommela Cooper en plissant les yeux vers l'écran. Attends, lève le téléphone, laisse-moi te voir.

Sammy lui obéit, levant les yeux, tout penaud vers l'image de Cooper. Celui-ci avait l'air *extraordinaire,* en fait.

— Tu continues à te muscler, dit-il, heureux. Je peux le voir. Tes épaules deviennent… enfin, plutôt spectaculaires. C'est incroyable, Coop. Mon bras faiblard se fatigue. Avons-nous terminé ?

— Sammy, je vais demander à Channing d'appeler ton directeur de tournée. Tout de suite, d'accord ?

— C'est gênant, marmonna Sammy. Pourquoi faisons-nous ça ?

— Channing ! hurla Cooper. Channing ! Viens ici !

En un instant, un Channing à l'air étonné regarda par-dessus l'épaule de Cooper. Ses yeux s'écarquillèrent, puis encore un peu.

— Tu as une sale tête, dit-il de façon bourrue. Dis-moi que de la nourriture arrive ?

— Oh bon sang, soupira Sammy en fermant les yeux. J'ai oublié mes compléments et mes médicaments. Tout le monde se calme. Je vais prendre des vitamines, un de ces paquets de matière visqueuse que Cooper m'a envoyés. Donnez-moi cinq minutes. Je le jure, je ressemblerai moins à du vomi de chat dans cinq minutes.

Il roula hors du lit, se sentant pris de vertiges, et commença à fouiller dans ses bagages. Il soupira et essaya de ne pas ressembler à un enfant de quatre ans.

— Je vous jure, les gars, j'ai été un ange. La nuit dernière… simplement un stupide bus cassé et… Donnez-moi juste une seconde, supplia-t-il envers le rectangle sur le lit.

Il sortit ses compléments et réussit à les descendre avec un peu de Gatorade, puis attrapa un paquet de gelée pour coureur – un truc horrible, mais qui faisait l'affaire. Cinq minutes plus tard, il ramassa le téléphone et fit une grimace à Cooper, qui lançait un regard noir et impatient à l'écran.

— Mieux ? demanda-t-il en tournant la lumière vers lui. Des couleurs, pas vrai ? J'en ai ? Désolé, j'étais fatigué et devenais cinglé. Je te jure, ça n'arrive pas souvent. J'ai promis, n'est-ce pas ?

Cooper lâcha un soupir et regarda à sa gauche, où, supposa Sammy, Channing était hors du cadre.

— Sammy, écoute, ce n'est pas ta faute si ça ne fonctionne pas. Tu m'as envoyé des photos de tes repas pendant trois semaines, je comprends. Tu fais de ton mieux. Mais tu es fatigué. Tu es épuisé, nous l'avons tous vu. Tu fais tout ce que tu peux, mais parfois… parfois ton corps te laisse simplement tomber. Un autre type, il aurait pu tenir ce foutu climatiseur sur le toit ? Moi ? Je me suis presque tué. J'aurais dû admettre que j'étais dépassé, avec ça et avec Felicity. Mais j'étais dépassé, et j'ai eu besoin de Brandon, Tino, Channing et toi pour m'aider à le voir.

Sammy ferma très fort les yeux.

— C'est idiot, dit-il, détestant que sa gorge soit serrée par les larmes. C'est… N'importe quel écolier peut manquer un repas. Je vous jure, Keenan pourrait passer une semaine sans manger un foutu légume. Moi… Il y a tellement de choses que je veux faire de ma vie. Comment suis-je supposé… construire une vie avec toi, Cooper, quand mon stupide corps ne peut supporter une stupide tournée ?

La voix de Cooper se fêla un peu, mais quand Sammy regarda le téléphone, tout ce qu'il put voir fut un espace vide.

— Sammy, *j'aime* ton corps stupide. Ton corps stupide me rend si sacrément heureux, tu as simplement… tu n'as pas idée. Tu as simplement besoin d'aide, chéri. Nous ne pouvons choisir les choses qui nous rendent faibles, mais nous pouvons laisser entrer les choses qui nous rendent forts.

— Oh, c'est foutrement sage, cingla sèchement Sammy. Tu penses à ça *maintenant* quand je suis dans une chambre d'hôtel à Chicago ?

— Eh bien, répliqua Cooper avec dignité, je me suis inscrit pour les cours hier. Peut-être que je deviens plus intelligent par défaut.

Sammy ne put s'en empêcher. Il rit. Puis il sourit, même s'il semblait que personne ne regardait.

— Peut-être. Alors, toi et moi, nous irons à l'université cette année ? Ce sera génial. Tu vas assurer.

— Tout comme toi. Simplement… Rentre à la maison ?

Sa porte s'ouvrit à cet instant, et Quinlan entra en trombe.

— Ne te fais pas de bile, Sammy boy, nous t'avons pris une salade d'épinards et de blancs de poulet, et un sac de pommes vertes. Chrissy, Bobbie et moi, nous n'allons pas t'ignorer.

— Je vais y réfléchir, dit Sammy à Cooper en prenant une grande inspiration et ayant l'impression de lutter contre de l'eau. Je te le promets. Laisse-moi manger, d'accord ? Et ensuite, je dois aller jouer.

— Oui, murmura Cooper. Je t'aime, Sam Lowell.

Il regardait l'écran maintenant, et Sammy tendit la main pour le toucher doucement.

— Je t'aime aussi, Cooper Hoskins, répondit-il avant d'ajouter plus fort. Je t'aime, Oncle Channing !

— Prends soin de toi, Sammy.

Puis il raccrocha.

— Merci, dit-il à Quinlan.

Il tendit la main là où ce dernier attendait avec la nourriture. Quinlan était plutôt bien foutu, avec des cheveux sombres et ses yeux marron. Il avait souvent plaisanté sur le fait qu'il pourrait soulever Sammy comme une très jeune mariée – et il avait posé la main sur les fesses de Sammy assez souvent pour que celui-ci sache qu'il les apprécierait s'il pouvait. Mais maintenant, il regardait Sammy avec de la compassion dans les yeux.

— Tiens… Pousse-toi, dit-il en tendant la boîte à Sammy. Nous leur avons demandé de couper des blancs de poulet pour la salade d'épinards. Tu n'as pas l'air super, tu sais ? Enfin, tu t'es inscrit, et nous avons tous pensé que toutes ces histoires à propos de ton régime alimentaire étaient, tu sais, de la poudre aux yeux. Mais ton corps ne déconne pas.

Sammy ouvrit la boîte à emporter et attrapa la fourchette en plastique que Quinlan sortit du sac.

— Non, admit-il. C'est… Nous ne savons pas. Les médecins ne savent pas toujours. Souvent, c'est les reins, qui ne produisent simplement pas assez d'une certaine enzyme. C'est pour ça que c'est relié au diabète.

Je n'ai que de l'anémie, ce qui n'est pas super en soi. Il n'y a qu'un certain nombre de choses que je puisse faire.

— Fais ce qu'a dit ta famille et prends soin de toi, indiqua Quinlan d'un ton grave.

Sammy leva un sourire tordu vers lui, parce qu'un mois de discussions nocturnes, de bœufs improvisés et de voyages à Starbucks pour s'il-vous-plaît-Seigneur du café avait tendance à créer de bons amis.

— Tu as entendu ?

— Oui, répondit Quinlan en ébouriffant ses cheveux. Mange, Sammy. Nous jouons ce soir. Nous verrons comment tu te sens après, et si ce n'est pas bon, j'irai tambouriner moi-même à la porte de McMurray. Nous te prendrons un billet d'avion pour rentrer à la maison.

Sammy hocha faiblement la tête et commença à manger sa salade avec méthode, si ce n'était pas de l'enthousiasme.

— Merci, Quin. Ça ressemble à un plan.

— Sammy ?

— Mmf ? demanda-t-il en levant les yeux de sa bouchée.

— Mes parents… Ils s'en foutraient, si j'étais malade. Ils me hurleraient simplement dessus si je ne finissais pas la tournée, ils penseraient que je suis faible ou autre chose. Alors je suis content que tu aies une famille que tu mérites, d'accord ? Même s'il y a un petit ami là qui n'est pas assez bien.

Sammy hocha la tête et prit sa main.

— Il est assez bien… Mais tu trouveras quelqu'un d'assez bien pour toi aussi.

Quin embrassa le dos de sa main, puis se leva.

— Je vais aller me doucher. Et ne reluque pas mes fesses, tu es pris.

Sammy rit et retourna à sa salade, encouragé par son repas et la compagnie. C'était un mauvais moment, voilà tout. De la nourriture, du repos, une douche. Il irait mieux dans la soirée.

Ce soir-là, il donna la performance de la tournée – il put le sentir dans ses os. Quinlan et lui jouèrent ce morceau d'impro sur lequel ils avaient tous les deux travaillé, Chrissy s'y mêla avec sa flûte jazz, pour l'amour de Dieu, et, avec Bobbie au violon – ils furent *prodigieux*. Il déversa son amour de la représentation, son amour de la musique, tout ça dans ce moment, parce que, Seigneur, qui savait quand il en aurait un autre comme ça, pas vrai ?

Quand ce fut fini, il se leva avec ses camarades et salua, se sentant aussi fort qu'il ne l'avait jamais été de sa vie, l'adrénaline grondant dans ses veines. Ils rirent, applaudirent et se félicitèrent, alors que le rideau se refermait, et il alla serrer Quinlan dans ses bras.

Et s'évanouit complètement, tombant dans les bras de son ami.

IL se réveilla à l'hôpital, branché à un demi-litre de plaquettes. Quin, Chrissy et Bobbie étaient tous là, à divers stades de sommeil. Bobbie avait le téléphone de Sammy à l'oreille.

— Il est réveillé, Coop, tiens. Tu veux lui parler?

Sammy prit le téléphone comme une corde de sécurité.

— Comment vas-tu, Sam?

Celui-ci regarda tristement le tube dans son bras.

— Je déteste cette partie, murmura-t-il, se rappelant de la main de Cooper dans la sienne.

— Je suis là avec toi, lui répondit Cooper. Tout comme la dernière fois.

— Est-ce que Channing sait?

Oh mon Dieu. Channing. Une partie de lui désirait vivement que Channing fasse une entrée fracassante et l'emmène, prenant toutes les décisions pour lui. Channing ne l'induirait jamais en erreur.

— Non, répondit doucement Cooper. Que moi. Pourquoi?

Mais la plus grande partie de Sammy savait qu'être un adulte signifiait être aux commandes de sa propre vie.

— Parce que, chuchota-t-il. Il doit te laisser prendre la voiture pour aller à l'aéroport. Dès que le médecin me laissera sortir d'ici, je rentre à la maison.

— Bien, déclara Cooper, sa voix se brisant.

Ils ne dirent rien d'autre pendant un moment, mais tout comme avant, ce fut suffisant pour savoir que Cooper était là.

CHANNING acheta le billet et devait avoir utilisé une magie spéciale de milliardaire, parce qu'il trouva un vol sans escale en première classe. Sammy quitta l'hôpital à dix heures du matin dans une limousine et arriva à Sacramento à cinq heures de l'après-midi, complètement épuisé.

Channing était là pour venir le chercher, mais Cooper aussi, et il passa le trajet de retour à dormir sur l'épaule de ce dernier. Ils le déversèrent pratiquement dans le lit dans la chambre de Cooper – il ne se souvint même pas d'avoir enlevé ses chaussures et son jean, et son accueil par les enfants passa comme une hallucination.

— Devine quoi? dit Felicity quand elle se pencha au-dessus du lit pour l'étreindre.

— Quoi? demanda-t-il en essayant de se concentrer sur son visage.

La faible expression hantée avait complètement disparu de ses yeux, et il réalisa que rentrer à la maison signifiait revenir à la maison vers cette petite sœur, tout aussi naturellement que revenir vers Keenan et Letty.

— Je suis adoptée, souffla-t-elle, comme si le mot était sacré.

Il invoqua un sourire pour elle.

— Bien. Parce que si quelqu'un essayait de te prendre à nous, je me battrais contre.

— Tu ne peux pas combattre qui que ce soit, Sammy, répliqua-t-elle avec un rire. Tu es endormi!

Et comme un mot magique, il ferma les yeux, et ce fut la réalité pendant les quatorze heures suivantes. Il se réveilla un moment le matin suivant pour aller aux toilettes et ne fut pas du tout surpris quand Cooper l'aida à marcher jusque là, parce qu'il ne pouvait pas tenir debout tout seul.

— Ça craint, haleta-t-il quand il revint au lit. Je suis supposé aller mieux après une transfusion.

— Tu iras mieux, lui dit Cooper, les yeux écarquillés et inquiets. Channing a appelé le médecin la nuit dernière. Il a dit que c'était de l'épuisement, pur et simple. Il est un peu énervé à propos de ça, d'ailleurs. Il a dit que tu étais venu t'assurer que tu étais apte à voyager, mais que tu n'avais pas parlé du fait que c'était une tournée, parce qu'apparemment, c'est tout à fait différent comme demande.

— Je m'en sortais si bien, grogna Sammy. Je n'ai pas… Seigneur. Je suis désolé.

— Ne le sois pas, murmura Cooper en le repoussant sur le lit. Là… je vais aller te chercher du jus. Nous en avons un avec de la pomme verte dedans, que les enfants adorent vraiment. Fais-moi confiance.

— Mm… Ça semble génial. Tes jus m'ont vraiment manqué, dit-il en le pensant vraiment. Ça ne me dérange pas du *tout* de les boire.

— Bien. Ne bouge pas.

Il laissa la lumière allumée, et Sammy eut un aperçu de la chambre pendant qu'il restait allongé là. En fait, il semblait se souvenir des décorations de la salle de bain aussi. *Oh oui.*

Tout comme *sa* salle de bain. Des tortues de mer.

— Tu as décoré, dit-il doucement quand Cooper revint, un verre de jus à la main.

Nouvelle lampe dans une teinte bleue, des cantonnières bleues aux fenêtres, des posters encadrés de Cary Grant et Donald O'Connor sur les murs. Même la couverture, qui avait été blanche, comme dans une chambre d'amis, était maintenant bleue avec des bordures magenta. Sammy ne se rappelait pas grand-chose de la nuit précédente, mais il avait placé des paris sur le fait qu'il y avait un tapis décoratif sur le plancher près du lit, et il pouvait même voir une télévision montée sur le mur, avec un lecteur DVD et une étagère avec le début d'une collection en dessous.

— J'ai décoré, admit-il en lui tendant le verre et se glissant de nouveau au lit près de lui. Je voulais une maison vers laquelle tu reviendrais.

— Mais c'est *ma* maison, dit Sammy, perplexe et les yeux plissés.

Cooper détourna le regard, avant de le ramener sur Sammy, ses intentions claires dans ses yeux.

— J'ai apporté toutes tes affaires dans l'autre pièce de l'appartement, expliqua-t-il. Ton bureau, tes vêtements. Tout, sauf le piano, tout est ici. Et... j'ai dit à Channing que nous emménagerions dans cette petite maison quand tu aurais eu ton diplôme. Que s'il voulait commander un piano quart de queue comme cadeau dans deux ans, ce serait probablement une idée géniale, pour que tu puisses avoir ta musique là-bas. Je serai probablement toujours le manny, mais j'irai aussi en cours. Nous y arriverons. Mais toi et moi sommes désormais un toi et moi, Sam. Je veux dire, nous aurons toujours tes oncles effroyablement riches dans nos vies, mais je les aime bien. J'ai dit : « Sam veut rentrer à la maison », et Channing et Tino ont dit : « Voilà », et je ne vais pas discuter avec ça. Ils t'ont ramené à la maison. Maintenant, c'est mon travail de prendre soin de toi, maintenant que tu es ici, tu comprends ?

Ce fut au tour de Sammy de détourner le regard.

— Cooper, je suis... Enfin, nous pourrions devoir vivre un peu sur mon fonds fiduciaire. Je... devrais être capable d'enseigner à mi-temps, comme je le fais maintenant, mais...

Il offrit un faible sourire, faisant finalement la paix avec ça.

— Je ne vais jamais révolutionner le monde, reprit-il. Mon corps ne fera simplement pas tout ce que je veux qu'il fasse. Dans mes rêves, je compose, j'enseigne, je me produis chaque week-end, et je cours dans tous les sens avec les enfants sur mon temps libre. J'ai observé Channing et Tino le faire. Ils sont Superman et Batman, et tous les hommes entre les deux.

Mais… mais *mon* corps ne fera pas ça. Vas-tu t'en lasser ? Je veux dire, ça *me* barbe à mort !

Il essaya un rire, mais il le ponctua en s'essuyant les yeux avec le dos de sa main.

— Bois ton jus, Sam, lui rappela Cooper.

Et Sammy le finit avant de reposer le verre sur la table de chevet. Il se tourna de nouveau vers l'homme qu'il aimait et trouva Cooper étendu à travers son torse, le tenant si fort qu'il ne pouvait presque pas respirer.

Presque.

— Je t'aime, murmura Cooper dans le creux de sa gorge. Ton cœur est fort de toutes les manières dont le mien ne l'est pas. Je ferai *n'importe quoi*, vivrai *n'importe où*, pour t'avoir dans ma vie. Tu me comprends ? Si ton corps était à cent pour cent, j'attendrais à la maison pendant que tu ferais des tournées tant que tu continuerais de revenir vers moi. Mais il n'est pas à cent pour cent, alors nous serons à la maison ensemble. Ça me va, parce que nous sommes ensemble. Est-ce que tu comprends ? Des personnes sont allées et venues dans ma vie, Sam, mais si jamais tu en étais arraché, je ne survivrais pas.

Sammy serra Cooper de toutes ses forces, caressant ses cheveux bouclés marron, passant le nez sur sa tempe.

— Je serai heureux, alors, promit-il, sachant que ce ne serait pas une promesse difficile à tenir. Nous aurons notre famille, et un jour, peut-être, nos propres enfants. Et nous serons heureux.

Les larmes sortirent, surtout de soulagement, mais beaucoup venaient de l'éclat dans sa poitrine, de la chaleur se propageant qui lui disait que Cooper était là, dans ses bras, et que quelle que soit la manière dont sa vie se déroulerait, même si ce n'était pas celle qu'il avait prévue, il ne serait pas seul.

— Si heureux, murmura-t-il. Je t'aime, Cooper.

— Je t'aime aussi, Sam. Tu es prêt à dormir encore un peu ?

— Seigneur, lâcha-t-il en riant à moitié, as-tu drogué le jus ?

— Non. Je voulais simplement que tu sois bien reposé. Nous avons besoin que tu reviennes dans le monde des vivants.

Eh bien, c'était la vérité.

— Il n'y a pas d'autre lieu où je préférerais être.

Cooper recula et fit éteindre la lumière à Sammy. Ils se glissèrent tous les deux dans le lit, face à face, pendant que les yeux de Sammy se refermaient doucement.

— Alors… bâilla-t-il. Devrions-nous planifier un mariage ou autre chose ? Après la remise de diplôme ? Ou devrions-nous nous enfuir ensemble ?

— Oh mon Dieu ! s'exclama Cooper en se redressant sur les coudes. Sammy ! J'ai complètement oublié de te dire ! Devine qui se marie fin septembre ?

Sammy cligna à travers le sommeil dans ses yeux.

— Nous ne connaissons qu'un nombre limité de personnes, marmonna-t-il en essayant de réfléchir.

— Celui-ci est le meilleur couple, affirma Cooper en riant avec jubilation. Tu les aimes totalement. Tu seras si heureux !

Sammy ne pouvait penser qu'à un seul couple qu'ils connaissaient tous les deux, et qui n'était pas encore marié.

Et oui. Cela le rendait très heureux.

Quand Brandon Fait sa Demande à Taylor

— **PRINCESSE,** dit doucement Taylor à sa plus proche amie, tu dois vraiment arrêter de faire ça.

Monica Carol Teresa Alexa Gaudioso Robbins-Grayson baissa les yeux sur son tout petit fils dans ses bras et embrassa son front avec fatigue.

— Eh bien, avec la pilule et le renouvellement de la vasectomie de Jakey, je pense que, si j'en ai encore un, nous allons devoir céder face à la volonté de Dieu et simplement changer mon nom en Easy-Bake [4], tu ne penses pas ?

Taylor lui prit le bébé, qui dormait après son repas, et le borda dans le couffin de l'hôpital. Jacob était rentré en courant chez eux pour se doucher et câliner les cinq autres enfants, pendant que Taylor prenait le premier tour de garde. Ils avaient perfectionné cette manœuvre avec la naissance du *cinquième* enfant de Nica, l'homonyme de Taylor, l'irrépressible Princesse T.

---

4 Four jouet fonctionnel.

186

— Je ne cède rien de la sorte, chérie. Tu en as fini. Ton contrat de travail à faire d'adorables enfants a été rempli. Te regarder *me* fatigue.

Il cligna de l'œil et cacha un bâillement derrière sa main.

Nica rit doucement, mais elle était aussi en train de s'endormir. Enfin, elle venait d'avoir seize heures difficiles – elle avait mérité une sieste ou six.

Il s'adossa contre le mur, souhaitant que son cache-œil puisse se cloner et le laisser complètement dans le noir. Il haïssait les hôpitaux. La seule raison pour laquelle il était dans l'ambiance des moniteurs corporels était sa meilleure amie.

Des pas bottés résonnèrent dans la chambre, et Taylor cligna, souriant quand Brandon devint plus net.

— Tu es en retard, Brand, tu as manqué le grand événement.

— S'il te plaît, répliqua Brandon en haussant les épaules, si je voulais voir une personne se tortiller en entrant et sortant d'une chatte, je regarderais du porno hétéro. Il y a une raison pour laquelle j'ai choisi kinésiologie. Tu le sais, pas vrai?

Taylor ne put que le regarder avec admiration.

— Comment fais-tu ça? Chaque foutue fois?

— Oh bon sang… Je viens de dire quelque chose qui a fait de nouveau exploser ton cerveau, n'est-ce pas?

Il fut obligé de rire. Brandon était bâti comme un défenseur de football, et Seigneur, s'il ne parlait pas comme un sportif stupide, aussi intelligent qu'il soit. Mais Taylor adorait son géant aux cheveux auburn et ne voudrait pas qu'il soit autrement.

— Viens ici et embrasse-moi, ordonna-t-il doucement. Je ne t'ai pas vu de toute la journée.

Brandon approcha en silence, puis offrit une main à Taylor.

— Lève-toi, chéri… Laisse-moi m'occuper de ta jambe et de ton épaule. Tu vas avoir des crampes sinon.

Taylor obéit, parce que Brandon avait raison. Il avait été un bon soldat, entrant et sortant de la chambre pendant que Nica traversait le pire du travail, mais cela avait laissé des traces sur son corps. La dernière fois, il avait été un amas plein de crampes pendant toute une journée après la naissance. Cette fois, avec un peu de travail, il pourrait éviter ça.

— Mm… souffla-t-il, alors que Brandon commençait par son épaule. C'est merveilleux. Je pourrais bien te garder.

— Me garder? protesta faussement Brandon. Me garder? Avec des mains comme celles-ci, tu devrais m'épouser!

Taylor tourna la tête pour voir si Brandon plaisantait, mais il se tenait dans son dos, alors il ne pouvait rien voir.

— Ce serait casse-couilles, grommela-t-il.

— Quoi, de m'épouser?

Et on ne pouvait pas se méprendre sur la note de douleur dans ses mots.

— Non, t'épouser, ça irait. J'aimerais t'épouser, lui répondit Taylor. Ah... oui. Juste là. Mais le mariage. Ce serait des emmerdes colossales.

— Oui, marmonna Brandon, la voix retombant de déception. Tu devrais attendre pour que Nica soit ta meilleure amie d'honneur ou autre chose...

— Eh bien, d'abord, nous devrions trouver un pasteur ou quelqu'un, alors nous devrions demander à la mère de Nica. Elle connaît quelqu'un qui connaît quelqu'un, je n'en ai aucun doute. Ensuite, nous devrions acheter tous les habits des enfants... Parce qu'on ne peut pas avoir qu'une demoiselle d'honneur avec cette ribambelle, on doit avoir une famille d'honneur. Ça fait quoi? Une, deux, trois, quatre, cinq robes, y compris celle pour mon homonyme, parce qu'elle ne peut pas porter simplement une couche, pas vrai? Ça fait beaucoup. Tous les gars ont probablement des smokings ou une autre merde, tout le monde, sauf toi et moi, cela dit, alors ce serait une chose à faire. Nous ferions probablement la cérémonie dans le parc près de la maison de Channing et Tino, alors nous devrions le réserver et peut-être avoir des amis pour le surveiller et le délimiter avec des cordes de velours. Peut-être une semaine pour imprimer les invitations après avoir réservé le parc et engager le pasteur, le temps pour que les mamans, oncles et papas aillent faire du shopping. Nous devons mettre Dustin, Conroy et Keenan en costumes, et les seules autres personnes que nous voudrions présentes sont pratiquement celles avec qui *tu* travailles et certains de nos amis étudiants. Cela fait quoi? Cinquante? Pourrions-nous caser cinquante personnes dans un parc en septembre? Trois mois, Brandon, cela ne fait pas beaucoup de temps.

— J'ai besoin de m'asseoir, lâcha Brandon, semblant sous le choc. Mon Dieu, tu es une force de la nature.

— Tu ne m'as même pas demandé si je pouvais faire le traiteur, espèce de bâtard, cingla Nica en se réveillant et faisant la moue.

— Princesse, tout ce que tu as à faire est d'habiller les enfants. Je demanderai à ta mère de nous trouver un traiteur pour que tu ne te rendes pas cinglée. Oh, et Sammy et Cooper, nous devons leur donner quelque chose à faire, ou ils seront les prochains à se marier, et Doux Jésus, ils ont quoi ? Seize ans ?

— Vingt et un, vieil homme, contredit Brandon sans force. Viens-tu vraiment de planifier notre mariage en cinq minutes ?

— Non… Tu ne m'as pas demandé de t'épouser. Pourquoi planifierais-je un mariage ?

— Épouse-moi, exigea Brandon sans aucune ambiguïté.

Taylor se retourna pour le regarder bouche bée.

— C'est tout ?

Il lança à Taylor un regard noir de ses yeux verts exaspérés.

— S'il te plaît, épouse-moi, espèce de parfait bâtard grincheux. Je t'aime tellement à cet instant que je te jure que je pourrais te faire des enfants, mais je n'ai pas de chatte.

— Merci mon Dieu pour ça, répondit Taylor avec emphase. Oui. Bien sûr que je vais t'épouser. Tu penses que Jacob te donnerait à moi ?

— Il pourrait toujours te vendre son cousin pour quelques moutons, rétorqua Nica en commençant à rire.

Oh mon Dieu. Taylor se pencha pour embrasser son front.

— Je t'aime, chérie. Endors-toi. Nous en parlerons quand tu n'auras pas de petite créature prête à te bouffer dans dix minutes.

— Je t'aime aussi, ronronna Nica en se blottissant dans le lit d'hôpital abominablement inconfortable.

Il était vraiment temps de quitter la chambre.

— Allez, déclara Brandon en prenant sa main. Je continuerai ton massage dans le couloir, où tu pourras continuer à m'informer de toutes les choses que nous allons faire pour notre mariage. De quelle couleur seront les fleurs ? Les robes que toutes ces filles vont porter ? Qui va organiser l'événement ? Sérieusement, Tay, je suis en train de mourir. Tu n'as pas simplement planifié un mariage, tu as pratiquement écrit un roman policier.

— La ferme !

— Oblige-moi à la fermer, rétorqua Brandon en ronronnant.

Ils étaient désormais dans le couloir, alors il n'y avait rien pour empêcher Taylor de faire tourbillonner Brandon contre le mur et de plaquer leurs bouches ensemble dans un baiser passionné.

Rien du tout.

Note de l'auteur

VOUS tous, j'écrivais sur la santé de Sammy et le traitement, et j'ai pensé : «Hé, comment se fait-il que je n'aie pas donné mon sang depuis un moment? Oh oui. Je suis anémique. Tout… comme… Sammy. Oh.» Prendre soin de sa propre santé est une chose que font les adultes – mais nous avons tendance à l'oublier de façon répétée. Prenez soin de vous – vous avez des gens qui vous aiment.

DREAMSPUN DESIRES
UN MANNY SI INNOCENT
Amy Lane
Les mannies
Grandir et tomber amoureux

Les mannies

Grandir et tomber amoureux.

La famille, c'est parfois une bénédiction et parfois une malédiction. Surtout une malédiction se dit Tino Robbins lorsqu'il se fait enrôler par sa sœur pour l'aider à livrer ses plats italiens tout prêts alors qu'il devrait étudier, pour ses partiels. Mais une seule livraison peut tout changer.

La vie bienheureuse de Channing Lowell change brutalement lorsque sa sœur décède en lui laissant la garde de son neveu de sept ans. Channing s'engage à faire ce qu'il y a de mieux pour Sammy… mais il va avoir besoin d'aide. De beaucoup d'aide. Lorsque Tino apparaît sur son perron, Channing est déterminé à le faire intégrer la Team Sammy.

Tino ne veut pas perdre le bénéfice de son diplôme – même si cela signifie renoncer à avoir une relation –, mais plus il tombe amoureux de son patron, plus il commence à se demander s'il doit laisser derrière lui sa toute nouvelle famille au profit d'une carrière prometteuse.

www.dreamspinner-fr.com

LE MANNY DÉCROCHE
UN HOMME

Amy Lane

The Mannies

Recommencer et tomber amoureux.

Les mannies

La sœur de Tino Robbins, Nica, et son mari, Jacob, attendent leur cinquième enfant. Heureusement, le meilleur ami de Nica, Taylor Cochran, est de retour en ville, sortant de rééducation et ayant besoin d'un travail.

Après des années de service et se remettant d'une grave blessure, Taylor a beaucoup grandi par rapport au fauteur de trouble inexpérimenté qu'il avait été au lycée. Maintenant, il espère un nouveau départ avec Nica et sa famille.

Le cousin de Jacob, Brandon, vit au-dessus du garage et pense que « Taylor, la nounou » est une mauvaise idée. Taylor pourrait être génial pour protéger des civils d'une apocalypse zombie, mais est-il bon avec les enfants ?

Il s'avère que Taylor a un talent naturel. Tandis qu'il essaie de s'intégrer, utilisant du bon sens et un humour pince-sans-rire, Brandon réalise que Taylor n'aime pas simplement leur famille – il crève d'envie d'en faire partie. Et d'un coup, Brandon veut que Taylor fasse partie de *son* futur.

www.dreamspinner-fr.com